正義のミカタ

I'm a loser

本多孝好

集英社文庫

正義のミカタ

〜I'm a loser〜

1

なぜ季節は春から始まるのだろう。

幼いころ、ふと不思議に思ったことがある。四つに分けられた季節は、なぜ春夏秋冬と呼ばれるのだろうと。シュウトウシュンカでも、トウシュンカシュウでもなく、なぜシュンカシュウトウなのだろうと。けれど、その小さな不思議は答えを見つけられないまま、いつの間にかどこかへと消えてしまっていた。幼いころに思い浮かべた他の多くの小さな不思議と同じように。そして幼いころに思い浮かべた多くの小さな不思議は、人生の中のふとしたきっかけで答えとともによみがえってくる。ああ、そういうことだったのか。そういえば、それを不思議に思ったことがあったよな、と。

なぜ季節は春から始まるのか。その答えを僕は今年の春に見つけた。それはとても簡単なことだった。人がもっとも強く待ち望む季節が春だからだ。長く冷たい冬にじっと耐え忍びながら、人は春を思う。冬が長ければ長いほど、冷たければ冷たいほど、その思いは強くなり、人は春に焦がれ、春に恋する。その一番大事な愛《いと》しい季節を人は四つの季節の一番最初に持ってきた。そういうことだったのだ。生まれて十八回目の春、僕はそのことに気がついた。そう。春がやってきた。長い長い冬に耐え忍びながら僕が待ち続けた春が、ついにやってきた。ああ、春だ、と僕は思う。そして、春だね、と口に出して言ってみる。

まったくねえ、と母さんは頷《うなず》き、立て続けに三回くしゃみをする。

「ただでさえ、使えない学生アルバイトがわんさと入ってくるのに、この季節は変な客が増えるから嫌になるわ。こっちも苛々《いらいら》してるから、ついつっけんどんになっちゃうし、そうすると私が店長に怒られるのよね。お客様に向かってあの応対は何だって。何がお客様よ。あんな人たち、どうせ何にも買いやしないんだから」

あとは頼んだよ、と言って、作りかけの夕飯を僕に預けると、母さんは巨大なマスクをかけ、パートをしている終夜営業のディスカウントストアに向かうため自転車にまたがる。

ご飯が炊き上がり、僕が味噌汁《みそしる》を作り終えるころ、父さんが帰ってくる。

春だね、と僕はまた言ってみる。

「ああ。今年の桜はちょっと遅かったな」と父さんは笑う。「明日は五時起きだ。今年も花見の場所取りを任されちゃって」

夜のうちに、去年しまい込んだ青いビニールシートを物置から引っ張り出し、丁寧に雑巾《ぞうきん》をかけ、朝の五時に起きて、勤めている工場近くの公園へ始発で向かう。毎年のことだ。

自分と父さんの分の夕飯を食卓に並べてから、僕はもう一人分の夕飯をお盆に載せて、二階の妹の部屋へ行く。

春だね、と机に向かう背中に僕は声をかけてみる。

「だから何よ。それ嫌味？」

妹は振り返って、僕を睨《にら》みつける。

「わかってるわよ。あと一年を切ったってことくらい。あんたと違って、私の受験は本物なの。名前を書けば受かるあんたの大学とは違うのよ。だから、さっさと消えてよね」

夕飯の載ったお盆を渡し、僕は言われた通りにさっさと妹の部屋を出る。父さんとともに夕飯を食べると、あと片付けをして、妹の部屋の向かいにある自分の部屋に戻る。ベッドにごろりと横になって、開け放った窓から吹き込んでくる風に春の匂《にお》いを探す。匂いからは、隣の家の夕食がカレーであることしかわからなかったけれど、それでも生《なま》温《ぬる》い風は冬のものとは違う。

ああ、春だ、と僕は思う。

僕にとって、春は何でもない。ただ冬の次にくるだけの季節だ。そう。去年の春までは。けれど、今年の春は違う。僕は大学生になった。妹に言わせれば本物ではない受験を、僕にしてみれば必死に突破し、晴れて大学生になった。大学生になったということは、大学に通うということだ。それは、だから、高校にはもう行かなくていいということだ。

素晴らしい。

悪夢のような高校時代を思い出し、僕は泣きそうになる。けれど、それは悪い夢だったのだ。この春、僕は夢から醒《さ》めたのだ。さなぎから蝶《ちょう》になったのだ。さあ、美しい羽を存分に広げよう。


それは、去年の今頃《いまごろ》だった。給料日からたった一週間で、アルバイト料のほとんどがなくなってしまったことに気づいた日曜日の午後、僕は同じようにベッドに横になり、見慣れた天井の染みを見上げながら、ぼんやりと自分の将来を想像した。このままみんなと同じようにどこかに就職し、そこの同僚とか先輩とかからもやっぱり今と同じように給料を巻き上げられ、きっと恋愛なんかもせず、絶対に結婚なんてできないまま年を取り、パチンコ通いでできた借金でアパートも追い出され、もう働く気力もなくし、それでも泥棒なんてする度胸もなく、路上で行き交う人の足をぼんやりと眺めながら年を取り、最後には一人、生まれ変わる次の人生を夢見ながら一生を終えていく。蓮見亮太《はすみりようた》。享年六十七。

何気なく始めた想像は、想像の中で年を追うごとにどんどんリアルになり、最後に明け方の新宿《しんじゆく》の路上でカラスにつつかれている場面で、僕は思わず涙ぐんでしまった。ああ、可哀想《かわいそう》な亮太くん。何て不運な亮太くん。今度はもっとちゃんとした人間に生まれ変わってくるんだぞ……。

天井の染みが涙でにじんだ。それは僕をつついているお腹《なか》をすかせたカラスみたいだった。ガー、と本当にどこかでカラスが鳴き、僕はがばりと体を起こした。

いやいや、泣いている場合ではない。

僕は涙を拭《ぬぐ》った。

それではあんまりにも惨めだ。そしてそれは、そうなるかもしれないのではなく、きっとそうなるのだ。このままでは、きっと本当にそうなってしまうのだ。

そう気づいたとき、僕は決意した。強く、深く、決意した。生まれ変わるのだと。今の僕はさなぎなのだ。十八の春、僕は蝶になり、華麗な羽を広げて羽ばたくのだ。

僕は同級生たちの進路をできる限り調査し、うちの高校からは誰《だれ》も行かないはずの大学を探して、そこに向けて必死に勉強した。妹に言わせれば、兄がそんなところへ行っているなんて人には言えないような大学でも、大学進学率が三分の一にも満たない僕の高校から行こうと思えば、かなりの努力が必要だった。家計を思えば塾へ行かせてくれなどとは到底言えず、僕は古本屋で参考書を買い、罵倒《ばとう》されながらも食らいついて妹にわからないところを聞き、アルバイトの合間にもそそくさと参考書を広げた。そんなことをしているくらいなら就職活動をしろ、とたしなめる先生たちの言葉をやり過ごし、すぐにカラオケ大会になる授業の時間中にも必死に勉強した。てめえも歌えと蹴《け》られても、脱いで踊れとシャーペンで手の甲を刺されても、僕は抵抗なんてしなかった。さっさと歌い、素早く脱いで踊った。抵抗して時間を取られるくらいなら、そのほうがよかった。同じクラスの男子たちに指を差して笑われても、同じクラスの女子たちに軽蔑《けいべつ》の視線を浴びせられても、それでも構わなかった。歌いながら、踊りながら、今はさなぎなのだと自分に言い聞かせた。僕はきっと蝶になるのだと。きっと青空に羽ばたくのだと。その努力が、この春、ついに報われたのだ。

入学式の朝、学校の制服ではない自分の姿を鏡に映し、僕は思わず涙ぐんでしまった。もう高校には行かなくていいのだ。大きくなったねえ、こんなに立派になっちゃって、と、鏡の中の自分にすりすり頰《ほお》ずりしてあげたいくらいだった。父さんから借りた背広は古かったし、裾《すそ》もほつれていたし、丈だって短かったけれど、そんなことはどうでもよかった。僕は今日から大学生になったのだ。今日のこの日を、十八の春のこの日を、生涯忘れないだろう。そう思った。

入学式は都内にあるキャンパスの講堂で行われた。六学部、三千人を超える新入生がそこに集った。中国の古い格言だかことわざだかを引用して学長が挨拶《あいさつ》をしている間に、僕は周囲にいる新入生たちを慎重に観察した。

人にはそれぞれ傾向というものがある。それが生まれ持ったものなのか、過ごしてきた環境で身についたものなのかは知らない。けれど、講堂に集った新入生一人一人のその傾向は、長年いじめられっ子をしてきた僕の目には手に取るようにわかった。いじめっ子が一割、いじめっ子の友達が二割、無関心派が六割、いじめられっ子が一割。長い時間をかけて培ったいじめられっ子の観察眼を駆使してそう結論づけ、これでは高校のときと変わらないではないかと、くじけそうになった。

いやいや、でも、と僕は自分を励ました。一割のいじめられっ子がみんないじめられるわけではない。本当にいじめられるのは、その中のまた一割くらいだ。この大学では誰も僕の過去を知らない。だから、その一割の中に入らなければいいのだ。そうやって過ごしていれば、いつか僕のいじめられっ子傾向も薄まるはずだ。

入学式が終わって講堂を出ると、正門まで続く道の両側にずらりと机が並んでいた。

様々なサークルがそこで新入部員を募っているのだ。講堂から出てくる新入生に向かって、先輩たちが出店の呼び込みのように声をかけたり、サークル案内のチラシを渡したりしていた。正門に辿《たど》り着くまでに次々に差し出されたチラシを、僕は片っ端から受け取った。その大量のチラシを家に持ち帰り、どのサークルが無難かを慎重に検討した。

こういうときに、地味そうなサークルがいい、と考えるのは素人だ。地味そうなサークルには、いじめられっ子も集まるかもしれないが、いじめっ子もまた集まるのだ。今まては控えのいじめっ子でしかなかったけれど、今度こそレギュラーのいじめっ子になって気持ちいい思いをしてやろうと考えるいじめっ子の友達も集まるのだ。無関心派が極端に少ないそこは、すさまじいいじめの場となる。

うん、たぶんこの想像に間違いはない、と僕は思った。

なるべく偏りのないサークルがいい。広く間口を開いていて、部員もいっぱいいて、無関心派が六割、ちゃんと存在するサークルがいい。そこに入って、さり気なく無関心派の中に身を紛らわせてしまえばいいのだ。

僕は膨大なチラシの中から、テニスサークルを一つと、スキーサークルを一つと、企画サークルを一つ、選び出した。テニスができなくたって、スキーができなくたって、企画力がなくったって、そんなことは問題ではない。これだけの部員がいれば、落ちこぼれだっているだろう。その落ちこぼれの一員になるくらいでは、いじめられはしない。

どういう性質の集団の中に身を置くか。それこそが問題なのだ。

週が明けた月曜日、僕は玄関にある鏡の前で、慎重に自分の姿をチェックした。授業の始まる今日が本当の始まりと言える。ジーンズに、ボーダーの長袖《ながそで》Tシャツ。二つで五千円もしなかったけれど、今日のために買い揃《そろ》えた新品だ。誰からも文句を言われる格好ではない。良くも悪くも、とにかく目立たないこと。それが大事だった。僕はキャンバス地のカバンをけさがけにして、鏡の中の自分に微笑《ほほえ》みかけてみた。ちょっと気弱そうな微笑だったので、もう少し大きく微笑んでみた。そうしてみれば、満更でもない。中々爽《さわ》やかそうな好青年だ。いじめっ子には見えないけれど、いじめられっ子にだって見えない。うし、と鏡の中の自分とガッツポーズを交わして、僕は家を出た。

最初の授業はフランス語だった。うちの大学では、選択した第二外国語によって三十人ほどのクラスに割り振られ、当面はそのクラス単位ですべてが動いていくことになる。僕がフランス語を選択したのも、サークルを選んだ基準と同じだった。一番多くの人が履修し、偏りなく学生が集まる語学。

僕が割り振られたのは、商学部の中でEからHまであるフランス語選択のクラスの中のF組だった。想像した通り、クラスを見渡せば、その傾向の比率は講堂で観察したときと変わらないように見えた。それはつまり、高校のときと変わらないということだ。

高校のクラスとの違いを探せば、女の子の比率がだいぶ多いということくらいだろう。僕の高校には、女の子が一割くらいしかいなかった。あの高校に入学した女の子は、入学と同時に化粧が派手になり、スカートはパンツを隠す役割すら果たさないようになり、卒業後の進路の八割が水商売である、という噂《うわさ》は、近隣ではほとんど常識として広まっていたのだ。けれど、商学部一年F組の半分くらいは女の子だった。僕の右隣の席にも、前の席にも女の子が座っていた。

これはいいことだろうか、悪いことだろうか、と僕は考え、きっといいことだろうと信じることにした。高校時代、僕をいじめていたやつらだって、クラスにもっと女の子がいれば、そちらにより多くの注意を向けていただろう。だって、僕をいじめるより、女の子と仲良くするほうが楽しいに決まっている。それに、第一、と、先生の話を聞くふりをしながら、僕は前に座る女の子の背中を眺めた。僕だって、クラスに女の子がいるほうが楽しい。

今後のガイダンスに大方の時間を割いた授業が終わると、互いに探り合うかのように言葉を交わし始めたクラスメイトをよそに、僕は素早く席を立った。こういうときに、なるべく早くみんなと馴染《なじ》んでおいたほうがいい、と考えるのも素人だ。集団は、それが形作られた瞬間に、内部での役割がいつの間にか決定されている。つまるところ、形になった瞬間に、集団は、その中でいじめられっ子はこいつだと決定してしまうのだ。

だから、僕みたいな人は、すぐに集団に入らないほうがいい。集団が形作られ、すでに誰かがいじめられっ子の地位を確立してから、その集団に近づいたほうがいいのだ。三十数人のクラスの中に、僕以外にいじめられっ子傾向を持った人間が二人いることを、僕はしっかりと確認していた。その二人は、それぞれに喋《しゃべ》り始めたクラスメイトたちに近づこうと、ちらちら様子をうかがっていた。

それでいい。

二人の様子に満足して教室を出ようとしたときだ。僕は呼び止められた。

「ああ、お前、ちょっと待てよ」

振り向いてしまった。無視すればよかったのだが、僕はそういう偉そうな言い方に弱いのだ。声をかけてきたのは、早々に近くの席にいた男たちを仲間にして、何か所かに集まり始めていた女の子のグループの中の一番大きなグループに、早速とばかりに近づいていた男だった。赤茶色の髪をたてがみのように後ろに逆立てていた。耳に小さな銀の輪っかのピアスをしていた。いじめっ子、と僕は判断した。間違いない。そして彼もまた、いじめっ子の観察眼を駆使して、僕をいじめられっ子と判断したようだ。

「クラスの名簿を作るんだ。名前と住所と電話番号、書いていけよ」

ほとんど命令するようにそう言って、彼は自分が腰を下ろしていた机の上の紙をトントンと指先で叩《たた》いた。それから口調を和らげると、クラス全体に向かって言った。

「みんなも、よかったら書いてくれよ」

教室にいた人たちの何人かが腰を上げ、シャーペンやらボールペンやらを手にして、彼のもとに集まっていった。このクラスの中心は、彼。絶対ではないけれど、取り敢《あ》えずは彼、とそう判断したようだ。集まった何人かに釣られて、残りの大方の人たちも席を立った。いじめっ子。しかもリーダーシップもある。これはタチが悪そうだ。当分、近づかないほうがいい。僕はクラスの他の人たちに紛れてその紙に名前と住所と電話番号を書き、素早く教室をあとにした。

教室を出ると、僕は正門に向かった。そこから講堂に続く道の両側に、入学式の日と同じように、新入部員を募るサークルが机をずらりと並べていた。どの机にもサークル名が大きく書かれた紙がぶら下げられていた。来週いっぱいまではそうして机を並べて入部の受け付けをするという。何人もの新入生を集めて列ができている机もあったし、先輩たちが必死に呼び込みをしている机もあったし、別に誰も入らなくてもいいもんね、という顔が並んでいる机もあった。

ずらりと並んだ机の中にチェックしたサークルを探し、まず目についたテニスサークルのもとへと向かった。その机では、新入生の女の子が二人、入部の手続きをしていた。

「あ、君もうちに入る?」

近づいていった僕を見つけて、机の向こうに座っていた女の先輩が言った。何年生だろう。奇麗にお化粧をして、銀色のネックレスを胸元に下げたその姿は、ずっと年上のOLみたいに見えた。机の向こうには、その人も含めて四人の先輩がいた。女の先輩が二人に、男の先輩が二人。男の二人の先輩は、僕の前に入部手続きをしていた二人の女の子と話をしていた。

「じゃ、ここに名前と連絡先、書いてくれる？」

彼女はそう言って、机の上のノートを僕に向けた。受け付けた新入部員の名簿らしきそのノートには、すでに二十人近くの名前があった。

「君、テニスやってたの？」

ボールペンを手にした僕に、同じ女の先輩が聞いた。

「あ、いいえ。全然」と僕は言った。「やったこともないです」

「いいの、いいの。そういう人のほうが多いし」と彼女は言った。

「そうよ。私たちが教えてあげるから」と別の女の先輩が言った。

私たちが教えてあげる？

青空の下、緑に輝く芝生の上で、真っ白の短いスカートをはいた二人の姿が浮かんだ。

代わる代わる？　手取り足取り？

僕は泣きそうになった。

ああ、大学って素晴らしい。

「じゃ、ラケットとかも持ってないよね。今度、一緒に買いに行こっか」

「あ、はい。お願いします」

お願いしますだって、と女の先輩が笑った。

可愛《かわい》い、ともう一人の女の先輩も笑った。

可愛い？　キモイのではなく？

ああ、やっぱり大学って素晴らしい。

僕が名前を書き終え、住所を書いていたときだ。

「よお、蓮見じゃねえか」

そう声をかけられた。

これは何だろう、と住所を書く手を休めてしばらく考え、そうか、これが幻聴というものか、と僕は気づいた。あまりに思いつめたせいで、僕はついに畠田《はたけだ》の幻聴まで聞くようになってしまったのだ。

「おい、おい。シカトかよ。蓮見の分際で」

幻聴は続いた。僕は振り返った。畠田がいた。

ああ、ついに幻覚まで見るようになったか、と僕は自分が可哀想になった。無理もない。高校時代の悪夢を思えば、今まで幻聴も幻覚もなかったのがおかしいくらいなのだ。

その悪夢の中心にいつもいたのが、畠田だった。

幻覚の畠田が近づいてきて、僕の脛《すね》をつま先で蹴飛ばした。幻覚の分際で、と思ったが、蹴られた脛は結構痛かった。こういうのは幻痛とでも言うのだろうか。それが幻だろうが錯覚だろうが、痛いものは痛い。

「痛い」

僕は脛を手でさすった。

「遅えよ。相変わらずトロいやつだな」

かがみ込んでいた僕の顔に幻覚の畠田の足が飛んできた。避《よ》けようと思ったけれど、長年で身についた習性がそれを許さなかった。避ければ避けた分、次の攻撃が強くなるのだ。永遠に避け続けられるならともかく、そうでないのなら、最初の一撃をもらっておいたほうが被害は小さくて済む。

パン、と鼻先を足の甲で蹴り上げられて僕はのけぞった。鼻の奥、目の間辺りがジンと熱くなった。おなじみの感覚だ。ついでまたおなじみの感覚が鼻の奥から広がってくるのを感じた。

「あ、鼻血」

机の向こうにいた男の先輩の一人に言われるまでもなく、僕はいつもポケットに入れているティッシュを素早く取り出し、迅速に右の鼻に押し込んだ。舐《な》めてもらっちゃ困る。高校時代、伊達《だて》に鼻血を出し続けたわけじゃない。服に垂れる前に鼻の穴にティッシュを押し込む芸当くらい、僕には何てことはないのだ。

それにしても、幻聴から始まり、幻覚、幻痛、そしてこれは、幻血か？　いや、本当に出ているんだから、幻血ではないか。幻に蹴られて鼻血を出すなんて、僕は大丈夫なのか？

「ちょっと何やってるの？」

最初に僕に声をかけてくれた女の先輩が尖《とが》った声を出した。

「すみません」と僕は謝った。

「何で、君が謝る」

「いや、鼻血が出ちゃって」

「わけわかんない」

彼女は言うと、幻覚の畠田に言った。

「君、何なの？　いきなり蹴るって、どういうことよ」

彼女にもこの畠田が見えるのだろうか。僕の幻覚が見える？　彼女は特殊能力者か何かだろうか。お願いすれば、僕の守護霊さんとお話をさせてくれたりするのだろうか。一度、お願いしてみようかな。守護霊さんに言いたいことなら山ほどある。

「挨拶ですよ、挨拶。高校の同級生なんすよ、俺《おれ》ら。同じ大学に行くって聞いてはいたけど、また会えたかと思ったら嬉《うれ》しくてつい」

「嬉しくてつい？」と彼女は言った。「嬉しくてつい、君は友達を蹴るわけ？　そして君は」

彼女は僕のほうに向き直って言った。

「嬉しくてつい、鼻血を出すわけ？」

「あ、いや。鼻血は嬉しいときに出すものではないですから」

「当たり前でしょ」

「あの、それより」

「何？」

僕は声を落として彼女に聞いた。

「あれ、見えるんですか？」

僕が指差した背後を見て、彼女は僕に視線を戻した。

「見えるって、何が？」

「そこに立っている男」

「今、君を蹴った人のこと？」

僕はのけぞった。

「見えるんですか？」

「見えるわよ」

それが見えるということは、彼女はやっぱり特殊能力者なのだ。そうでないというのなら……いや、そんなはずはない。だって、そのことは何度も確認したはずなのだ。

「畠田は」

どうせ幻覚なのだ、と自分に言い聞かせ、ちょっと強気に僕は言った。

「関西の大学へ行ったはずだろ？　野球が強いから、そこを受けるって、そこなら絶対受かるからって、そうだっただろ？」

畠田もうちの高校では数少ない進学組の一人だった。その畠田の進路は、他の誰のことよりも慎重に情報を集めたつもりだった。

「ああ、あれな」と畠田は笑った。「あそこも受かったんだけど、やめたんだ。プロに行くならいいけど、そうじゃないなら、あんな大学出たって、恥ずかしくて履歴書にも書けねえしな。だったら、もっとちゃんとした大学のほうがいいかと思って。ま、いくつか受かったんだけど、蓮見くんも行くって言ってたし、ここにしたんだ。あれ？　話してなかったっけ？」

話してなかった。というより、黙っていたのだろう。畠田の学力を考えれば、この大学に受かるわけがない。畠田もダメモトで受けたのだろう。落ちたらかっこ悪いから、受けることを誰にも喋らなかった。そして受験の日、僕のもとにすべての天使たちが結集していたその隙《すき》に、すべての小悪魔どもも畠田のもとに結集していたのだ。天使たちの力を借りて僕は合格したが、小悪魔どもの力を借りた畠田もまた合格していた。ああ、ジーザス。

　僕の学生生活は終わった。短かった。実に短かった。

「ねえ、蓮見くん。久しぶりだし、ちょっと話そうか」

畠田は僕の肩に手を回した。さり気ない調子で、やけにがっしりと。僕は畠田に引きずられるようにして、歩き出した。

「あ、ねえ、君」とさっきの女の先輩が僕に向かって言った。「うちのサークル、入るの？」

「ああ、また考えておきますよ」と畠田は言った。「ねえ、蓮見くん」

僕は頷いた。心配そうな顔をしながらも、二人の女の先輩は引きずられていく僕を黙って見送った。二人の背後で、パタパタと羽をはためかせながら天使たちが無責任に合唱していた。ドナドナドーナドーナー。子牛を乗せて、荷馬車はどこへ行ったんだっけ？　二人の男の先輩は新入生の女の子と話すのに夢中で、もう僕など見ていなかった。

　畠田は僕を引きずったままずんずんと歩いて、校舎のほうへ戻っていった。

「蓮見くんさあ」と畠田は歩きながら言った。「さっきの話だけど」

畠田は舗装された道を逸《そ》れると、芝生を踏みしめながら図書館になっている建物の裏手へと僕を引きずっていった。

「覚えてないかなあ、さっき、君が言ったこと」

「何だっけ?」

入学式から間もないのに、いったいどうやってこういう場所を見つけるのだろう。図書館の建物と大学の敷地を仕切る高い塀とに囲まれたそこは、見事にキャンパスの中の死角になっていた。廃棄処分を待っているらしい脚の折れた机やら古い長椅子《ながいす》やらが、塀に寄せて乱雑に重ねられていた。

「畠田って言ったよなあ、おめえ」

誰もいなくなって、畠田の口調が変わった。

「え?」

「なあ、蓮見よお。俺は、誰だ?」

「畠田」と僕は言った。

「ああ?」

「さん」

「もう一遍」

「さっきの、何?」

「畠田さん」と僕は言った。

「そうだよな。それが正しいよな。じゃ、さっきのは何だ？」

「さっきの？」

「とぼけてんじゃねえよ」

畠田が僕のわき腹を殴った。当たる瞬間に力を込めていれば本当はそれほど痛くはないのだけれど、本当に痛そうな顔をしないともう一発殴られるし、それほど痛くないときに本当に痛そうな顔はできないので、僕は力を入れずに畠田のパンチを受けた。息がつまり、つまった息がげほっと漏れた。僕はわき腹を抱えた。

「痛い」

「だから、遅えよ、反応が」と畠田は言った。

もう一発何かが飛んでくるかと思ったけれど、何も飛んでこなかった。

「ま、いいや」と畠田は言った。「ところで、ここで会ったということは、やっぱり俺たちには縁があるんだな。ほれ」

畠田は広げた手を僕の前に突き出した。動かない僕を見て、畠田はそのままその手で僕の胸を突いた。

「ほら」

僕はやっぱり動かなかった。畠田はその手を引っ込めてがりがりと頭を掻《か》いた。

「もう忘れちゃったのか？　朝一番で挨拶にきて、畠田さん、おはようございます。な？　そしてすかさず千円をぱっと差し出す。高校時代、ずっとやってた習慣だろ？　習慣は続けたほうがいいぞ。長年の習慣を急に変えると、体に悪いから。あ、でも、もう大学生だから、二千円にしておくか」

うん、そうだよな、と畠田は一人で頷いた。千円ぽっちじゃ、何だかお前を馬鹿《ばか》にしているみたいで悪いしな。

「そういうことで、ほら、二千円」

畠田がまた手を差し出した。

「ないよ」と僕は言った。

「何？」

「お金、ないよ」

「ええっとな、蓮見くん」と畠田は言った。「あるとかないとか、そういうことを聞いてるんじゃないんだ。な？　そんなことは問題じゃない。お前には、それを差し出す義務があると、それだけのことだ。わかるよな？」

「本当にないんだ」

「お前さあ」と畠田は深くため息をついた。「時々、そういうことするよなあ。学年が上がったときとか、夏休み明けとか。そういうことするとどうなるか、わかってるだろう？　やめようぜ。お互い、時間とエネルギーの無駄なんだから」

「本当にない」と僕は繰り返した。

毅然《きぜん》とした態度で、相手の目をしっかりと見て、はっきりと言うこと。

「何だよなあ、それ」

何かくるかもしれないと身構えていたが、何もこなかった。畠田はまたため息をついた。うまくいくかもしれない、と僕は思った。『強い自分を作る100のメソッド』。新書判。税込み七百二十円。役に立つじゃないか。畠田相手に使うとは思っていなかったけれど、大学に入ってまで高校のときと同じ目に遭わないように、春休みに勉強した甲斐《かい》があった。

「だから、もうやめてくれ」

そう言った。いや、そう言おうと思った。けれど、「だから」の「だか」まで言ったところで、畠田のパンチが飛んできた。受け止めた鼻の奥をまたおなじみの感覚が襲った。僕はティッシュを取り出して、今度は左の穴に突っ込んだ。態度が毅然としていなかったのだろうか。それとも相手の目をしっかり見てなかったのが悪いのだろうか。それとも言い方がいけなかったのか？　考えている間に、今度は右の蹴りが腹に向かってきた。力を入れようと思ったけれど、いつもの習性でまともに腹に受けてしまった。げほっとまた息が漏れた。僕はお腹を抱えて、膝《ひざ》をついた。髪をつかんで、畠田は僕の顔を上げさせた。

「そういう悪い子は、五千円だ。これから毎日五千円。一ヶ月で十五万。それくらいなら、普通のバイトで稼げるさ。なあ？」

畠田は髪をつかんだ手に力を込め、さらにぐいと僕の顔を上げさせた。痛みと息苦しさで頭がぼんやりとしてきた。月十五万なら、普通のバイトでも何とか稼げる。日給七千五百円のバイトを月に二十日入れればいいんだ。うん。間違いはどこにもない。僕は頷いた。

「じゃ、そういうことで。今日の分の五千円」

僕の髪をつかんだまま、畠田は左手を僕の前に突き出した。

月十五万円だから、一日五千円か。そうだよな。五千円だ。十五万円割る三十日で五千円だ。急いで出さなきゃ。早急に、迅速に、ささっと出さなきゃ。でも、五千円もあったっけ？　あれ？　その五千円って、何だっけ？

「ないよ」

薄らいで消えそうになっていた思考力を何とか取り戻して、僕は言った。

「持ってない」

「じゃ、明日一万円払うか？」

「明日もない」

「あのさあ」

畠田は左手の小指で自分の耳の穴をほじった。

「お前、ちょっと調子に乗り過ぎじゃない？　高校時代と違って、俺が一人だから、仲間がいないから、何とかなるとか思ってない？　考えてみろよ。高校時代だって、俺は別に仲間とつるんでたわけじゃないだろ？　あいつらは脇《わき》でただ見てただけだ。俺とお前は、最初から一対一なんだよ。俺としては、高校時代と同じようなピースフルな関係をお前と築きたいと思ってるんだけど、協力してくれないもんかな」

ピース、と言って、畠田はVの字に作った指を突き出した。そのまま僕の目を突いてくる。

「本当にない」

髪をつかまれたまま、その手を避けて僕は言った。

「高校のときのバイトも辞めちゃったし、ここの入学金とか授業料だって、親に借りたから、月々返していかなきゃいけない。来年は妹も大学に行くから、うち、お金が全然足りないんだ。だから、お金なんて、本当にないんだよ」

「お前」

途端に心配そうな表情になって、畠田は僕の顔を覗《のぞ》き込んだ。

「それ以上言うと、額が増えるけど、大丈夫か？　月、三十万とか四十万とかになったら、もう普通のバイトじゃ稼げないだろ？　よっぽどきつい仕事をするか、もういっそ犯罪でもするしかなくなるだろ？　お前、俺のために、そこまでしてくれるのか？」

「きつい仕事も、犯罪もしない」と僕は言った。「それにお金もない」

あのさあ、と畠田はまたため息をついた。

「お前、そういうの、本当にやめろよな」

畠田の右手が僕の髪から離れた。同時に左足が鼻先に向けて飛んできた。さすがにこれ以上はきつかった。第一、右からも左からも出てるのだ。もう鼻血を出す穴もない。畠田の左足が顔面に当たり、僕は後ろ向きに地面に倒れ込んだ。木立の向こうに図書館がそびえていて、そのさらに向こうに青い空と白い雲があった。何をしてるんだろう？　そう思った。楽しいキャンパスライフを過ごすはずの大学の敷地の一角で、高校の同級生にボコボコにされて空を見上げている僕。蓮見亮太。十八歳。

もう大学は辞めよう、と僕は思った。どうせこんな僕に楽しい学生生活など訪れることはないのだ。美しい青春などやってこないのだ。それほどきつくない仕事を探して、働こう。給料の半分くらいは見逃してくれる優しい同僚や先輩のいる職場だって、世界のどこかにはきっとあるはずだ。高校の先生たちの忠告は正しかった。受験勉強なんてしてないで、僕はそういう職場を一生懸命探すべきだった。今、思えば、先生たちは本当に僕のことを思って忠告してくれていたのだ。でも、今からだって遅くないだろう。

今日は就職雑誌を買って帰ろう。そういう職場が見つかるまで、面接を受け続けよう。十回受けて見つからなくても、二十回受ければ見つかるかもしれない。二十回でも見つからなかったら、三十回だって、四十回だって受け続けよう。そうさ。百回だって、二百回だって……。

白い雲が涙でにじんだ。畠田が近づいてくる気配があった。次は何をされるのだろう？　お腹を踏んづけられるのだろうか？　股間《こかん》を蹴り上げるのはやめて欲しいな。あれは本当に痛かった。

がたり、と音がした。机やら椅子やらが重ねられている方角だった。すべてがにじんだ僕の視界に何かの顔が現れた。僕は目をしばたたいた。畠田じゃなかった。

「何だよ、お前」

畠田の声がした。その何かは畠田に構わず、しゃがんで僕を見下ろした。金色の毛を短く刈り込んでいた。どこかで見たことがあるな、と僕は思った。ああ、そうだ。中国に棲《す》む猿だ。テレビで見たことがある。孫悟空《そんごくう》のモデルとか言われていた猿だ。ごめんよ、お猿さん。僕はバナナも持ってない。

「俺なら五百円でいいぞ」

猿は言った。それが喋る猿か、猿に似た人かをしばらく考え、ひょっとしたらあとのほうかもしれないと思い直した。

え？

聞き返そうと思ったが言葉にならなかった。僕はげほっと咳《せ》き込んだ。

「俺なら、一日、五百円でいい。それも毎日じゃなく、会ったときだけでいい。うまく俺から逃げ回れれば、払わなくてもいい。それで、こいつから守ってやる。結構、いい条件だと思うぞ」

「え？」

今度は声が出た。

「何なんだよ、てめえは」

畠田が視界に現れた。僕の顔を覗き込んでいた彼が立ち上がり、畠田と向き合った。僕はよろよろと半身を起こした。高校時代、野球部でキャッチャーと四番を任されていた畠田は、縦にも横にも人一倍大きい。二の腕の盛り上がった筋肉やら分厚い胸板やらを見ると、僕との間のわずかな共通点を見つけて、同じヒトという名前で呼ぶことが馬鹿馬鹿しく思えるくらいだ。一方で僕に声をかけた彼は、僕よりも背が低いくらいだったし、体もずいぶん細く見えた。向き合った二人が頓知《とんち》合戦でも始めるのでない限り、勝敗は明らかだった。喧嘩《けんか》に体格は関係ない、というのは、素人の考え方だ。肉体で優劣を競うのなら、両者の体格は勝敗にほぼ絶対的な影響を与える。現に体重別制じゃない格闘技など、ほとんど存在しない。畠田はどう少なく見積もっても八十キロはある。

彼はどう見ても六十キロに満たないだろう。クルーザー級とフェザー級が試合をするようなものだ。勝てるわけがない。

「どうする？」

畠田から目を逸らさないまま、彼は僕に聞いた。

「俺を雇うか？」

「何、言ってんだよ、お前」

負けるわけがない。彼の体格を見て、畠田もそう判断したようだ。にやにやと笑みを浮かべながら、畠田が動いた。その大柄な体格には似合わない滑らかさで、すっと彼との間合いを詰めた。畠田の右手がいつの間にか固められて拳《こぶし》になっていた。それまでずっと畠田を見ていた彼が、よりによって畠田の手が動いたその瞬間にちらりと僕を見た。どうする、と、もう一度聞くように。

「雇う」

僕は叫んだ。考えた末の言葉ではなかった。さっさと僕から目線を切って、畠田の動きに対応して欲しかったのだ。が、無用な心配だった。彼が体を沈ませながら僕に向けてにこりと笑ったときには、畠田の拳は空を切っていた。体を沈めた彼の腰が半回転し、またすぐに逆回りに半回転した。一瞬だった。ぐほっという音を吐いて畠田は地面に這《は》い、腹をかばうようにして身をよじらせていた。

僕は唖然《あぜん》とした。やったこと自体は大したことではない。ダッキングをしながら相手の懐に飛び込んで、左のボディーブローに返しの右のボディーブロー。ボクシングの基本的な動きだ。ただそのスピードが尋常ではなかった。間近で見ていた僕にも、その動きを追うのがやっとだった。殴られ方を覚えるため、僕はこれまで、かなりの数の格闘技の試合をテレビで見て研究してきた。名勝負と言われる試合のDVDもたくさん借りて見た。テレビの動きと生の動きでは見え方が違うのかもしれないけれど、それでも今の動きは、ほとんどプロボクサーのスピードに見えた。それも世界クラスの。あんなの、避けられるはずがない。

うまく呼吸ができないのだろう。畠田はうめき声を上げながら体をよじらせ続けていた。たぶん、まともにレバーに食らったのだ。肝臓があるあばらの下にまともにパンチをもらうと、そうなる。

「畠田さん」

彼は畠田を見下ろして言った。

「そういうことで、今日以降、蓮見くんは俺のカモということになりました。了解してもらえますかね?」

畠田は答えなかった。答えられなかったのだろう。彼はしゃがみ込むと、畠田が僕にそうしたように、髪をつかんで顔を上げさせた。

「いいっすかね?」

まだ声が出ないようだ。だらりと涎《よだれ》を垂らした畠田が何とか頷いた。

「そりゃよかった」と彼は言った。「あ、当たり前ですけど、俺のカモに手を出すやつは、狩りますからね」

彼はそこでにやりと笑った。可愛いお猿さんがにやりと笑うと……それはそれは、ものすごく凶悪な顔になった。

「容赦なく、狩りますから。わかりましたか?」

畠田がまた頷いた。

「じゃ、そういうことで」

彼が髪を離すと、畠田はそのまま地面に突っ伏した。荒い呼吸を繰り返す畠田をもう振り返りもせず、彼は僕に近づいてきた。これは、かなりまずいことになった、と僕は思った。彼は畠田より強い。ということは、畠田より額が上がる可能性もあるということだ。いや、可能性なんかじゃない。きっと上がる。今日は五百円。明日は千円だろうか。毎日、倍に上がっていけば、来週が終わるのを待たずに僕の財政は破綻《はたん》する。顔を合わせなければ払わなくていいと彼は言ったけれど、顔を合わせなかった日の分は毎日加算されていくのかもしれない。今後、ずっとキャンパスにいる間中、僕は彼の影に怯《おび》えて暮らすことになるのだ。

やっぱり大学は辞めよう、と僕は思った。環境を変えるだけじゃ駄目だったのだ。僕はまず、自分を変えなきゃいけない。肉体労働をして、体を鍛えて、自分にもう少しだけ自信がついたら、そのときに改めて大学に入り直そう。そうだ。希望は捨てちゃいけない。僕の青春は、たぶん、今よりもうちょっとだけ先にあるのだ。

「立てるよな？」

僕の前に立った彼が言った。僕は頷いた。

「行くぞ」

僕は立ち上がった。離れていく彼の背中との距離を測りながら、逃げ出せる方角を探した。あちらだと思い定めて、走り出そうと思ったまさにそのとき、気配を察したように彼がくるりと振り返った。

「ほら、こいよ」と彼は言った。「まずは今日の分の五百円だ」

畠田とやり合ったときの彼のスピードを思い出し、僕は諦《あきら》めた。逃げ切れるわけがない。

今日の分の五百円は諦めて、僕は彼の後ろに従った。

彼がやってきたのは学食だった。だだっ広い空間に、長い机がずらりと並べられた学食には、昼時ということで、多くの人の姿が見られた。僕にぴったり五百円のAランチの食券を買わせると、彼はランチの載ったお盆を持ってテーブルに座った。どうやらそれで解放してくれるわけではなさそうだったので、僕は彼の分のお茶も持って、彼の向かいに座った。

「おお、うまそうだ」

うきうきと言うと、思い出したように彼は名乗った。

「あ、俺、桐生友一《きりゆうゆういち》」

彼はその漢字を指でテーブルの上に書いた。聞いてみると、桐生くんは語学で僕と同じクラスだった。

「さっき同じクラスにいただろ？」

桐生くんは言ったが、僕は覚えていなかった。一割のいじめっ子と一割のいじめられっ子の顔はしっかりと記憶に刻んでいたけれど、桐生くんの顔は記憶になかった。そのとき、桐生くんはいじめっ子の傾向を消していたのだろうか。とするなら、彼は相当のいじめっ子だ。ただものではない。

「ああ、まあ、しょうがねえか」と肉団子を頰張りながら桐生くんは言った。「お前、前の席の女の子のことばっか、じろじろ見てたもんな」

「そんなことしてないよ」と僕は言った。

「嘘《うそ》つけ。じろじろ見てたよ」

そんなことはない、と僕は思った。それは、ちらちらは見ていたかもしれないけれど、じろじろなんて見てない。

僕はお茶を口に含んだ。気をつけていたつもりだったが、それでもだいぶ切ったようだ。お茶が染みて、口の中がひりひりと痛んだ。

「お前、ああいう子が好みなの?」

ずるっと味噌汁を飲んで、桐生くんは言った。

「え? あ、いや、そんなことないけど」

「だよなあ。別にどうってことない顔だったもんな。お前の隣にいた子のほうがよっぽど可愛かった」

確かにそうだった。僕の右隣の席にいた女の子は、確かに可愛かった。でも、可愛過ぎた。可愛い女の子を好きになるなんていうのは、平均点以上の男の子の特権だ。少なくとも何かでは平均点以上を取れる男の子の特権だ。何事でも平均点以下の僕にとってみれば、その存在は、雑誌の中にいるグラビアアイドルとさして違いがない。この先、グラビアアイドルに憧《あこが》れて過ごすには、大学の四年間は長過ぎる。たとえそれがわずかであろうと可能性が存在する道を追求するのは当たり前じゃないか。

もっとも、正確に言うのなら、僕が見ていたのは前の席の女の子ではなく、その白いブラウスの背中に透けていたブラジャーのピンクのラインとそれをつないでいるホックだった。二つあるホックのうちの一つがちゃんとかかっていなかった。僕はそれが気になって仕方なかったのだ。もちろん、そんなこと桐生くんに言えるわけがなかった。

「どうしてあんなところにいたの?」と僕は話題を逸らした。

「ちょっと用事があったんだよ。そしたら、お前らがやってきて、勝手に喧嘩を始めたんだろ」

ものすごいスピードでAランチを平らげながら、桐生くんは言った。

「ああ、いや、ありゃ喧嘩じゃなくて、お前が一方的にやられてただけか」

鼻血が止まったようだったので、僕は両方の鼻の穴からティッシュを抜いた。

「お前、何でボコられてたんだ?」

血に染まったティッシュを見て、桐生くんは言った。

「高校時代からなんだ」と僕は言った。「高校一年の夏から、ずっと。たぶん、理由なんてない」

「いや、そういうことじゃなくてよ」

ご飯を口に詰め込んで、たくわんをぽりぽりと嚙《か》みながら桐生くんはもごもごと言った。

「何でわざわざボコられてやってたんだ?」

「え?」

「だって、お前、全部、避けられただろう？」

「そんなことないよ」と僕は言った。

猛然と動いていた桐生くんの箸《はし》が止まった。僕をじろりと睨みつけたあと、桐生くんは、ふふん、と鼻で笑った。

「腹を殴られたとき、お前、一瞬、腹筋に力を入れてから、わざわざそれを抜いてたよな。顔を殴られたときもそうだ。お前は相手の拳の位置に、わざわざ自分の顔の真ん中を持っていった。そんな余裕があるなら、十分避けられたはずだ。蹴られたときは、あれは蹴られたふりをしただけだよな？　インパクトの瞬間、お前は自分から後ろに飛んでた」

「そんなこと、してないよ」

「してたよ」とまた箸を動かしながら桐生くんは決めつけた。「俺は見てた」

まるで、やっていた本人の僕より、見ていただけの桐生くんのほうが正しいというような言い方だった。僕はそんなことをしたつもりはなかった。それは、痛い顔をしなくちゃいけないんだから力を抜こうとは思った。でも、それは意識してやったわけじゃない。長年の習性で、咄嗟《とっさ》にそうやってしまっただけだ。少しくらい痛くないところに当たるといいな、とかも考えた。でも、そう考えている間に、畠田の拳や足は体に当たっていた。僕は何もしていない。ましてや全部避けられたはずがない。仮に避けられたとしたところで、そうしたらまた別な拳やら足やらが飛んできていただろう。たぶん、最初のより強いやつが。それを避けたら、もっと強いやつが。それも避けたら、もっともっと強いやつが。切りがないのだ。

「それに、だって、ずっと避け続けるわけにもいかない」と僕は言った。

「ふうん」と桐生くんは鼻を鳴らした。「お前、面白いこと考えるんだな」

「え？」

「普通、そうは考えねえぞ。避けられるってことは、避けて、殴り返せるってことだ。やっちまおうと思わなかったのか？」

「思わなかった」

「どうして？」

「だって」と僕は言った。「殴られたら痛い」

桐生くんは一瞬、きょとんとして、それから爆発的に笑い出した。

「お前、変なやつだなあ」

ものすげえ人間ができているのか、恐ろしく弱虫なのか、と桐生くんは言った。

僕は知っていた。もちろん、あとのほうだ。殴られたら痛い。もしも、もしも僕が畠田を殴ったりしたら、そんなことができたとしたら、きっと畠田だって痛いだろう。痛いから、きっと、その倍痛がらせてやろうと思って僕に殴り返してくる。そうしたら僕は、倍痛い。痛い痛い、だ。そんなの嫌だった。それくらいなら、一回の痛いで済ませておいたほうがよかった。

「ごちそうさん」

最後に味噌汁を飲み干すと、箸を置いて桐生くんは両手を合わせた。

「よし。行くぞ」

桐生くんはお盆を持って立ち上がった。背を向けて歩き出した桐生くんは、僕がついてくるものと決めつけているらしい。

「あ、桐生くん」

すぐ脇にあった返却口にお盆を返した桐生くんに、僕は声を上げた。このままついていけば、何をされるかわからなかった。さっき支払った五百円も、しらばっくれる気かもしれない。そもそも五百円で済ませる気なんて最初からないのかもしれない。このまま どこかで就職雑誌を買って帰ろう。もう大学にくることもないだろう。それとも、休学届けを出せば、支払ったお金を何年間かは持ち越してくれるだろうか。一応、学生課に行ってみよう。

僕の声に桐生くんは振り返り、ずんずんと僕の前に戻ってきた。その顔がちょっと怒っているようで、僕は思わず体を引いた。

「トモイチだ」

僕の向かいに戻ってきた桐生くんは、テーブルに手をつくと、ずいと顔を突き出して言った。

「え?」

「トモイチ。俺のことはそう呼べ。友達はみんなそう呼ぶ。頼むから、桐生くんはやめろ。気色悪い。ホモのカップルみたいだ」

「トモイチ?」

「ほら、さっさとこいよ」

トモイチは歩き出した。もう振り返らなかった。

友達、とトモイチは言った。友達はみんなそう呼ぶ。だったら、トモイチと呼べと言われた僕も、友達なのだろうか。

友達、と僕は思った。泣きそうになった。僕に友達がいたのは、高校一年の夏までだった。「友達」は「彼女」と同じくらい、いや、それ以上に大事な青春のキーワードだ。「彼女」のいない青春はありえても、「友達」のいない青春なんてありえない。嗚呼《ああ》、友達。おお、ともだち。ビバ、トモダチ。僕はその言葉に酔った。酔いは心地よく体を巡った。他の誰でもない。友達がこいと言っているのだ。行かないわけにはいかない。たとえ、今、この瞬間、大地震で地面が大揺れに揺れていたとしたって、その背中を追わないわけにはいかない。僕はふらふらとトモイチのあとに従った。

トモイチは大学の敷地の片隅にある、サークルの部室ばかりが入っている建物に入っていった。四階まである建物の階段には足を向けず、そのまま一階の廊下を奥へと進んでいった。散乱する軽音楽部の楽器やら演劇部の小道具らしきものやらを避けながら廊下を歩き、突き当たりにあるドアを開けた。

「ちーす」

真昼だというのに薄暗い部屋だった。壁のずいぶん高いところに明かり取りの細い窓があるだけのその部屋は、部屋というより倉庫みたいに見えた。部屋には四人の人がいた。男の人が三人に、女の人が一人。雰囲気からして一年生ではないだろう。みんな大きな机に向かって座っていた。壁際にはゴミ捨て場から拾ってきたような古い食器簞笥《だんす》があり、部屋の隅にはこれもゴミ捨て場から拾ってきたような小さな冷蔵庫があった。それだけでは、ここが何のサークルなのか、想像がつかなかった。

「お、トモイチか。目安箱はどうだった?」

眼鏡《めがね》をかけた一人が言った。長い髪を後ろに束ね、ベージュのジャケットを着ていた。韓国映画に出てきそうな、育ちの良さそうな、落ち着いた雰囲気をまとった人だった。役どころは、主人公が恋をする女の子のフィアンセで、財閥の御曹司《おんぞうし》といったところか。

「何もなかったです。代わりってわけでもないですけど、こいつ、新入部員を連れてきました」

振り向いたトモイチに、本を読んでいる一人を除いた三人の視線が僕に集まった。さっきの眼鏡の先輩。それから、着ているＴシャツがはちきれそうなほど筋肉の盛り上がった男の先輩。人一倍大きい畠田よりさらに一回り大きいだろう。筋肉で押し上げられたＴシャツの胸のところにはラブ、アンド、ピースと英語で書いてあったが、じろりと僕を睨んだその先輩にはファイト、オア、ダイのほうが似合いそうだった。それとショートカットに丸いくるりとした目が奇麗な女の先輩。すらっとしているのに出ているところはちゃんと出ていて、白いカットソーをつんと押し上げていた。

「君、どうしたの、その鼻。真っ赤だよ。トナカイみたい」

笑いながら僕の顔を覗き込んだときに胸元が緩み、白いブラジャーに支えられた、柔らかそうな二つの膨らみの上の部分が僕の目に飛び込んできた。僕は慌てて視線を逸らした。

「あ、ええっと」と僕を見た眼鏡の先輩は、トモイチに視線を戻した。「トモイチ。うちの入部規則、わかってるよな？　説明したよな？」

「聞きました」とトモイチは言った。

「ちょっと」

眼鏡の先輩が立ち上がってトモイチに手招きをした。トモイチが近づいていくと、僕らに背を向けるようにして、その肩を抱いた。

「だって、彼、何ができる？　天才的ハッカーとか、コンピュータープログラマーとか、そういうやつ？」

声を潜めてはいるつもりらしいが、その言葉は僕のもとまでしっかりと届いていた。

「ああ、そういうやつじゃないです、たぶん」とトモイチは言った。

「あんまり頭もよさそうじゃないし」と眼鏡の先輩が言った。

「そりゃそうっすよ」とトモイチは声を立てて笑った。「うちの大学にくるぐらいですから」

「お前、それを言うなよな」

眼鏡の先輩もトモイチの肩を叩いて笑った。

ハーッハッハッ、と笑い合った二人は、揃って僕をちらりと見ると、また顔を寄せて話し始めた。

「運動神経だって、あまりよさそうじゃないし」

前よりも一層声を潜めたつもりらしいが、その言葉はやっぱり僕の耳にもしっかりと聞き取れた。

「ああ、そこが微妙なところで」

「いいの？」

「さあ」

「さあって、トモイチ、それじゃ困るんだよ。いざってときに、足手まといになるだけなんだから」

「ちょっと試させてもらっていいっすか？」

「試すって、何を？」

「入部テストみたいな感じで」

「入部テストって、そりゃ、別にいいけど」

トモイチは眼鏡の先輩のもとを離れて、机に手をかけた。

「場所、空けさせてもらっていいっすか？」

本を読んでいた先輩は顔を上げることもなく、自分が座っていた椅子をずずっと引いて壁際に寄った。僕よりも背の低いトモイチより、さらに一回り小さい。そのくせ、妙に年寄りじみた顔をした人だった。Tシャツを着ていた先輩が察して、トモイチと一緒にその人の前に寄せるように机を動かした。眼鏡の先輩と女の先輩が、机の周りにあった丸椅子をどけた。

空いたスペースの真ん中に立って、トモイチは僕に手招きした。僕が近づいていくと、行くぞ、とトモイチは言った。

「え？」

僕が聞き返したときには、トモイチの左の拳が僕の顔面に当たっていた。一瞬のけぞった顔を素早く戻して、僕はポケットからティッシュを出し、急いで右の鼻の穴に入れた。間に合った。鼻血が出て、ティッシュを染めていくのが見えなくてもわかった。その様子を見ていた女の先輩が、おおと声を上げた。

「すごい」

「すごいって、何がよ」とさっきの眼鏡の先輩が言った。

「この子、鼻血が出る前から、右の鼻にティッシュを詰めた」

「すごいか？　それ」

「すごいわよ。だって、左からは出てないもの。右から鼻血が出ることを前もって予測していたんでしょ？　私、そんなことできないもの。すごくすごい。うん。すごくすごいよ、この子。鼻血の達人？」

「ああ、いや、そうじゃないんす」

トモイチは二人に言って、僕に向き直った。その眉間《みけん》に皺《しわ》が寄った。

「馬鹿。お前まで、照れてんじゃねえよ。ちゃんと避けろ」

「え？」

「これから俺が殴るから、お前、それ、避けろ」

「避ける?」

無理だ。速過ぎる。今のパンチだって、いきなり左の拳が大きくなったように見えた。パンチの軌道が見えない。拳が顔面目指して最短距離を飛んでくるのだ。ただ振り回しているだけの畠田のパンチとは根本的に質が違う。

「無理だよ」と僕は言った。

「無理なことあるか。お前ならできる」とトモイチは言った。

お前ならできる。

お前ならできる?

その言葉が頭を巡った。そんなことを言われたのは小学生のとき以来だ。お前はやればできる子なんだから。そう言ってくれた母さんも、そんな言葉を口にしなくなって久しい。この大学に受かったときも、「お前にしては頑張ったじゃない」と言ってくれただけだ。だけど、トモイチは、僕の友達は、お前ならできると言ってくれた。

「やる」と僕は頷いた。「頑張る」

「そうだな。頑張れ。でもそんなに力むな。体の力を抜いて、楽にしろ」

そうしたつもりの僕の頭をトモイチははたいた。

「そうじゃねえよ。それじゃ手が下がっただけだろ。ノーガード戦法かよ。体はがちがちじゃねえか。そうじゃなくて、ああ、そうだな、ケツの穴に力を入れろ」

「トモイチ」

眼鏡の先輩が厳しい声を出した。僕とトモイチはそちらを見た。

「女性の前だぞ」

眼鏡の先輩の目線を追って、僕とトモイチは女の先輩のほうを見た。目線が自分に集まっていることに気づいた彼女が、慌てて両手を頰に当てた。

「いやん。がちがちですって」

「あ、そっち?」と眼鏡の先輩が言った。

「ああ、えっと、だから、お尻《しり》の穴だ」とトモイチが言った。

「何だ、そっちか」と女の先輩が言った。

「ぎゅっと締めろ。そうすりゃ、他の力が抜ける」

僕はそうしてみた。確かに体の他の部分が楽になったような気がした。それを見て取って、トモイチがファイティングポーズを取った。

僕ならできる、と僕は思った。トモイチがそう言ったんだ。僕ならできる。そこが微妙なところで、とか、さあ、とかは、この際忘れよう。僕の友達が、僕ならできると言ってくれた。

「行くぞ」

言った次の瞬間、左の拳が視界にぐわんと大きくなった。頭を左に逸らした。頰をかすった左の拳が戻るのを待たず、視界の左隅に右の拳が現れた。僕は頭を下げた。右の拳が髪をかすめた。下げた僕の頭を狙《ねら》い打つように、下から左の拳が突き上げられていた。下げていた頭に急ブレーキをかけて、思い切り後ろにのけぞらせた。鼻のほんの数ミリ先を左の拳がかすめていった。わずか三発のパンチで僕の体勢は完全に崩されていた。次に何かがきたら避けられない。そう思った。そしてその「次」はもちろん、きた。左、右、左ときて、右の拳に注意が向き過ぎていた。動いた右の拳はフェイントだった。もう避けられないとブロックしようとした僕の腕に軽く当たっただけで素早く戻され、それと同じ動きで、左のボディーブローが下から這い上がってきた。当たる、と思ったのと同時に、ドン、と右のわき腹に重い衝撃を感じた。畠田のパンチの比ではなかった。思わずお腹を抱えそうになった動きを何とか封じたのは、お前ならできるというトモイチの一言だった。僕にはできなかった。こんなの、きっと何回やっても避けられない。それでも、お前ならできると言ってくれたトモイチにかけて、僕は痛がる素振りを見せるわけにはいかなかった。

拳を戻したトモイチが、ファイティングポーズを解いた。それから、にこりと僕に笑いかけた。僕は泣きたくなった。僕にはできなかった。トモイチができると信じてくれたのに、僕にはやっぱりできなかった。

部室はシンとしていた。誰も何も言わなかった。軽音楽部が奏でる旋律だけが遠くに白々と響いていた。やっぱり就職雑誌を買って、さっさと帰ろう、と僕は思った。

「何、何、何」

やがて女の先輩が言った。

「ねえ、何よ、今の」

女の先輩が眼鏡の先輩を見た。眼鏡の先輩が肩をすくめ、隣にいたラブ、アンド、ピースのTシャツの先輩を見た。

「左のジャブ。右のフック。左のショートアッパー。もう一度右フックに、もう一度左のショートアッパーを今度はボディーに」

Tシャツの先輩が言った。言葉に合わせて指を折った女の先輩は、声を上げた。

「五発？　今、五発も殴ったの？」

Tシャツの先輩が頷いた。

「え、それで何発当たったの？」

Tシャツの先輩がトモイチを見た。トモイチが頷いた。

「ゼロだな」とTシャツの先輩が言った。

「ゼロ？　だって、最後のは当たってなかった？」

「はい。ゼロです」とトモイチは言った。「この至近距離で、ボディーなんて避けられませんよ。あれは、効いていなきゃ、当たったことにならない」

「お前、今、手加減したか？」とTシャツの先輩が言った。

「してたように見えましたか？」とトモイチが言い返した。

しばらくトモイチと睨み合ったTシャツの先輩は、ふっと笑った。

「いや。見えねえ」

「最後のボディーまで含めて、全力っすよ」

「ダメージは」とTシャツの先輩は僕を見た。「ゼロか」

「それ、言わないでくださいよ」

トモイチは大げさに叫んで、その場にどかりと座った。

「俺、結構、傷ついてるんすよ。そこそこはできると思ったけど、まさかここまでなんて思ってなかったっすから。一発目は避けられても、二発目は当たると思ってた。ましてや三発目は、避けられるはずがないと思ってた。だって、今まで避けられたやつ、いなかったっすから」

「それで、ムキになったな」とTシャツの先輩は笑った。「四発目はフェイントだろ？」

「当たるようなら当てるつもりでしたよ。でも、ガードが上がってきたから、切り替えたんです」

「そこで切り替えられるお前もすげえよ。でも、だからってボディーはねえだろ。避けろって言っておいて、ボディーは反則だ」

「だって、一発くらい当てなきゃ、ムカつくじゃないっすか」

「あの桐生友一の全力のパンチを五発で、ダメージゼロか」とTシャツの先輩は愉快そうに笑った。「こりゃ、すげえや」

Tシャツの先輩は横にいた眼鏡の先輩の足をポンポンと叩いた。

「なあ、こいつ、入れようぜ。絶対、使える」

「よくわからないんだが」と眼鏡の先輩は言った。「今のは、それくらいすごいのか？」

「お前なら最初の一発目で伸びてるよ」

「お前ならどうなんだよ」

ちょっとむっとしたように眼鏡の先輩が言った。

「俺？　俺が一年坊に負けるわけねえだろ」

その言葉にトモイチが体を起こした。

「あ、それ、ちょっと心外っす。試しますか？」

「おお、いいぜ」

「ちょっと、ちょっと、ちょっと」

立ち上がりかけたTシャツの先輩を、女の先輩が制した。

「そういうのはもっと広いところでやりなさい。それよりも、今はこの子でしょ。この子、どうするのよ」

トモイチも、眼鏡の先輩も、Tシャツの先輩も、僕を見た。僕は意味もなく頭を掻いた。誰も何も反応してくれないので、えへへと笑ってみた。それでも誰も何も反応してくれなかった。

「部長。どうします?」

眼鏡の先輩が、それまでずっと黙って本を読んでいた人に聞いた。みんなの視線が彼に集まった。

部長? と僕は思った。その人に、どう見ても部長の風格はなかった。眼鏡の先輩も、Tシャツの先輩も、女の先輩まで含めても、部長という肩書きにもっともふさわしくないのがその人だった。年齢という意味だけならば、確かに一番上に見えるけれど。

「ああ、いいんじゃない?」

本のページをめくる間にちらりと僕を見て、部長は簡単に言った。

女の先輩が歓声を上げた。

「やったね、君」

彼女が僕の肩をばんばんと叩いた。

「ようこそ我が部へ」と彼女は言った。

「え?」と僕は聞き返した。

「歓迎するよ」と眼鏡の先輩も言った。

「よろしくな」とTシャツの先輩も言った。

ようこそ？　歓迎？　よろしくな？

これは何かの悪戯《いたずら》だろうか、と僕は思った。ここで僕が頷いたら、みんな笑い出すのだろうか。そんなわけねえだろ、バーカ、と言って、部屋から叩き出されるのだろうか。それとも、気色悪いんだよ、てめえは、と言って、みんなでぽこぽこ殴るんだろうか。そして立ち上がれなくなった僕を囲んで、みんなでカゴメカゴメをするのだろうか。今までの様子も、実はずっとビデオカメラで撮られていて、かーごのなーかのとーりーはーと手をつないで歌うみんなに取り囲まれながらしくしくと涙を流す僕の姿が、秋の学園祭で大々的に放映されたりするのだろうか。それを見て、大学中の学生が大笑いするのだろうか。こりゃ傑作ですなあ、と学長が理事長の肩を叩いたりするのだろうか。でも、何でそんな手の込んだことをするのだろう。

僕はトモイチを見た。

「楽しくやろうぜ」

トモイチはにかっと笑った。これは効いた。今まで食らったどんなパンチよりも鼻の奥が熱くなった。

「ああ、何だ、何だ」

僕の顔を見たトモイチは、慌てて僕に近寄ってきた。

「何で泣く？」

「泣いてない」と僕は言った。

「だって、泣いてるぞ」

「泣いてない」と僕は言った。

「いや、でも」

「泣いてない、泣いてない」

女の先輩が近づいてきて腕を伸ばし、僕の頭をよしよしと撫《な》でてくれた。

「うん、うん。泣いてないよね」

もうたまらなかった。その柔らかそうな胸に飛び込んで号泣しようとした途端、僕は彼女に襟首をつかまれた。

「調子に乗るな」

「はい」

僕は言った。言ったつもりだったけれど、締まった首のせいで、げえという声しか出なかった。

「よし、じゃあ準備だ。ほら、カズマ、そっち持て」

眼鏡の先輩がTシャツの先輩を促し、どけていた机を元の場所に戻した。その間に、女の先輩とトモイチが椅子を並べ直した。部長と呼ばれた人が動いた。読んでいた本をパタンと閉じ、部屋の片隅にあった古い食器簞笥を開けて、紙コップを取り出した。

「君は、そこな。そこ、座って」

眼鏡の先輩に言われて、僕は長方形の机の短い辺に向かった椅子に腰を下ろした。トモイチと女の先輩が僕の右手に、Tシャツの先輩と眼鏡の先輩が僕の左手に座った。部長が僕ら一人一人の前に丁寧に紙コップを置いていった。しげしげと眺めてみると、古い上に、ずいぶん汚い紙コップだった。最後に僕の向かいの席にも紙コップを置くと、部長は僕と向き合うその席に座った。代わって女の先輩が立ち上がり、冷蔵庫からポカリスエットの大きなペットボトルを取り出し、僕の紙コップに注《つ》ごうとした。が、さすがにそれに口をつける気にはなれなかった。

「僕、生協で新しいの買ってきますよ。これ、何だかちょっと汚いし」

気を利かせたつもりだったのだが、場がさっと緊張した。みんなの視線を追って見ると、部長の右の眉毛《まゆげ》がぴくぴく動いていた。

「あ、彼は何も知らないですし」と眼鏡の先輩が慌てたように部長に言った。

「仕方ないですよ。今、きたばっかりなんですから」とTシャツの先輩もおろおろと取り成した。

「ほら、君、謝って」

女の先輩に小突かれ、僕は頭を下げた。

「ごめんなさい」

「君、これはな、うちの部に代々伝わる神聖な杯なんだ」と眼鏡の先輩が言った。

「杯？」と僕は目の前の紙コップを見て、それは何かの冗談だろうと判断した。「だって、これ、紙……」

コップじゃないですか、と笑いながら言おうと思ったけれど、Tシャツの先輩に遮られた。

「そう。杯だ」

「そう。杯なの」と女の先輩も言った。

トモイチは僕に目配せして、小さく頷いた。

「はあ」と僕は頷いた。

女の先輩が僕の紙コップにポカリスエットを注ぎ、みんなの紙コップにも注いで、自分の席に戻った。それを待って、ごほん、と部長が咳払《せきばら》いをした。みんな椅子の上で姿勢を正した。

「今から、固めの杯を交わす」

部長が少し甲高《かんだか》い声で宣言した。おう、とみんなが応じた。何だか、ヤクザの襲名式みたいだった。もちろん、そんなの、見たことないけれど、たぶんこんな感じなのだと思う。

「君、名前は?」

部長が僕に聞いた。

「蓮見です」と僕は言った。「商学部一年の蓮見亮太です。よろしくお願いします」

うむ、と部長は重々しく頷くと、また少し甲高い声で朗々と言った。

「晴れやかにも、この春、本校に入学した、商学部第一学年の蓮見亮太くんは、縁あって我らと行動を共にすることと相成った」

おう、とまたみんなが応じた。

「しかるにこれより後、我らが進む道には数多《あまた》の艱難辛苦《かんなんしんく》が待ち受けよう。ときには烈火がその身を焼き、ときには烈風がその身を切り裂こう。蓮見亮太くんよ。それでもなお我らと行動を共にする決意があらば、目前にある清らかなる正義の血潮を飲み干して、その証《あかし》となせ。その決意、おろそかなるときは、清らかなる正義の血潮がその身を内から朽ち果てさせよう。その決意、確かなるときは、清らかなる正義の血潮がその身を駆け巡り、更なる力となろう」

部長が僕を見た。みんなの視線も一斉に僕に向けられた。何かを期待されているようだったけれど、何をすればいいのかわからなかった。

「ええ、ああ、はい」と僕は取り敢えず頷いてみた。

「ならば、その目前にある清らかなる正義の血潮を飲み干せ」

部長は言った。

清らかなる正義の血潮？

「あの、それって、この、ポカリ……」

商品名を最後まで言わせず、机の下でTシャツの先輩が僕の足を蹴飛ばした。

「そうだから。黙って飲め」

僕は紙コップを手にした。覗いてみると、コップにこびりついていたらしい何かの毛が、ポカリスエットの上に浮かんでいた。これは取っていいものだろうかと僕はトモイチを見た。トモイチが黙って首を振った。僕は覚悟を決めて、ポカリスエットを一息にごくごくと飲んだ。僕が紙コップを机に戻すと、一斉に拍手が沸き起こった。部長が手を上げると、拍手はぴたりとやんだ。

「これにより、蓮見亮太くんは、我らが仲間と相成った。これより先、蓮見くんがいかなるときも、それを慈しみ、共に助け合うと己に誓えるもののみ杯を手にせよ」

部長を含めたみんなが紙コップを手にした。部長以外は、不安そうに一度、紙コップの中を覗き込んだ。みんなのコップにも何かが浮いていたのだろう。みんな一様に顔をしかめた。

「我らが友、蓮見亮太くんに」

部長が杯を掲げた。

「我らが友、蓮見亮太くんに」

みんなが応じて、一斉にポカリスエットを飲んだ。

我らが友、と僕は思った。みんな、友達。みんなが僕のためにゴミの浮いたポカリスエットを飲んでくれた。また泣きそうになった。みんなが一斉に紙コップを机に戻し、さっきよりも大きな拍手が沸き起こった。僕も拍手をした。力いっぱい拍手をした。僕と僕の友達のために。

「おめでとう」と眼鏡の先輩が言った。「これで君はうちの部員だ」

「ありがとうございます」と僕は言った。「でも、ここ、何のサークルです?」

眼鏡の先輩の笑顔が凍りついた。Tシャツの先輩は、一瞬、ぽかんとしたあと、ゲラゲラと笑い出した。女の先輩は隣にいたトモイチの頭を後ろからはたいた。

「トモイチくん、それも説明してなかったの?」

部長は誰にも構わず、淡々とみんなが使った紙コップを重ね、それを部屋の隅の食器箪笥に戻すと、また本を読み始めた。どうやら代々伝わる杯は、代々洗われずに使われているらしい。

「お前さ、ああ、何て呼ぼうか。亮太か? うん。まあ、ひねったあだ名はそのうち考えよう。亮太、ちょっとこっちこい」

トモイチが僕に手招きした。僕は立ち上がって、トモイチに連れられて部室を出た。

出たところでトモイチは後ろを振り返った。

「こういうところだ。サークルじゃない。大学の学生自治連合会にも認められた、れっきとした部だ」

入るときには気づかなかったが、部室の入り口の横に、古ぼけた木の看板が出ていた。

〝飛鳥《あすか》大学学生親睦会《しんぼくかい》〟

そこまではいい。しかしそのあとはどういう意味だろう。

〝正義の味方研究部〟

正義の味方研究部？

「飛鳥大学学生親睦会。正義の味方研究部」と僕は読み上げた。

間違いはなかったようだ。

「そういうことだ」とトモイチが頷いた。

仮面ライダーとか、ガッチャマンとかを研究するのだろうか。それほどオタクな感じの人たちにも見えなかったけれど。

トモイチに背中を押されて、僕は部室に戻った。

「説明、済んだ？」と女の先輩が言った。

「はい」とトモイチが言った。

「僕は、どちらかというとウルトラマン派です」

他に何派があるのかは知らないけれど、さすがにウルトラマン派はあるだろうと考え、思い切って宣言してみた。が、みんなの白けた反応に遭って、僕は慌てた。ウルトラマンなんていうメジャーどころは、こういう世界では馬鹿にされるのかもしれない。けれど、みんなが喜びそうなマイナーなヒーローを、僕は知らなかった。

「でも、仮面ライダーとかも嫌いじゃないです」

そう言ってから、それだけじゃ物足りないなと自分でも思い、付け足した。

「バッタってところがいいと思います。あ、あと変身ポーズとかも。かっこいいです。そこはウルトラマンより勝ってると思います」

うん、うん、と眼鏡の先輩が頷いた。

「たまにそういう誤解をしてくるやつ、いるな」

「今年も、もう六人ぐらいきてるぞ」とTシャツの先輩が言った。

「全然、説明してないじゃない」と女の先輩がまたトモイチの頭をはたいた。

「亮太。お前、何、読んでるんだよ」とトモイチが八つ当たりで僕の頭をはたいた。

「看板、ちゃんと見たろ？」

「正義の味方研究部」と僕は言った。「ウルトラマンとか仮面ライダーとかを研究するんじゃないの？」

「しねえよ、そんなもん」とトモイチは言った。

「あ、実写じゃなくて、アニメのほう？」と僕は言った。「ガッチャマンとかヤッターマンとか、そっち？」

ヤッターマンて、何？

女の先輩が聞き、すごい昔のアニメだよ、と眼鏡の先輩が答えた。

「お前、オタクか？」とトモイチが呆《あき》れたように言った。「まあ、別にオタクでも何でもいいけど、そういう話は別なところでやってくれ。ここはそういうところじゃない」

「じゃあ、どんな正義の味方を研究するの？」

「そうじゃなくて、どういうのが正義の味方かを研究するんだよ」

「ええっと」と僕は考えた。「どういうのがって研究する、その正義の味方って、何？」

「何、じゃなくて、俺らだよ」

「僕ら？」

「そう。俺ら。この、ここの部」

こ、の、こ、こ、の、部、と、トモイチは足で床をばんばんと蹴った。全然、わけがわからなかった。

「それだと、何だかまるで、この部が正義の味方みたいだね」

そう言って、僕は笑った。ハハハ、という僕の笑い声だけが部室に響いた。

え？

「おかしいか?」

Tシャツの先輩がじろりと僕を睨んだ。

「いえ」と僕はぶんぶん首を振った。「おかしくないです」

「ああっとね、亮太、あ、俺も亮太って呼んでいいよね。うん。亮太、そこ、座って」

眼鏡の先輩に言われて、僕はさっきの椅子に腰を下ろした。

「ここは、正義の味方研究部。それはわかったね?」

「はい」

「今、トモイチが説明したように、ここは、正義っていうのはどういうものか、延《ひ》いては正義の味方っていうのはどういう存在であるべきかを研究する部なんだ。それを研究し、大学内でそれを実践する。わかるかな?」

「ああ、ええ、はあ」と僕は頷いた。

「わかってねえよ、こいつ」とTシャツの先輩が言った。

「来歴から説明したほうが早いかな」と眼鏡の先輩は言った。「この部が創立されたのは、今から十五年前のことだ。十五年前、この大学で一つの事件が起こった。集団……」

言いかけてから眼鏡の先輩は、女の先輩のほうをちらりと見て、失礼、と言った。

「集団レイプ事件だ。アホなボクシング部の部員たちが、六人で二人の女子学生に無理やり酒を飲ませて、その部員のうちの一人のアパートに連れ込み、代わる代わるレイプした」

「獣ね」と女の先輩が言った。

「それ以下だ」と眼鏡の先輩は応じた。「しかも、あろうことかそのボクシング部員たちは、そのことを大学中に吹聴《ふいちょう》して回った。そのせいで、その二人の女子学生は大学にも出てこられなくなった。もちろん、本来なら、そんなこと、許されるはずがない。彼らは立派な犯罪者だ。犯罪者が自分の罪を吹聴して、被害者がいたたまれなくなるだなんて、そんなことがあっていいはずがない。だけど、その当時、うちのボクシング部は特別だった」

眼鏡の先輩はため息をついた。

「君も知ってる通り、この大学に取り柄は何もない。ただ学生数が多いってだけで、偏差値も低いし、他にはない特色を持った学部があるわけじゃない。スポーツだって弱い。でも、その当時、ボクシング部だけは強かった。百人以上の部員を抱える、他の大学にもないくらい強大な部だった。君は、ジャック川崎《かわさき》って知ってる？」

僕は頷いた。僕が生まれたころ、ジャックナイフの切れ味と呼ばれた左フックを武器に、世界チャンピオンの座を十度も防衛したボクサーだ。映像でなら何度も見たことがある。闇雲《やみくも》に前に出ていくファイター型が多かった当時の日本人ボクサーの中にあって、華麗なフットワークを信条とする稀有《けう》なボクサーだった。その華麗なボクシングスタイルと端整な顔立ちとで当時は絶大な人気を誇ったという。

「彼はうちの出身なんだ」

「ああ」と僕は頷いた。「そういえば、そうでしたね」

ジャック川崎は当時には珍しい大学出のボクサーでもあった。

「ジャック川崎も、強くなったのは大学を出たあとだったんだけどね。でも、ジャック川崎の出身校っていう、そのおかげで、当時、ボクシング部だけは強かった。飛鳥大学と言えば、イコール、ボクシングってなるくらい、ボクシング部はうちの大学の看板だったんだ。大学側としては、その看板を汚すわけにはいかなかった」

「アホくせえ」とTシャツの先輩が言った。

「イメージダウンだけじゃない。現実的に見てもね、そのころは、今と違ってボクシングはまだまだ人気スポーツだったから。大学は、その看板でずいぶん寄付金も集めてた」

「アホくせえ」とまたTシャツの先輩が言った。

「だから、もし、事件に関《かか》わったボクシング部員たちが黙っていれば、そんな事件はもみ消されていたのかもしれない。けれど、アホなボクシング部員たちがそのことを吹聴してしまったがために、大学側もそれをなかったことにするわけにはいかなくなった。

大学側は調査委員会を設置して、その事件の調査に乗り出した。関係者を集めて事情聴取をしたその結果、それは事件ではなかったことにされた」

「え？」と僕は言った。

「和姦《わかん》だって、そういうことになったんだよ。それは学生にはあるまじき破廉恥な行動ではある。けれど、事件性はないってね。関わった人間は、二ヶ月の停学になった。六人のボクシング部員も、その二人の被害者も」

「被害者まで？」と僕は言った。

「レイプ事件に対する処分じゃなく、学生にはあるまじき破廉恥な行動を取ったことに対する処分だからね。そこには被害者も加害者もない。二ヶ月が過ぎれば、ボクシング部員たちは何事もなかったように大学に復帰した。そして二人の女子学生は、二度と大学に戻ることはなかった」

「ひでえ話だ」とトモイチが言った。「何で悪いやつがでかい顔して、悪くないやつがこそこそしなきゃいけないんだよ」

ひどい話だ、と僕も思う。けれど、それはトモイチの感想とは少し違っていた。レイプ事件はひどい話だ。だけど、その後の経過なんて、いつだって起こっていることだ。僕の高校の先生たちだって、僕と畠田は仲良しだ、と、本気で思っていた節がある。いや、本気でそう思い込もうとしていたのだろう。川の向こうのできごとならいい。けれど、同じ岸の事件なんて、みんな、見たくもなければ聞きたくもないのだ。それが川の向こうの事件でないのなら、みんなそんなものはないことにしたいのだ。その当時の大学の関係者だって、そうだったのだと思う。大学の看板も大事だった。それで集まる寄付金も大事だった。そうなのだろう。けれど、何より、彼らはそれを見たくなかったのだ。聞きたくなかったのだ。知りたくなかったのだ。人って、そういうものだ。僕はそう思う。

「だけど、そんなのおかしい。そうだろう？」

眼鏡の先輩が言った。僕は俯《うつむ》いたまま頷けなかった。眼鏡の先輩は構わずに続けた。

「みんなそう思っていた。けれど、誰もそれを言わなかった。具体的に何が怖かったのかはわからない。大学側の目なのかもしれない。ボクシング部にいる大勢の部員たちを敵に回すことなのかもしれない。そういうことではなく、どこかで勝手に納得したのかもしれない。それは自分じゃないのだから、まあ、いいかって」

そうなのだろう。人って、だから、そういうものだ。

「けれど、それじゃ納まらない人たちもいた」

僕は顔を上げた。

いた？　そんな人が？

「そんなの、おかしい。どこかで生まれた小さな囁《ささや》きが、やがてきちんとした声になり、声はいつしか叫びとなって、一つの力に結集した」

　眼鏡の先輩の言葉が熱を帯びてきた。

「第五十六代剣道部主将オガタハルキ。第四十九代空手部主将フクヤマケンジ。第四十代蹴球部《しゅうきゅうぶ》主将マエバラヨウイチ。その三人が団結し、それぞれの部員を率いて立ち上がった。そうは言っても、どこも弱小の部だった。三つを全部合わせても、部員は四十人にも満たない。正確には三十七人だ。その三十七人が、百人を超える部員を抱えたボクシング部に向けて挑戦状を叩きつけた」

「おお」とトモイチが言った。「この前も聞いたけど、痺《しび》れる」

「我々は、貴殿たちのルールに従い、貴殿たちのリングで、貴殿たちと勝負する。双方、すべてが倒れるまで戦い抜く。最後まで立っていたほうを勝ちとする。そう書かれた挑戦状のあとには、血で押された三十七人の拇印《ぼいん》があったという」

「クー、たまんねえ」とトモイチが言った。

「ええと」と僕は眼鏡の先輩に聞いた。「はい？」

「ボクシング部に向けて、ボクシングで勝負をすると言ったんだよ。一人一人がリングで戦い、負けたほうは新しい人間を出す。そうやって戦い続けて、最後まで残っていたほうが勝ち。彼らは、たった三十七人で、百人を超えるボクシング部をボクシングで倒してみせると宣言した」

「そんな」

無茶だ。ボクシングは喧嘩じゃない。完成された近代スポーツだ。どんなに運動神経が優れていたって、その競技の訓練を受けた人にその競技で勝てるわけがない。

「無茶ですよ」と僕は言った。

「無茶だよ」と眼鏡の先輩も言った。「けれども、彼らはそうした。ボクシング部に送りつけた挑戦状と同じものを学内にも高々と掲示した。それでボクシング部は逃げるわけにはいかなくなった」

眼鏡の先輩はふと遠くを見るように僕の肩越しに視線を投げた。

その日……。

「灼熱《しゃくねつ》の太陽が照りつける夏の日だったという。ボクシング部の部室は、勝負を見届けようとする学生たちでごった返した。当時のボクシング部は、大学の体育館よりも広い体育館を部室として使っていた。第二体育館ってあるだろう？　あそこは、当時、ボクシング部専用の部室だったんだ。その体育館にも入り切らなかった学生たちが、何重にもなって体育館を取り囲んでいた。そういう人たちのために放送部がスピーカーを設置して実況中継をした。蒸し風呂《ぶろ》のように熱せられた体育館の中、リングを挟んで、三十七人と向き合うボクシング部の面々がいた。その数、正確に百二十五人。一人が三人を倒しても勝てない計算だ。それでも、三十七人は、一様に堂々とあぐらをかいて腕を組み、目の前のリングをひたと見据えていたという」

一人で三人。絶対に無理だ。仮に、その三人の一人一人には勝てる力があったとしたところで、三人続けてでは体力が続かない。

「無茶です」

僕はまた言った。今、その人たちが目の前にいるなら、止めに入ってあげたいくらいだった。いや、たぶん、そうじゃない。僕なら、そんな勝負はないものとして目を伏せる。その勝負を見届けることすら、きっとしない。

「無茶だよ。それぞれの部員を率いた三人の主将だって、そんな勝負に勝てるとは思っていなかった。ただ、彼らは本当に本当の勝負は最初につくと知っていた。彼らは賭《か》けたんだよ」

勝負は最初につく？

「彼らの一人目がリングに上がった。空手部の副主将、オオタダイチだったと伝えられている。そしてボクシング部の一人目もリングに上がった。その瞬間、彼らは自分たちが勝ったことを知った」

勝った？

「どういうことです？」

「その一人目はね、事件を起こした六人のうちの一人だったんだよ。目をやれば、そのあとに控えているのは、事件を起こした残りの五人の部員たちだった。彼らは賭けに勝ったんだよ」

「賭け、ですか?」

わからないかい?

眼鏡の先輩が言った。

「彼らは、正義に賭けたんだ。この勝負がどういう意味を持っているのか、ボクシング部にわからないはずはない。ボクシング部の全員を叩きのめすことが彼らの目的ではないことは、ボクシング部にだってわかっていたはずだ。そんなことができやしないことも。だから、ボクシング部が、その六人を最後に回してしまえば、彼らの目的は達せられないことになる。彼ら三十七人がどんなに歯を食いしばっても、せいぜい五十人。実際のところ、おそらくは三十七人以下のボクシング部員で勝負はついてしまう。彼らは何もできないまま叩きのめされ、惨めにリングに這いつくばることになる。その六人をどこに配置するのか。それでボクシング部のあり様がわかる。そして三人の主将は、ボクシング部がそこまで腐ってはいないことに賭けたんだ。ボクシング部の中にだって、正義があることに賭けた。そしてボクシング部は三人のその思いに応《こた》えた」

正義で求めて、正義で応えた。ざわりと鳥肌が立った。

一人目、オオタダイチは……。

「善戦した。何度か小気味いい正拳《せいけん》を相手に食らわせた。けれど、相手も強かった。ラウンドを重ねるごとにオオタダイチは押されていった。それでも、オオタダイチは戦った。十ラウンドまでグラブを交え、結局、オオタダイチはリングに倒れた。けれど、そこまで戦った相手にも、もう二人目の相手をする力は残っていなかった。オオタダイチに代わってリングに上がった二人目は、難なくそいつをリングに這わせた。けれど、ボクシング部主将、ナカヤマタスクは、それを許さなかった」

立て。

「ナカヤマタスクはそう叫んだ」

死んでも立ち上がれ。

「ヨロヨロと立ち上がったそいつに、二人目が容赦のないパンチを浴びせた。またそいつは倒された。また主将の罵声《ばせい》を浴びて立ち上がった。また倒された。また罵声が飛んだ。また立ち上がった。結局、三ラウンドまで殴られ続けて、四ラウンド目の開始のゴングには、そいつがリングに出てくることはなかった。同じことが繰り返された。三十七人は必死に戦い、二人、三人とかけて、ボクシング部の部員をボクシングのルールで殴り倒していった。六人の部員たちは、すぐに負けることを許されなかった。何度倒されても、ナカヤマタスクに立ち上がるよう命じられた。貴様ら、それでも伝統ある我がボクシング部員か。立て。立たなければ退部にするぞ。死んでも立ち上がれ。事件を起こした最後の六人目が、もはや自分では立ち上がれずに他のボクシング部員の手によってリングから下ろされたとき、三十七人のうちの十五人がやられていた。そしてボクシング部の七人目がリングに立った。それは主将のナカヤマタスクだった。それを見て取って、剣道部主将オガタハルキが、六人目を倒した人に代わり、リングに上がった。ゴングが鳴った。剣道で培った踏み足の強さを生かし、オガタハルキは猛然と相手に突っ込んでいった。振りかぶった右のパンチには、いくらでも隙があっただろう。けれどナカヤマタスクは避けることなくそのパンチを受けた。ナカヤマタスクの膝ががくんと落ちた。その瞬間に、オガタハルキは悟った。ナカヤマタスクもこれを望んでいたのだと。これを待っていたのだと。大学側が事件性なしと認めたものを、ナカヤマタスクが覆すことはできない。部の顧問やOBたちからの圧力だってあっただろう。だから、ナカヤマタスクは彼らを罰することができなかった。そして罰することができなかった罪をナカヤマタスクは今、一人で背負おうとしていた。ナカヤマタスクとは、そういう男なのだと、オガタハルキはそう悟った。落ちた膝を踏ん張り、ナカヤマタスクは、オガタハルキを見据えていた」

何をしている。続けろ。

「オガタハルキはナカヤマタスクを殴った。殴り続けた。ナカヤマタスクは一切、抵抗をしなかった。サンドバッグのように従順にオガタハルキのパンチを受け続けた。歓声に沸いていた体育館が徐々に静まっていった。静まり返った体育館にオガタハルキがナカヤマタスクを殴りつける音だけが響いていた。殴るほうも、殴られるほうも、いつしか涙を流していた。そして八ラウンドの終わりが近づいたとき、オガタハルキの右アッパーを受けて倒れたナカヤマタスクに、もう立ち上がる力は残されていなかった。

俺たちの負けだ。

「しんと静まり返った体育館の中、ナカヤマタスクはリングに倒れたまま、そう声を振り絞った」

主将の俺より強いお前を倒せるものなど、うちの部には一人もいない。

「ナカヤマタスクは上半身だけを起こし、もう言うことを聞かない両足を手で無理やり折りたたんで正座すると、そのままオガタハルキに両手をついた」

お前たちの勝ちだ。もうこれで勘弁してくれ。

「オガタハルキは、ナカヤマタスクを悲しげに見たあと深く頷くと、リングの中央に進み出て、両手を突き上げた。体育館を歓声が包んだ。何重にも体育館を取り巻いた学生からも、歓声が沸き起こった。怒濤《どとう》のような歓声は、いつ果てるともなく」

眼鏡の先輩は言葉を結んだ。

「夏の青空に響き渡ったという」

はあ、と女の先輩がやけに色っぽいため息をついた。

「何度聞いてもいい話ね」

「すげえよな、おい」とトモイチは僕の肩を叩いた。「俺なんか、ほら、これ、鳥肌立っちまったよ」

シャツの袖を捲《まく》り上げて左の腕を僕の前に突き出したトモイチは、僕の顔を見て変な顔をした。

「どうした?」

僕は何も言えなかった。すご過ぎた。正義。そんなものあるわけがないと思っていた正義が、そこにあった。三人の主将たちもすごかったし、ボクシング部の主将だってすごかった。正義の男たちだ。まさしく、正義の味方だ。

「おい、おい、また泣くのかよ」

「泣いてない」と僕は言った。

「そうよね。泣いてるのはあっち」

女の先輩が指差した。Tシャツの先輩が目を真っ赤にさせていた。

「お前の喋り方がドラマチック過ぎるんだよ」とTシャツの先輩が言った。

「だって、これが起こった通りだ」と眼鏡の先輩が言った。

「見てきたように喋るなよな」とTシャツの先輩は鼻をすすった。

「この話は代々、我が部に正確に伝えられてる。見てきたくらいに確かなことだよ」

眼鏡の先輩は言って、僕に向き直った。

「勝負が終わったあと、三人の主将は話し合って、この三十七人の同盟を形あるものにしようと決めた。たとえ、勝負に勝っても、二人の女子学生は大学には戻ってこなかった。二度とそういう人を出してはいけない。いつかまた何かが起こったとき、すぐに対応できるように、この同盟を形あるものにしておこう。そしてそれを後輩たちにも引き継がせよう。正義はある。そして正義の味方は、この大学にも必ずいる。彼らがそう決めてできあがったのが」

眼鏡の先輩はそこでちょっと胸を張った。

「我が正義の味方研究部だ」

どうだ、と聞くように眼鏡の先輩が僕を見た。

「すごいです」と僕は言った。「かっこいいです」

そうだろう、と言うように眼鏡の先輩が深く頷いた。

「彼らは、大学側にもその存在を認めさせ、一つの部として学生自治連合会に登録した。そして代々の先輩たちが、正義の火を消さないよう、活躍してきた。君は今日、その栄えある部の一員となったわけだ。ちなみに、うちの部は新入部員を募集しない。うちの部は、部員たちがこれだと思った人に声をかけて、一人一人、引き抜いてくる。部の趣旨を説明して、相手も納得したところで、さっきの固めの杯を交わすのが通例なんだけど、まあ、ときに例外があってもいいだろう。亮太は、うちの部、入るよね？」

僕は頷いた。何度も何度も頷いた。

「入ります。すごく入ります」

すごく入らなくてもいいけど、と眼鏡の先輩は笑った。

「まあ、でもよかった。これで、入らないって言われると、あとが面倒だから」

「あと？」と僕は聞いた。

「ああ、ほら、一回、入部の儀式をしちゃっただろ？　それを撤回するとなるとね、色々、面倒なことがあるんだ。でも、まあ、入ってくれるなら、それでいい。あらためて歓迎するよ」

眼鏡の先輩が右手を出した。その右手が特別なものに見えた。ヒーローと握手をしに、いそいそとデパートの屋上へ行く子供の気持ちがわかった。僕はその手を両手で握り返した。僕は今、正義の味方と握手をしている。そして僕も正義の味方だ。

「だから、泣くなよ」とトモイチが言った。

「泣いてない」と僕は言った。

「それでもいいけどよ」とトモイチは笑った。

大学って素晴らしいと僕は思った。たった一日で、友達ができて、仲間もできて、しかも正義の味方にまでなった。

「トモイチは」と感激の涙を堪《こら》えて僕は聞いた。「それじゃスカウトされたの？」

「ああ。入学式の日にな」

「こいつだけはと思ってよ。入学式から出てくるところを待ち伏せして、俺が声をかけた」とＴシャツの先輩が言った。「フェザー級でインターハイ三連覇の桐生友一が、何の手違いか知らねえけど、うちの大学にくるっていうんだ。放《ほう》っておくわけにはいかねえだろ」

「インターハイ三連覇？」と僕は言った。「トモイチ、そんなすごいんだ」

「ああ。すげえよ。プロからの誘いだって、いくつかあったろう？」

「いくつも」とトモイチは言った。「ありましたよ。でも、その気はなかったっすから」

「勿体《もったい》ないよね。どうして？」と女の先輩が聞いた。

「何かねえ、疲れちゃったんすよ。理由もなく相手を殴ることに」

「理由もなく？」

「ああ、そう言っちゃいけないんすよね、きっと。でも、何か俺にはそんな感じでした。どんなに試合で勝っても、張り合いっていうか、充実感ていうか、そういうもんがないんすよ。全然、つまらなくて」

「そうだろうよ」とＴシャツの先輩は言った。「わかるよ」

「あ、わかりますか？」

「お前は強過ぎるんだよ。ライバルがいないとそうなるんだよ。普通に試合をして、普通に勝って、普通に勝ち続けて、で、あるとき、ふと思うんだ。俺、何やってるんだろうって。こんなことが楽しいかって」

「そう。そうなんすよ。あ、やっぱ強過ぎるのがよくなかったんすかね」

「俺もそうだったからな」

「あ、先輩もそうっすか?」

「ああ、そうだったな」

「強過ぎるのってよくないっすよね」

「よくないな。一度くらい、負けてみてえもんだ」

「わかりますよ、それ」

Tシャツの先輩がぎろりと睨んだ。

「言い過ぎじゃねえか?」

トモイチもじろりと睨み返した。

「そんなことないっすよ」

わかり合っていたはずの何かが、二人の中で、いつしか違うものに変わっていったようだ。どちらかが、やるかと聞けば、すぐにも喧嘩になりそうだった。

「だから、やめなさいよね、そういうの」と女の先輩が割って入った。「あんたたち、それでも正義の味方?」

「いや、だってこいつがよお」とTシャツの先輩が言い、トモイチも何かを言いかけた。

「黙れ」

女の先輩がぴしゃりと言った。二人がしゅんとなった。

「あ、あの、それで」と僕は口を開いた。「具体的にはどういうことをするんですかね?」

「何も難しいことはない」

甲高い声に、僕はそちらを見た。いつの間にか部長が本を閉じて、僕を見ていた。

「まずは、正義の味方の目で世界を見てみることだ」

「正義の味方の目?」

「今日からの君は、昨日までの君とは違う。君は、我が正義の味方研究部の部員だ。だから、今日からは昨日までとは違う目で世界を見る。たとえば、君の好きなウルトラマンになったつもりで世界を見てみる。それだけでいい。それだけで世界の姿は昨日までと一変する」

「あ、いや、別にウルトラマンが好きというわけでも」

「ガッチャマンでも、ヤッターマンでも、それは好きにすればいい。とにかく、正義の味方の目、だ。正義の味方の目に、仕方のないものなど存在しない。世界には、仕方のないことなんてないんだ。仕方がない。それで終わらせてはいけない。どんな悪にだって、対応の仕方というものはある。必ずある。一人ではできないことでも、我々と一緒なら、君にはできないことなどない。そう信じて、世界を見てみるんだ」

部長はそう言うと、また本を開いた。

「まあ、そういうことだ」と眼鏡の先輩が言った。

「はあ」と僕は言った。

「今はわからなくてもいいよ」と眼鏡の先輩は微笑んだ。「いずれわかるから」

あ、ただし、と眼鏡の先輩はつけ加えた。

「何でもかんでもすぐに行動しないように。まあ、亮太にはそんな心配はないかもしれないけど、トモイチは心配だな。行動する前には、必ず俺たちに報告すること。大事なことだ。時間を置くことで、自分の中の正義を客観視できる。それに、誰かに言葉で説明することで、その正義を論理的に確認できる。いいか。正義には必ず大義がある。直感だけの正義なんてない」

「ああ、いや、でも」とトモイチが言った。「すぐに助けなきゃどうしようもないときってありますよね。たとえば、今、目の前で誰かがボコボコに殴られてて、今にも死んじゃいそうなくらいやられっ放しで、とてもじゃないけど、先輩たちに報告している暇なんてないっていう場合」

眼鏡の先輩の目が細くなった。

「トモイチ、お前、まさか、もう何かやったのか？」

トモイチはちらりと僕を見て、首を振った。

「やってないっすよ」

「やったな？」

「やってないっす」

「やったろ？」

「やったっす」

眼鏡の先輩はため息をついて、天を仰いだ。

いや、でも、だって、とトモイチは言った。

「こいつが、あんまりにもボコボコにやられてるから」

「亮太が？」

眼鏡の先輩が聞いたときには、Tシャツの先輩が立ち上がっていた。

「どこのどいつだ？」

「あ、いや、あれは」とトモイチは言い、僕に聞いた。「誰だっけ？」

「え？　あの、畠田っていうやつです。僕の高校の同級生で」

「そいつはどこにいる？」

Tシャツの先輩が聞いた。

「よせ、カズマ」と眼鏡の先輩が言った。

「可愛い後輩が、ボコボコにやられたんだぞ。黙ってられるか?」

「可愛い後輩って、だって、そのときはまだ後輩じゃないだろ」と眼鏡の先輩が言った。

「うちの部員じゃなくたって、うちの学生に変わりはねえ。可愛い後輩じゃねえか」

「それじゃ何か? お前は、うちの大学で起こった喧嘩のすべてに口を出す気か? それで、その喧嘩に勝ったやつは全員殴り倒すのか?」

「いや、そうじゃねえけどよお」とTシャツの先輩は言って、しばらく考え、ひらめいたように眼鏡の先輩を見た。「だって、こいつが悪いやつのわけがねえ。だったら、殴ってたそいつが悪いに決まってる」

Tシャツの先輩は僕を見た。胸が熱くなった。僕を無条件に信じてくれて、僕のために喧嘩をしてくれる先輩。ラブ、アンド、ピースの文字が輝いて見えた。ああ、と僕はまた泣きそうになった。これが青春というものか。

「亮太は悪くないかもしれない」と眼鏡の先輩は頷いた。「でも、お前のやろうとしていることは、それは正義じゃない」

「ああ、正義じゃないっすかね、やっぱり」

トモイチが言って、眼鏡の先輩がまたため息をついた。

「トモイチ。お前、そいつに何をした？」

「ああ、ええと、忘れちゃったな。俺、何したっけ？」とトモイチは僕に言った。

「ダッキングから、左ボディーに返しの右ボディー」

「そうだったっけな」とトモイチは笑った。

「それで、相手は？」と眼鏡の先輩は僕に聞いた。

「倒れて涎を流してました」

ちっとTシャツの先輩が舌打ちした。

「何だよ。もうやっちまったのかよ」

つまらねえな、と呟《つぶや》いてTシャツの先輩は椅子に座り直した。

「ああ、まあ、それくらいならいいか」と眼鏡の先輩はため息とともに言った。「でも、トモイチ。もう二度とするなよ。今度、そういう場面に遭っても、相手を殴るな。やられている人を助けて、一緒に逃げろ」

えー、逃げるんすか、と不満そうに言ってから、眼鏡の先輩の冷ややかな視線に遭い、トモイチは、そういうもんすかね、と渋々頷いた。

「あ、ちなみに」と僕は言った。

「何？」と眼鏡の先輩が聞き返した。

「そういうことに対価を求めてもいいんですかね？　たとえば、助けてやるから、毎日五百円寄越せ、とか」

トモイチが僕の足を蹴飛ばした。

「トーモーイーチー」

悲鳴のように言って、眼鏡の先輩がさっきよりももっと冷たい目でトモイチを見た。

「違います、たとえばです」と僕が言ったのと、「冗談っすよ、そんなの」とトモイチが言ったのが同時だった。

「冗談でも言うな」と眼鏡の先輩が厳しく言った。「いいな。うちの部員である以上、冗談でもそんなことを口にするな」

「はい」とトモイチは神妙に頷いた。「すんませんでした」

「まあ、まだ正義の味方に慣れてないんだから。ね？」

女の先輩が二人を見比べながら言って、にこやかに僕を見た。

「自己紹介もまだだったよね。私、サイジョウユウキ。西のお城の優しいお姫様。文学部の三年生」

西城優姫先輩はそう言ってにっこりと笑った。

「よろしくね」

差し出された優姫先輩の手を僕は握り返した。さっきの握手よりも緊張した。何てちっちゃくて柔らかい手なのだろう。こんなにしっかりと女の人の手を握ったのは、僕は生まれて初めてだった。

「それで、そっちの大きいのが」

「オオグロカズマ」とTシャツの先輩が言った。「大きいに黒いに一に馬。経済学部三年。握手しとくか?」

「あ、はあ」と僕は言った。

差し出された大きな手を僕は握り返した。力を込められるんじゃないかと思ったけれど、一馬先輩は大きく一度手を上下したあと、照れたように僕の手を離した。

「それで、そっちの眼鏡が」

「眼鏡って言うなよ」と眼鏡の先輩が苦笑しながら言った。「ムロイワタルだ。室内の室に、井戸の井に、一日一で亘」

亘先輩は、その字を指で宙に書いた。

「握手は、さっきのでいいよね。法学部の三年」と亘先輩は言った。「そして、こちらが我らが部長。サヤマタカシ先輩だ。サヤマはわかるよね。人偏のヒダリに、普通の山。タカシは崇《あが》めるっていう字。俺と同じ法学部の」

そこでちょっと言いよどみ、亘先輩は言った。

「四年生だ」

「室井くん」と佐山崇部長は言った。「僕はその四年生が三回目であることを別に隠してはいない。恥じてもいない」

「それは、はい。もちろんです」と亘先輩は言った。

「三回目っすか？」とトモイチが言った。「じゃあ、本当は六年生っすか？」

「トモイチ、誤解するなよ。部長は卒業できなかったんじゃない。しなかったんだ。卒業単位は、最初の四年次にちゃんと取っていた」

「じゃ、どうして？」

「この部のためだよ」と亘先輩は言った。「部長を引き継げるものが誰もいなかったからだ。この部の部長は、現部長が卒業する際に、部の中から一人を指名する。部の中でもっとも正義感に秀《ひい》でたものが、部長に指名される。性別はもちろん、学年も関係ない。その指名は絶対だ。そして、佐山部長が卒業するはずだった二年前から、誰も適当なものが現れなかった」

「俺らが入ったころなんて、この部、ほとんど活動してなかったもんな」と一馬先輩が言った。「三、四年生だけで、二年生もいなかったし。その三、四年生も、佐山部長を除けば使えねえやつばっかりだった」

「学年も関係ないなら」と僕は言った。「先輩のうちのどなたかがやればよかったじゃないですか」

「俺たちに、そんな器はなかったんだよ」と一馬先輩が言った。「とてもこの部の将来なんて背負えなかった」

「去年はこれっていう人がいなくて、一人もスカウトしなかったし」と優姫先輩は言った。

「申し訳ないです」と亘先輩が部長に頭を下げた。「僕らが未熟なばっかりに」

「室井くんが謝ることはない」と部長は言った。「それに来年には、僕も卒業できそうだ」

三人の先輩が顔を見合わせた。

機が熟して、ついに来年の春、部長が交代するということだろうか。指名されるのは誰だろう。強さなら、間違いなく一馬先輩なのだろう。けれど、正義の味方のリーダーにはちょっとコワモテ過ぎる気もした。だったら、亘先輩だろうか。人当たりも柔らかいし、みんながついて行きやすい。いや、人当たりの柔らかさをいうなら、優姫先輩だっていいはずだ。いるだけで、人の視線を集めるような華やかさもある。

「とすると、その次は、俺らのどっちかだよな」とトモイチは小声で僕に囁いた。

「トモイチだろ。トモイチでいいよ。僕は無理だから」

「あ、やっぱそうか？　やっぱ俺だよなあ」

「トモイチ」と亘先輩が言った。「それから亮太も。俺たちが一回の四年生で卒業できるように、ちゃんとやってくれよ」

「はい」と僕とトモイチは頷いた。

部室を出て、トモイチと駅で別れたときには、もう日が暮れていた。正義の味方の目。帰りの電車の中で、僕は周囲を見回してみた。特に何も変わったことはなかった。今日の世界は昨日の世界と同じように見えた。疲れ切った顔をしている割に、指先だけは器用に動いて携帯を操っているおじさん。それよりも器用に指先を動かし、憑《つ》かれたようにポータブルゲームをしている若い会社員。イヤホンを耳に押し込んで、魂を抜かれたようにぼんやりと窓の外を見ている高校生。昨日までと何も変わらない。

それでも、僕は違う。窓ガラスに映る自分の姿を見て、僕は思った。もう昨日までの僕じゃない。今日からの僕は、正義の味方なのだ。

電車を降り、いつもはうんざりする家までの道のりも、今日は元気よく歩いた。家に戻って玄関を開けると、まず煮物の匂いが漂ってきた。ＬＤＫのすべてを任せられた上に、夜には父さんと母さんの寝室にもなる十畳ちょっとの部屋が一つ。二階には、僕と妹の部屋が一つずつ。この家に僕らが越してきてから、もう十年になる。二年ほど前、大家さんから、いっそこの家を買わないかという話が出た。大家さんとしてはかなり良心的な値段を提示してくれたし、父さんも母さんもこのまま消えていく家賃を払い続けるよりはとその気になったのだが、あいにくと銀行はその気になってはくれなかった。

今は、そろそろ家を手放したいという大家さんを何とかなだめて、住まわせてもらっている。台所では、母さんが夕食の支度をしていた。

「ああ、遅かったね」

中々火がつかないコンロに、かちゃかちゃと何度も着火ダイヤルを回しながら母さんが言った。

「うん。すごくいい部が見つかって、そこに入ったんだ。友達と話し込んでいたら、ちょっと遅くなっちゃって」

やっとついた、と呟いて、母さんが僕を振り返った。

「うん？　いいバイトが見つかったの？」

「あ、バイトじゃなくて、部。部活の部。すごくいいところだったんだ。先輩もかっこいいし、同級生にもいいやつがいて」

「ああ、それはよかったね。でも、あんた、いいバイトも早く見つけてよ。お前が大学へ進むってだけで、十分、計算は狂ってるんだから」

「ああ、うん」と僕は頷いた。「ごめん」

「いいんだよ。それじゃ、母さん、パートに行くから。あと、夕飯、頼んだよ。父さんは残業で遅くなるって電話があったから、別に取っておいてね。あ、麻奈《まな》は上で勉強してるからね。テレビをつけたりして騒がしくするんじゃないよ。下りてこないようなら、あんた、持っていってあげなさい」

「わかってる」と僕は言った。

「じゃ、頼んだよ」

母さんが出かけるのと同時に、それを待っていたように麻奈が自分の部屋のある二階から下りてきた。

「行った?」

「ああ、うん。行った」と僕は頷いた。

「やれやれね」

麻奈はリモコンを手にしてテレビをつけると、台所に向かい、コンロにかけてあったナベの蓋《ふた》を取った。

「また肉じゃがか」

「贅沢《ぜいたく》言うなよ。母さんだってパートで忙しいんだから」

麻奈は振り返り、殺気すらこもった目で僕を見た。

「それ、あんたが言う台詞《せりふ》? 母さんがパートを増やしたのは、あんたが大学へ進むなんて言い出したからでしょ? 私だけだったら、そんなことしなくて済んだのよ」

「ああ、うん」と僕は言った。「そうだよね。ごめん」

「だいたい、大学が聞いて呆れるわよ。スカ大なんて、行く価値あるの? まだ専門学校のほうがマシよ」

　飛鳥大学。通称スカ大。

「ああ、いや、でも」と僕は母校の名誉のために言った。「履歴書には書ける」

「それだけでしょ」

　畠田によれば「恥ずかしくて履歴書にも書けねえ」大学だって存在するはずだが、そんなことを言っても麻奈には通じないだろう。考えている「大学」というもののレベルが違うのだ。

「あんたのおかげで私は国立限定よ。まったく、冗談じゃないわよ。あんたよりあとに生まれたばっかりに、私には滑り止めを受ける自由すらないのよ」

「ごめん」と僕はまた言った。

「ま、いいけどさ。本命、受かるから」

　麻奈は言って、食卓の椅子にどすんと腰を下ろした。

「それでさ、お兄ちゃん」と麻奈はテレビを見ながら言った。「私、そろそろ携帯換えようかなって思ってるんだけど」

「携帯？」と僕は聞き返した。「それって、この前、換えたばっかりじゃ……」

「この前？」

　僕の言葉が終わる前に、また麻奈の目に殺気がこもった。

「この前っていうのは、一年も前の話？　去年の、まだ夏きたらぬ六月の話？」

「いや、つい十ヶ月前の話だけど」

「あのさあ、今時、一年も同じ携帯使っている人なんていないでしょ？」

「僕は三年ぐらい使ってる」

「あんたの場合は、持ってること自体が不自然なのよ。だって、誰からもかかってこないでしょ？　誰にもかけたりしないでしょ？　そうだ。それ、解約しなさいよ。解約して、浮いたお金を私に回しなさいよ」

「あ、いや、でも」

「だって、使ってないでしょ？」

目から殺気を消し、麻奈は子猫みたいな目をして、ちょこんと首を傾《かし》げた。

「ね、お兄ちゃん」

「あ、うん、でも、今までは使ってなかったけど、これからは使うんだ。大学で、いい部が見つかってさ。そこに入ったんだ。友達もできたし、いい先輩もいて、何だか楽しくやれそうなんだ。いや、そこの部が面白い部でさ。あんな部、他の大学にはきっと……」

僕の言葉の途中で麻奈は大きく欠伸《あくび》をすると、テレビを消し、さて、勉強するかと呟いて、椅子から立ち上がった。

「夕飯、部屋までよろしくね。ダイエット中だからご飯、少なめでいい」

「あ、ああ。うん」

「携帯の件は考えておいて。大丈夫よ。家の電話もあるんだから。考えるときには、自分がどれだけ妹に迷惑をかけているかとか、その辺も考慮に入れておいてね」

「あ、ああ」

階段を上がりかけて、麻奈は僕を振り返った。

「しみじみと考慮に入れるのよ」

「うん。しみじみと入れる」

「よろしくね。お兄ちゃん」

麻奈は階段を上がっていった。

僕は台所に立ち、肉じゃがの味つけをして、麻奈の分の夕飯をお盆に載せて二階へ上がった。麻奈の部屋をノックしたが、返事はなかった。たぶん、音楽でも聴いているのだろう。こういうときにドアを開けると、麻奈はものすごく怒る。僕はドアが開いていても大丈夫なように、夕飯の載ったお盆をドア口から外れたところに置いた。下に戻り、自分の分の夕飯を用意して食卓に並べた。テレビをつけようかと思ったけれど、もし麻奈が音楽をやめて勉強をし始めたときに悪いと思い、やめた。そして麻奈の言い分をしみじみと考慮に入れながら、携帯の件を考え、箸を動かした。確かに高校時代の僕ならば、携帯は必要がなかった。というよりも、ないほうがよかった。僕の携帯にかかってくる相手はだいたいが畠田で、今からコンビニでスプライトを一本とペプシを三本とお茶を二本買って駅までこい、とか、ポテトチップスとミニドーナッツと『プレイボーイ』と『スピリッツ』を買って俺の家までこい、とか、そんなものばかりだった。もちろん、買っていったものの中に僕の分はなく、僕は品物を渡すだけで家に帰った。家に着いた途端、別なものを買いに走らされたことだって一度や二度ではない。それでも僕が携帯を持ち続けたのは、たぶん、それが誰にでも繋《つな》がる道具だからだ。畠田だけではない、誰にでも繋がる。そしてその誰かと僕はいつか出会うかもしれない。ひょっとしたら、それは女の子かもしれない。そんなはかない期待の中で、僕は携帯を持ち続けたのだ。そのときの僕に、確かに携帯は必要なものではなかった。けれど、今は違う。僕はトモイチに携帯の番号を教えた。四人の先輩にも教えた。もうその「誰か」は名前もない、見も知らぬ「誰か」じゃない。僕の友達であり、仲間だ。その人たちから連絡がくるかもしれない。それは正義の味方がピンチに陥ったときかもしれない。だから、僕はもう携帯を手放すわけにはいかない。

うん、と僕はジャガイモを飲み込みながら頷いた。この論理には大義がある。

けれど、僕は今、麻奈の言い分をしみじみと考慮に入れただろうか、と僕は考えた。客観視できるように、しばらく時間を置いた。夕飯を食べ終え、お茶を一口飲んで考えると、しみじみとは入れてなかったような気がした。

台所に立って皿を洗い、二階に上がった。麻奈の部屋のドアの前からお盆が消えていることを確認して、自分の部屋に入った。机の引き出しの一番奥にあるノートを取り出し、その中に挟んであった一万円札と五千円札を見比べた。新しい生活が始まるときのために死守した虎《とら》の子の一万五千円だ。一度五千円札を手にしてから、一万円札に代えて、僕は麻奈の部屋の前にその一万円札を置いた。僕はまたバイトをすればいい。畠田に取られることもないし、トモイチだって、もう言わないだろう。そう気づいて嬉しくなった。これからは、稼いだお金を自分のために使えるのだ。親に借りた学費は少しずつ返していかなければならないけれど、それだって自分のためのお金だ。そうだ。早くアルバイトを見つけて、稼いだお金で、麻奈が欲しがっているデジタルオーディオを買ってやってもいい。だって、麻奈には受験のときにだいぶ世話になった。

やっぱり大学生って素晴らしい、と僕は思った。

2

翌日、英語の授業に出るために、僕は教室へと向かった。昨日のフランス語と同じクラスだったけれど、まだトモイチの姿はなかった。みんな、何やら紙を手にしていた。空いていた席に座ったところで、僕の前にも一枚差し出された。差し出しているのは、昨日、みんなに住所を書かせていた彼だった。今日も赤茶色の毛を後ろに逆立てていた。背後には、彼の仲間となったらしき人が四人控えていた。

「来週の土曜に飲み会をやるんだ。お前も、こいよ」

「飲み会?」

その紙を受け取って、僕は聞いた。紙には『商学部一年F組クラス親睦会』という文字が躍っていた。幹事として、男女の二人の名前とそれぞれの携帯の番号が書かれていた。二人のうち、男のほうが彼なのだろう。神谷拓海《かみやたくみ》、というのが彼の名前らしかった。

「ああ。昨日、みんなで話し合ったんだ。お前は、ほら、さっさと帰っちゃったみたいだから」

「ああ、うん。ちょっと用事があって」

「これから二年間はこのクラスで色々動くだろ？　専門も教養も授業はだいたい同じになるし、代返とかノートの貸し借りとかさ、お互い、世話になるわけだから。一つ、仲良くやりましょってことで」

要するに神谷くんは、専門課程も教養課程も、お前はしっかり授業に出て、俺の代わりに出席の届けを出し、ノートもきちんと取って、試験前には俺に貸せ、と、そう言っているのだ。

「くるよな？」

神谷くんが決めつけにかかったところで、トモイチが教室に入ってきた。

「ああ、君も」

僕の隣の席に座ったトモイチに神谷くんは言った。

「来週の土曜にクラスで飲み会をやるんだけど、こないか？　同じクラスだからさ、代返とか、ノートを借りたりとか、仲良くしておいたほうが、色々と都合がいいだろう?」

同じことを言っているのだが、言い方が微妙に違う。神谷くんはトモイチを自分と同じ側にいる者と認め、トモイチにもそう認めることを要求しているのだ。

「飲み会なあ」

トモイチが紙を取ったところで、一番大きな集団を作っていた女の子のうちの一人が声を上げた。

「あ、桐生さん」

トモイチがそちらを見た。昨日、僕の右隣に座っていた女の子だった。やっぱり今日も可愛い。ちっちゃい顔の中で、ぱっちりとした大きな目が輝いていた。短めの白いスカートからすらりと伸びた細い足も輝いていた。魔法使いの悪戯で人間になったお人形さんみたいだった。

「桐生さんて、下の名前、友一ですよね」

トモイチが頷いた。

ほら、やっぱり、と彼女は女の子たちを振り返って言った。

「桐生さんて、ボクシングでインターハイ三連覇したんですって?」

「ああ」とトモイチが頷いた。

僕らの前にいた神谷くんが笑顔を硬くし、彼が従えていた一団に動揺が走るのがわかった。俺たちは、間違ったリーダーを選んだのではないか。彼らの顔に微《かす》かな不安が浮かんでいた。

「マスミさんがね、あ、彼女、ウエノマスミさんっていうんですけど、昨日、ネットでクラスの人の名前を全部検索してみたんですって。そうしたら、桐生さんがスポーツ新聞に出てたって」

「写真もあった」

マスミさんが言った。昨日、僕の前の席に座っていた女の子だった。背の低い華奢《きやしや》な後ろ姿からは想像できなかったけれど、顔よりもまずそっちへと視線が行ってしまうくらい胸が大きかった。

「ああ。何度か、取材は受けたな」とトモイチが言った。

取材、と女の子たちの間にざわめきが起こった。すごーい、という声が上がった。クラス中の視線がトモイチに集まった。

「あ、桐生くんはそんなに強いんだ」と神谷くんが言った。

「別に強かねえよ」

「だって、インターハイ三連覇だろ？　それは一年のときから負けてないってことだよね。それってすごいよ。そんな人、何人もいないだろ？」

神谷くんが微妙に立ち位置を変えようとしていた。トモイチが仲間になるならば、自分は二番手でいいと思ったようだ。仲間に入らなくても友好的な関係を築いておく。そう計算したのだろう。

「俺なんて、まだまだだ」とトモイチは言った。「入学したばっかりなのに、この大学でも一人、すげえやつを見つけちゃったからな」

「桐生くんより強い人がうちの大学にいるんだ」

へえ、すごいね、と神谷くんは言った。

「俺より強い？」とトモイチはぎろりと神谷くんを睨んだ。「誰がそんなこと言ったよ」

「あ、そうじゃないんだ？　そうだよね。桐生くんより強い人なんて、そうそういないよね」

だってインターハイ三連覇だもん。なあ。

神谷くんは後ろにいた仲間を振り返った。四人は慌てたように笑いを浮かべて頷いた。

「俺より強いとは思えねえけどな」とトモイチは言った。「まあ、でも、簡単に倒せねえことは確かだ。な？」

トモイチが僕を見た。僕は笑って頷いた。一馬先輩とトモイチが本気でやり合ったら、いったいどちらが強いのだろう。

「それ、どんな人ですか？」

さっきの女の子がきらきらとした目をトモイチに向けた。

「どんな人って、だから、こいつだよ」

トモイチが僕を指差した。

え？

僕が反応するより前に神谷くんが反応していた。よろりと一歩よろけて、後ろにいた仲間にぶつかった。

「あ、君、そんな強いんだ？」

『お前』がいつの間にか『君』に格上げされている。

「相当、できるな」とトモイチが言った。「昨日、ちょっとやり合ったんだけどな。結構、すばしっこくてよ。俺にも捕まえ切れなかった」

「やり合った？」

神谷くんが呆然《ぼうぜん》とトモイチと僕を見比べた。

「昨日、一目見たときに、こいつ、強そうだと思ってよ。俺から喧嘩を売った」

僕を見るトモイチの目が笑っていた。どうやら神谷くんをからかうことにしたらしい。

「な？」とトモイチは神谷くんに言った。「こいつ、見るからに強そうだろ？」

「あ、ああ。確かに」と神谷くんは僕を見て頷いた。

「お、やっぱお前もそう思うか？　見るやつが見ればわかるよな」とトモイチは言った。

「お前も結構、やった口か？」

「いや、僕はそれほどでも」と神谷くんは言った。「まあ、でも若かったし、それはそれなりにやんちゃなことも色々と」

でも大学生になったら、そんなガキみたいなことするつもりもないし……。

そう続いた神谷くんの言葉をトモイチは聞いていなかった。

「それで昨日、やり合ったんだけど、あれは、あしらわれた感じだったな。こいつ、一切、手出ししてこねえの。俺のパンチを、こうひょいひょいって避けるだけでよ。結構、屈辱だったぜ。よう、亮太、お前とは、いつか本気で決着つけなきゃな」

「ああ、うん」

トモイチに目線で促され、僕は頷いた。

「そうだね。いつか決着つけなきゃね」

よくできた、と言うようにトモイチがにんまりと笑った。

「ま、それまではダチだ。で、亮太は、この飲み会、行くのか？　亮太が行くなら、俺も行くけど」

僕はちょっと考えた。昨日、麻奈に渡してしまった一万円は痛かった。残り五千円と小銭。来週の土曜までにはもっと減っているだろう。それまでにバイトを見つけても、最初の給料はきっとまだもらえない。前借りはできるだろうか。

「あ、そんなに無理はしなくても」と神谷くんが言った。「そうだよね。入学したばっかりだし、色々予定も入っちゃってるよね」

「えー、行きましょうよ。桐生さんの話も聞きたいし」

さっきの女の子が言った。マスミさんがその隣でこくこくと頷いていた。

「それに亮太さんとも仲良くしたいし」

彼女は上目遣いに僕を見た。掃除機みたいな目だった。頭からするりとその目の中に吸い込まれてしまいそうだった。ぶぅぅん。

「行く」と僕は言った。

「そんじゃ、俺も行くわ」とトモイチが言った。

「ああ、そう。うん。よかった」と神谷くんががっかりしたように言った。

授業の開始を告げるブザーが鳴り、猫背の白髪の先生が教室に入ってきた。先生はやる気のなさそうに自己紹介をしたあと、それぞれ英語で自己紹介をするよう命じた。廊下側の一番前に座った人から順に立ち上がり、自己紹介をしていった。他の人の自己紹介を聞き流し、僕は彼女の順番を待った。

マイネームイズ、リカ、カンバラ。

立ち上がった彼女はそのきらきらした大きな目でクラスを見回しながら言った。僕は先ほど渡された紙を見た。神谷くんとともに幹事としてもう一人、蒲原里香という名前があった。リカちゃんか、と僕は思った。本当に魔法をかけられたお人形さんなのかもしれない。リカちゃんは新潟の出身で、東京での一人暮らしはソーサッドで、フィールアローンで、だから、プリーズ、ビー、マイ、フレンドとのことだった。ビー、マイ、フレンド、と僕は思った。友達になれるのだったら、グラビアアイドルに憧れて四年間を過ごすのも悪くないかもしれない。

招集をかけられたとき以外は特に部室にくる必要はないと昨日言われていたけれど、次の授業まで時間を潰《つぶ》すつもりで、僕とトモイチは部室へ足を向けた。みんな授業の合間だったようだ。部室には四人の先輩が集まっていた。部長は今日も本を読んでいて、亘先輩と優姫先輩はオセロをしていて、一馬先輩は何か必死に机に向かっていた。覗き込むと、誰かのレポートを丸写ししているらしかった。亘先輩と優姫先輩がオセロから顔を上げて僕らに笑顔を向け、一馬先輩がレポートを写しながら、おっすと言い、部長は本を読んだまま会釈するように小さく頷いた。ただそれだけだった。ただそれだけだったけれど、何だかとっても嬉しかった。ここにくれば仲間がいる。そんな場所、僕には今までなかった。

「みんな集まったか。それじゃ、ミーティングをやっちゃおう」

終わってはいなかったけれど、勝負はもうついたようだ。亘先輩が言って、優姫先輩を見た。

「勝った人が片付けなさいよね」

ほとんど黒に染まった盤面に悔しそうな顔をしながら、優姫先輩がカバンから手帳を取り出して広げた。

「ええと、まずは、去年からのラグビー部とアメフト部のゴタゴタね。これは、主将が代わって、少し落ち着いたみたい。それでも、因縁みたいになっちゃって、何か起こったら、またやらかすわね。気をつけてないと」

「去年、グラウンド使用の時間の割り振りでちょっと揉《も》めたんだ」

オセロを片付けながら、亘先輩が僕らに説明した。

「乱闘になってね。何人か怪我人《けがにん》が出た」

大学ってすごい、と僕は思った。「何人か怪我人が出た」「乱闘」が、「ちょっと揉めた」ことになる。これが高校なら、大問題になるはずだ。一人がいじめられる分には何の問題にもならないけれど。

「それ、どうしたんすか?」とトモイチが言った。

「一馬が乱闘に乗り込んでいって、両方の主将をまとめて殴り飛ばした」

オセロを食器箪笥にしまいながら、亘先輩が簡単に言った。

ラグビー部とアメフト部の主将を? まとめて殴り飛ばした?

僕の脳裏には、ヒグマの一振りにやられて空に飛んでいくラグビー部とアメフト部の主将の姿が浮かんでいた。どひゅーん。

「すごいですね」と僕が言い、「ずるいっすよ」とトモイチが言った。

「だって、俺には手を出すなって言ったじゃないっすか」

「あの場合は、ああでもしなきゃ、収まんなかったんだよ」

ああ、もうこれでいいや、とシャーペンを放り出した一馬先輩が、レポートから顔を上げて言った。

「両方とも熱くなっちまってたから。それ以上、怪我人を出さないためには、両方の頭をやっちまうしかなかった」

「それで、その喧嘩はうちの部が預かることになった」と亘先輩が言った。「次にもし、どちらかが喧嘩を仕掛けたら、そのときはうちの部が出張っていくってね。両方に通告した」

それで収まるのだから、やっぱりすごい。きっと、乱闘に乱入した一馬先輩は、ラグビー部やアメフト部の部員にすら、怪物か化け物かに見えたのだろう。

「一馬。明日にでも、両方の部に顔を出しておいて。一馬が釘《くぎ》を刺せば、そうそう喧嘩も起きないだろうから」

「了解」と一馬先輩が言った。

「あとは図書館か。蔵書の紛失が目につくようになったっていう届けがあった。どれくらいの数がなくなっているのか、今、調査してもらってる」

「古本屋にでも売ったか」と亘先輩が言った。

「そんなとこでしょうね」と優姫先輩は頷き、先を続けた。「それから、スカイ・ドルフィンズってサークル、知ってる？」

「ああ、ダイビングのサークルだっけ？」

「そう。そこが昨日、コンパをやってね。正式な新入生歓迎コンパじゃなくて、取り敢えず、今、入った人たちを集めたコンパだったらしいんだけど」

言いよどんだ優姫先輩に亘先輩が聞いた。

「救急車？　それとも」

「その、あとのほう」と優姫先輩がため息をついた。

「偏差値ってのは、それはそれで一つの基準になるもんだな」と亘先輩もため息をついた。「うちの大学には馬鹿しかいないのかね」

「その手の馬鹿の比率なんて、どこの大学でも一緒だろうよ」と一馬先輩が言った。

「何すか？」とトモイチが聞いた。

「この時期のコンパで起こる問題は、毎年だいたい二つだ」と一馬先輩は言った。「無理やり飲まされた一年坊が意識をなくして、急性アル中で救急車で運ばれるか、そうじゃなきゃ、同じことをされた一年の女子が、まだ名前も知らねえ先輩の薄汚えアパートにお持ち帰りされて一発やられちまうかだ」

「一馬」と優姫先輩を気にしながら亘先輩が言った。「もうちょっと言い方ってものがあるだろう」

「どう言ったって変わりゃしねえよ」と一馬先輩が応じた。

「ああ、ええと、それは、レイプってことっすか?」とトモイチが言った。

「その辺りが難しくてな。女のほうだって、その気だったって場合もある。そこまでは思っていなかったけれど、別にいいかと割り切っている場合もある。すげえ嫌だったけど、事が事だけに騒ぎ立てられないって場合もある。どれも他人の目には、何事もなかったように見えるからな。その線引きが厄介だ」

「その子は?」と亘先輩が聞いた。

「文学部の女の子らしいんだけど、まだ接触できてない」と優姫先輩は言った。

「早いうちに接触してくれ」

「わかった」と優姫先輩が言った。

「それ、もしもっすよ」とトモイチが言った。「もしもレイプだったら、どうするんすか? 相手の男をボコボコにするんすか?」

「俺たちは正義の味方だ」と亘先輩は言った。「その子に頼まれたって、そんなことはしない。もちろん、相手の女の子に告訴する意思があるのだったら、それを徹底的にサポートする。その子の身辺をガードするし、その場に居合わせた目撃者をできるだけ多く確保して、その身辺もガードする。けれど、女の子にその意思がないなら、告訴を無理強いもしない。ただ、今後、その女の子が二度と同じ目に遭わないように、大学で不愉快な思いをしないように、陰に回ってその女の子のことを注意して見ておく。相手の男にも一言言うし、それ以上ふざけた真似《まね》をさせないように手も打つ。でもそれだけだ。俺たちの活動は、誰かを罰することを目的としているわけじゃない」

「はあ」とトモイチはつまらなそうに頷いた。

「あの」と僕は口を開いた。

「何？」と亘先輩は聞き返した。

「そういう情報って、どこから入ってくるんですか？」

「ああ、だいたいは足で回って集めてくることが多いな」

「足でって、あなたたち、動かないじゃない」と優姫先輩が呆れたように笑い、僕に言った。「私が私の足で回って集めてくるの。色んなサークルとかに顔を出して、顔馴染みになって、何か問題はないかって聞いて回るのよ。その場で何か言ってくる人はまずいないけど、あとでこっそり言ってくることはあるわね。あとはその話を聞いた人が、問題を抱えている誰かを連れて私に会いにくるときもある。それに目安箱に入っていることもあるし」

目安箱。確か、昨日もそんなことを言っていた。

「その目安箱って何です?」

「え?」と優姫先輩は言い、トモイチを見てから頷いた。「ああ、それも説明してないのよね。ポストがあるの。何かトラブルが起こっても、それを直接は言いづらいことってあるでしょう? だから、その内容を書いて、そのポストに入れておいてもらうの。通称、目安箱」

「あの図書館の裏だよ」とトモイチが言った。

「あ、あのときの?」

「そう。あのときの」

「あんなところにあるんだ?」

「もともと、あそこに図書館はなかったんだよ」と亘先輩が言った。「あそこに図書館ができたのは、六年くらい前だ。部の創設以来、人づてに伝えられている目安箱の場所を移すわけにもいかなくてね。それでそのままになっちゃってる」

「でも、そろそろ場所を変えたほうがいいっすよ。昨日行ったら、ゴミが積んでありました。机とか椅子とか。その後ろに隠れて、あれじゃ、初めて行った人はわからないっすよ」

「ああ、それも考えなきゃな」と亘先輩は言い、優姫先輩に聞いた。「他には?」

「救急車は、今のところ報告はないわね。どこのサークルも、新歓コンパをやるのは今月末くらいからだから、まだ安心はできないけど。でも、去年、結構、徹底的にやったから、大丈夫なんじゃない?」

「徹底的に、何をやったんですか?」と僕は言った。

先輩たちが顔を見合わせて苦笑した。

「その時期にね、駅の裏側のコーヒーショップに陣取って。ほら、うちの新歓コンパって、だいたい駅の裏側のあの辺の店でやるから」

駅の反対側には、僕らの大学を当て込んだ安い居酒屋が多くある。僕は頷いた。

「毎日、夕方になったら、人を十人くらい配置して、居酒屋を見回ってもらったんだ」

「十人って」とトモイチが先輩たちの顔を見渡し、「え? まだ他に六人、先輩がいるんですか?」と聞いた。

「僕らと入れ替わりに卒業したんじゃない?」と僕は言った。

「ああ、違う。その十人は臨時部員だ」

「臨時部員?」とトモイチが聞いた。

「剣道部と空手部とサッカー部は、入部と同時にうちの臨時部員になる。うちの部が必要と判断したときには、それぞれの部の都合より優先して、即座にうちの部の指揮下に入る。代々、それぞれの主将にそう申し渡されているんだ」

「うわ。すごいっすね。剣道部と空手部とサッカー部を自由に使えるんすか？」

「使うんじゃない。手を貸してくれるよう、お願いするんだよ」と亘先輩は言った。

「正義の味方研究部は肥大しないほうがいい。肥大すれば、いつかどこかで混乱が起きる。それは、部を誤った方向に導いてしまうかもしれない。創立メンバーたちはそう考えたんだ。そうでなくても、ボクシング部との一件のあとに旗揚げしたこの部には、入部希望者が殺到したらしい。だから、新入部員は募集するのではなくスカウト制にした。ただ、人手が必要になったときの担保として、それぞれの部に、うちの臨時部員でもあることを義務づけたんだ」

「へえ」とトモイチが感心した。

「それで、去年のこの時期にも、それぞれの部に人を貸してくれるようお願いして、居酒屋を見回ってもらった。行き過ぎた飲み会があったら、さり気なく注意して回ってもらったんだ。それでも行き過ぎて倒れた人が出たら、俺たちにすぐ連絡してもらった。俺たちがその飲み会に乗り込んで、問答無用ですぐに救急車を呼ばせた。万が一、手遅れになったら大変だからね。サークルの上のやつを一人と、それから俺たちのうちの一人もその救急車に同乗して、病院までついていった。病院で保護者に連絡させて、親御さんがやってきたときには、一緒になって頭を下げた」

「俺なんか、三回、土下座したぜ」と一馬先輩は笑った。

土下座。一馬先輩が土下座する姿は、うまく想像できなかった。

「でも、それが、相当、大きな貸しになったみたい。ちょっとサークルを回ったんだけど、今年はご迷惑をかけませんからって、みんなに言われた」

やっぱりすごい部だ、と僕は思った。まるで大学を守る守護神だ。この人たちは、本当に正義の味方なのだ。

優姫先輩は手帳を見ながら、それぞれのサークルが予定している新歓コンパの日取りをあげていった。四月の三週目辺りからゴールデンウィークまでの間に予定されているところが多いようだった。

「一応、今年も待機するから。この時期は、二人とも予定を空けておいてくれ」

亘先輩に言われて、僕とトモイチは頷いた。

「他には？」

「うーんと、未確認情報が一つ」と優姫先輩は言った。

「何？」

「ああ、でもこれは」と優姫先輩は言った。「たぶんガセだろうと思うから。うん」

優姫先輩は一人で頷き、手帳を閉じた。

「そんなところかな。例年に比べれば、平和な春じゃない？」

平和な春だった。例年にないくらい平和な春だった。図書館の裏でトモイチに倒されて以来、畠田からは何の連絡もなかった。母さんはくしゃみをしながらも、今年は花粉が少ないみたい、と喜んでいた。父さんは新たに「主任」という文字が入った名刺をちょっと得意そうな顔で家族みんなに配った。麻奈は第一志望にA判定がついた模試の結果を当然のような顔で披露した。この春を境に、なぜだか世界は急に正しい方向に向かって進むことに決めたようだった。

僕はトモイチと話し合って、履修する授業を選んだ。空いた時間に不定期で入れる警備員のアルバイトも見つけた。前の日までに電話をくれればだいたい仕事はあるから、と僕を面接した係長は言ってくれた。日払いで給料をもらえたし、突然、その日に人手が足りなくなったときには、時給が上乗せされるとのことだった。月に十日も入れれば、親に返すお金と、その月の分の小遣いまで稼げそうだった。木曜日にはその週二度目のフランス語の授業があったけれど、トモイチと一緒にいる僕に神谷くんは近づいてこなかった。代わりに蒲原さんがやってきて、来週コンパをする店を予約した、と話してくれた。

「楽しみね」と蒲原さんは言った。

楽しみだった。

金曜日の昼休み、トモイチと一緒に学食で昼飯を食べていると、僕の携帯が鳴った。畠田かと一瞬びくりとしたが、相手は亘先輩だった。

「今、どこ?」

「学食です」

「すぐに部室まできてくれ。トモイチは?」

「あ、一緒にいますけど」

「連れてきてくれ」

「わかりました」

僕らはそそくさと昼食の残りを平らげ、部室へと向かった。部室には四人の先輩が揃っていた。どこかふて腐れたような顔をした知らない女の子も一人いた。その子に僕らを紹介すると、優姫先輩は言った。

「彼女、文学部一年生の、マキムラヒナさん」

その子が僕と同じ一年生には見えなかった。未成年にも見えなかった。ずいぶん安っぽい化粧をしていたし、背後に立った僕からは、ローライズのジーンズからはみ出した真っ赤なパンツが丸見えだった。

「文学部って、あ、例の?」

トモイチが聞き、優姫先輩が小さく頷いた。スカイ・ドルフィンズとかいうサークルで、先輩にお持ち帰りされた、あの女の子だろう。その格好を見ていると、手軽にお持ち帰りしたくなる人の気持ちもわかるような気がした。誰も会席料理を前にしてお持ち帰りしようとは思わない。ハンバーガーだからお持ち帰りしたくなるのだ。

「相手は経済学部二年のタハラヒサシ」と一馬先輩が言った。

「やるんすか?」と腕まくりをしそうな勢いでトモイチが言った。

「ま、状況次第だな」と一馬先輩が言った。

「お前は、すぐそういうことを」と亘先輩がぼやいた。「止めろよな、そういうときは。煽《あお》るなよ」

「煽ってねえだろ。だって状況次第では、やるだろ?」

「そういう状況を作らないことも俺たちの役割だ」と亘先輩は言った。

「ってことは、やっぱレイプだったんすか?」

「トモイチ」

亘先輩がトモイチを睨んだ。

「本人の前だぞ」

「ああ」とトモイチがマキムラさんを見た。「すんません」

「別にレイプってほどでもないけどお」と語尾を延ばして、ふて腐れたようにマキムラさんは言った。「ただ、ちょっとムカつくっていうかあ。こっちは別に了解したわけでもないのに」

　マキムラさんの言葉に拍子抜けしたようにトモイチが一馬先輩を見た。

「それで終われば、別に問題にするつもりはなかったんだな?」

　一馬先輩にちょっと怯えたような顔を向けてから、マキムラさんは頷いた。

「それで終わらなかったんですか?」と僕は聞いた。

「そうなのよ、あいつ。すっげえムカつく」とマキムラさんは僕を振り返って力説した。

「携帯で、写真を撮られたらしい」と亘先輩が言った。

「あ、それで、これをばら撒《ま》かれたくなかったら、俺と付き合え、とかっすか?」とトモイチが言った。

「そんならまだいいよ」とマキムラさんが言った。「あいつ、勝手にばら撒きやがって。ホント、すっげえムカつく」

「え?」とトモイチが言った。

「サークルの何人かの男に、携帯メールに添付して写真を送ったらしいんだよ。その日の夜のうちに」

「こっちが酔っ払って寝てるときにさ。裸にしやがって」

　その写真をサークルの仲間に送ったのか。俺は早速一年の女を食ったぞ、と。たぶん、誇らしげに。正体を失っているマキムラさんを裸にして、その横でへらへら笑いながらピースサインでもしていたのだろうか。

「ひどいですね」と僕は言った。

「でっしょお」とマキムラさんは大きく頷いた。「何枚も撮りやがってさ。ホント、すっげえムカつくよ」

マキムラさんがちょっと涙目になってきた。その派手な見た目だけで彼女を差別しようとしていた自分が恥ずかしくなった。そんなことをされれば、誰だって傷つくのだ。

「そのうち、一枚なんかさ、私、ネゲロしてんだよ。もう大学これないよ」

ぽとりとマキムラさんの目から涙がこぼれた。

「え?」と僕は言った。「ネゲロ?」

「しょうがないじゃん。酔ってたし。そんなの、私、覚えてもないし」

マキムラさんはぼろぼろと涙を落とした。

どうやらマキムラさんは、知らない間に裸にされてやられてしまったことより、それを写真に撮られてばら撒かれたことより、寝たまま吐いた自分の姿を写真に撮られてばら撒かれたことのほうに深く傷ついているようだった。

「あ、君は、もういいよ。あとのことは僕らに任せて」

亘先輩が言い、マキムラさんは泣き顔のまま、優姫先輩に肩を抱かれて部室を出ていった。優姫先輩はすぐに戻ってきた。

「俺たちがやるべきことは二つだ」と亘先輩が言った。「まずは、その写真を受け取ったものすべての携帯からそのデータを消去すること。それと、タハラヒサシに対して、酔っ払った女の子を好きにするような真似を二度としないよう、厳重に注意すること」

ああ、はあ、とトモイチは気のないように頷いた。

「どうした？」と亘先輩が言った。

「何なんすかね。そのタハラってのが悪いやつだってのはわかるんすけど、何か、なあ」

トモイチは僕に言った。僕も頷いた。

「何か、ピントがずれているっていうか」

「そう、そう」とトモイチが言った。

これでマキムラさんが、知らない間にレイプされていたことに傷ついているのだったら張り合いもある。が、どうやら、そういうことではないらしい。要するにマキムラさんは、その「ネゲロ」写真の消去をもっとも望んでいるのだ。

「そういう問題ではない」

甲高い声がした。部長だった。

「タハラヒサシは、やってはいけないことをやった。その結果、マキムラヒナさんは深く傷ついた。そのことに違いはない。そこには間違った行いがあり、それによってあってはいけない結果が生じた。だったら、我々は、その間違った行いを糾弾《きゅうだん》し、生じた結果の影響を最小限にとどめなくてはならない」

「その通りだ」と亘先輩も言った。

そう言われてしまえば、それは確かにその通りだった。

「そうっすよね。すんません」とトモイチが言った。

「ごめんなさい」と僕も言った。

わかればいい、というように部長が頷いた。

「そのサークルは、駅の裏側の『モーレア』って喫茶店を溜《た》まり場にしているらしい。で、今日の夕方、そのタマリに乗り込む。お前らもこい」と一馬先輩が言った。

「はい」と僕とトモイチは頷いた。

「ただし」と亘先輩が言った。「今日は何があっても、絶対に手を出すな。俺たちの後ろに控えててくれ」

その後、授業に出て、五時に部室に集合した。そのまま僕らは駅の反対側に向かった。『モーレア』はどこか南の島をイメージした喫茶店みたいだった。熱帯のものらしき植物が飾られ、ハワイアンみたいな音楽がのんびりと流れていた。客は一組だけだった。店の一番奥のコの字に並べられたソファーに九人が座っていた。右手に男ばかり三人、左手には女ばかり三人。そして奥に男が三人。みんながみんな、季節外れに日焼けしていた。優姫先輩はそのソファーに歩いていった。

「はい。みなさん、こんにちは」

優姫先輩がにこやかに言った。その後ろに一馬先輩と亘先輩が並び、僕とトモイチと部長がさらにその後ろに立った。

「スカイ・ドルフィンズのみなさんね？」

右手の一番手近にいた人の視線がまず優姫先輩の顔に行き、それから眺め回すようにその立ち姿を見た。

「うちのサークル、入るの？」

少しにやけながら彼は言った。

「入りませんよ。酔わされてやられちゃったら、私、お嫁に行けなくなっちゃうし」

そんなの、いやん、とくねくねシナを作りながら優姫先輩が言った。

「何、それ」と隣にいた一人が笑いながら言った。「そんな噂があるの？」

そんなこと、しねえよ、なあ？

彼はさらにその隣にいた人に言った。

「しない、しない」と彼も頷いた。「女には優しく男には厳しくがうちのサークルのモットーだから」

「ウッソー。それじゃ、優しく酔わされて、優しくやられちゃうの？」

「あ、お望みならそうするよ、なあ?」

最初の彼が笑い、隣の男も笑った。それもいやん、とまた優姫先輩がシナを作った。にやける男たちを見て、対面にいた女の人たちが顔をしかめた。

「おたくら、何?」

奥の席の真ん中にいた男が言った。一際黒く焼けた肌に、薄いブルーが入ったレンズの眼鏡をしていた。派手に登場した優姫先輩にみんなが目を奪われている中、彼だけは最初から一馬先輩だけを見ていた。ずいと前に出た一馬先輩が、黙ってテーブルに足をかけ、そのままテーブルを足で押した。コーヒーやらパフェやらを載せたままテーブルがズズッと動いた。左右に並んだ六人は魔法でも見るように動くテーブルを呆然と目で追った。奥の席にいた左右の二人は咄嗟に飛びのいたけれど、真ん中に座っていた彼に逃げる暇はなかった。がんと彼の体がソファーに押しつけられた。

「何だよ」

テーブルに手をかけて彼が怒鳴った。

優姫先輩がにっこりと笑った。

「正義の味方研究部、参上」

セイケン?

こいつらがセイケンかよ。

いくつかの呟きが漏れた。

「セイケンが、うちに何の用だよ」

ソファーに押しつけられたまま、色眼鏡の彼が喚《わめ》いた。

「タハラヒサシは？」

亘先輩が言った。誰も答えなかったが、答えは明らかだった。僕らから見て右側の奥に座っていた男に視線が集まった。女には優しく男には厳しくがうちのサークルのモットーだから。そう笑っていた彼だった。

「君がタハラくんか。携帯、出して」

亘先輩が右手を出した。タハラくんはそうしなかった。抵抗したというより、まだ事態を飲み込めていないのだろう。ぼんやりと亘先輩の右手を見ていた。

「携帯」と亘先輩は冷ややかに繰り返した。

「え？」とようやくタハラくんが反応した。

「携帯」と亘先輩はまた言った。

うめき声に目を遣《や》ると、ソファーに押しつけられた彼が、赤い顔をしながら向こうへ押しやろうとテーブルに手をかけていた。別に何ていうことのない顔をしていたけれど、一馬先輩がテーブルにかけた足に力を込めたようだ。

「さっさと出す」

亘先輩が厳しく言った。

「あ、はい」

タハラくんが慌てたように携帯を差し出した。受け取った携帯を亘先輩は優姫先輩に渡した。携帯を開いていじり始めた優姫先輩に、タハラくんが声を上げた。

「あ、ちょっと」

「うん。ちょっとで済む」

決めつけた亘先輩を見て、タハラくんは黙り込んだ。

「あった、あった」

やがてそう呟いた優姫先輩は、顔をしかめ、うえと舌を出した。

「これは、ひどい。これ、ばら撒かれたら、確かに、大学にはいられないわ」

よっぽどひどい「ネゲロ」姿だったようだ。

「はい。この画像持っている人、みんな、携帯出してね」

そう言って優姫先輩は携帯の画面をサークルの人たちに向けて見せた。サークルのメンバーが互いに顔を見合わせた。

「どんな画像ですかあ?　よく見えなかったですぅ」

手近に座っていた女の子の一人が言った。

「よく見えなくていいのよ。よく見えなくたって、何の画像のことを言っているか、わかる人にはわかるから。わからない人は関係ないからいい。はい。出して、出して」

互いを見遣るだけで、誰も携帯を出さなかった。

あら、いい度胸してる、と優姫先輩は言った。

「うちの部のことは知ってるわよね？」

優姫先輩が手近にいた一人に言った。彼は頷いた。

「去年、ラグビー部とアメフト部を何人か病院送りにしたって」

「うーん。それは正確じゃないわね」と優姫先輩は言った。「病院送りになったのは、彼らが勝手に乱闘したから。うちの部はそれを仲裁しただけ。うちの部が本気になったら」

優姫先輩はバラの花みたいな笑顔を広げた。

「何人か、じゃ済まないから」

さらに力を込めたようだ。ソファーに押しつけられた色眼鏡の彼がゴホゴホとむせた。

「出す。出すから。これ、緩めろ」

さっきよりも一層顔を赤くして彼は喚いた。一馬先輩が足をどけた。テーブルを手で押し返し、彼は大きく深呼吸をした。

「出せよ」

亘先輩が言った。一馬先輩がまたテーブルに足をかけた。彼は慌ててカバンから携帯を取り出し、亘先輩に向かって放り投げた。亘先輩はそれを片手でぱしんと受け止めた。

「はい。他のよい子のみんなはどうかな?」と優姫先輩が朗らかに言った。

互いに目配せし、その場にいた男の全員が携帯を出した。

「全員か」

呆れたように呟いて、亘先輩がテーブルに載せられた携帯を回収した。

「これ、明日返すから。部室まで取りにこい。場所はわかるよな? 部室棟の一階の一番奥」

男たちが頷いた。亘先輩は持ってきた紙袋の中に携帯をしまった。

優姫先輩が、さっき声を上げた女の子に言った。

「あなたは?」

「え?」

目をぱちくりとさせて、彼女は聞き返した。

「携帯、出して」

優姫先輩が手を出し、彼女は渋々と自分の携帯を差し出した。優姫先輩がその携帯をチェックした。

「あなたも持ってるじゃない」

優姫先輩が言った。

「ええ？　どの画像のことだったんですかあ？」

彼女が驚いたような顔で聞いた。かなりわざとらしかった。

「これ」

優姫先輩はその画像を彼女に向けて示した。

「ああ、それのことだったんですかあ。私、だからよく見えなかったしい」

「そう」

優姫先輩はにっこりと微笑むと、ぱたんと携帯を閉じ、そのまま水の入ったコップの中にぽちゃんと落とした。

「あ」

彼女が言って、固まった。

「ああ」

亘先輩が言って、頷いた。

「そうすればいいのか」

亘先輩は一度しまった携帯を取り出してテーブルに並べ、別のコップを取ると、集めた携帯の上に丁寧に水をかけていった。一つだけでは足りなかった。亘先輩は次々とコップを手にして、携帯に水をかけた。彼らは水浸しになっていく自分の携帯を呆然と眺めていた。

「そっちの二人も、出して」

優姫先輩が残った二人の女の子に向かって言った。彼女たちは、とんでもないというように、揃って首を振った。

「持ってないです」と一人が言った。

「画像なんて、何にも入ってないです」ともう一人が言った。

「そんなはずないでしょう?」と優姫先輩が言った。「出して」

「消しますから」と最初の一人が涙目になって言った。「画像、全部消しますから」

「私も」ともう一人も言った。「だから、水は……」

「諦めろ」

一馬先輩が初めて口を開いた。二人の女の子はびくりとして一馬先輩を見遣り、それから人生最後のお願いをするような目で優姫先輩を見た。優姫先輩は黙って首を振った。

「ほら」と一馬先輩はまたテーブルに足をかけて、奥の席の色眼鏡の彼に言った。「お前からも言ってやれ」

「早く出せよ」と彼は慌てて言った。「お前らだって持ってるだろ。さっき、見て笑ってたじゃねえか。みんなやられたんだ。しょうがねえだろ」

サークルの他の人たちも咎《とが》めるように二人を見た。二人は泣きそうな顔で携帯をテーブルの上に出した。亘先輩は淡々とその二つの携帯にも水をかけた。

「これはこれでよし」と亘先輩は頷いた。「あとは、君、タハラくん。ちょっときて」

水浸しの携帯を眺めていたタハラくんがびくりと顔を上げた。そして助けを求めるように隣にいた人を見た。隣にいた人は足を引いて、タハラくんが出ていきやすいようにした。その隣にいた人もそうした。タハラくんは亘先輩に視線を戻した。

「別に何もしないから」

ちょいちょい、と軽い感じで亘先輩は手招きをした。タハラくんが奥の席にいた色眼鏡の彼を見た。

「行けよ」

彼は怒ったように言った。タハラくんは泣きそうな顔で立ち上がり、席から出てきた。

「スカイ・ドルフィンズの諸君」

後ろに控えていた部長が一歩前に出て、彼らに言った。

「我々、正義の味方研究部は、諸君たちに、今後は健全なるサークル運営を心がけるよう、強く希望する」

誰も答えなかった。

「わかるかね？」と部長は言った。「強く、希望する」

やっぱり誰も答えなかった。一馬先輩が、ガンとテーブルを蹴飛ばした。

「わかったのかよ」

みんなが一斉に頷いた。

「二度目は、これで済むと思うなよ。それから、このテーブル、ちゃんと掃除してお

け」

タハラくんを連れて、僕らはその店を出た。そのまま駅を通り過ぎて、大学へと戻っ

ていった。

「どこへ行くんですか？」

尋ねたタハラくんに、誰も答えなかった。タハラくんを取り囲むようにして無言で歩く集団は、キャンパスにいる人たちの目にも異様に見えたみたいだ。僕らの歩く先にいた人たちは道を開け、向こうからきた人たちも僕らを大きく避けてすれ違っていった。

部室に戻ると、一馬先輩は背中を小突いてタハラくんをテーブルに向かった椅子に座らせ、自分はその背後に立った。タハラくんの向かいに亘先輩が座った。優姫先輩が食器箪笥を開け、紙を一枚出して、タハラくんの前に置いた。紙の一番上のところに誓約書、とだけ書かれていた。

「さて」と亘先輩は言った。「君は自分が何をしたか、わかってる？」

泣き出しそうな目で亘先輩を見たタハラくんは、小さく頷いて、そのまま俯いた。

「何をした?」と亘先輩が聞いた。

俯いたままのタハラくんが座った椅子を、一馬先輩が蹴飛ばした。

「答えろ」

「マキムラさんの写真を、みんなに送りました」

「そうじゃねえだろ」と一馬先輩は言った。「酔っ払ったマキムラヒナを裸にひん剝《む》いて勝手にやっちまった挙句、その写真を撮って、サークルのメンバーにばら撒いた。そうだろ?」

タハラくんが後ろの一馬先輩を振り返り、何か言おうとした。

「何だよ」と一馬先輩が言った。

「……ですか」

「はっきり言えよ」

また椅子を蹴飛ばされ、タハラくんは覚悟を決めたようだ。それでも一馬先輩には言い難《にく》かったのだろう。優姫先輩と亘先輩を見比べるようにしながらタハラくんが言った。

「関係ないじゃないですか。俺がマキムラに何をしたかなんて、あなたたちには関係ないじゃないですか。俺に言いたいことがあるなら、マキムラが言えばいいでしょ」

な」

「どうやら」と亘先輩がため息をついた。「自分が何をしたか、わかってないみたいだ
「あらら」と優姫先輩が言った。「開き直っちゃった」

「説明してやれ」と一馬先輩が言った。

「君がやったことは」と亘先輩が言った。「準強姦罪《じゅんごうかんざい》。状況によっては、強姦罪も成立する。マキムラヒナさんが、もしそのとき、かすり傷の一つでも負っていたとしたら、強姦致傷罪になる。それが何年の罪になるか、知っているか?」

「訴えたいなら、訴えればいいじゃないですか。あなたたちに、警察みたいに、俺をこんな風にする権利があるんですか?」

「権利ときたよ」と一馬先輩が呟いた。

「権利ときたわね」と優姫先輩も呟いた。

「君は、本当に何もわかってないな」と亘先輩が言った。「マキムラヒナさんは、君を訴えてもいい。けれど、マキムラヒナさんはそこまではしなくてもいいと思っている。ただしそれは、君が自分がやったことを深く反省するのなら、だ。いいんだよ。君が言ったことを、君が言った通りにマキムラヒナさんに伝えても。たぶん、マキムラさんは、すっげえムカつくだろうね。それに、我々は、今すぐあの店に取って返して、君のサークルのメンバーを確保し、その飲み会で君がどんな風に振る舞い、どんな風にマキムラ

さんを家に連れ込み、その後、何をしたのか、何をしたと言っていたのか、一人一人から証言を取るよ。嘘は言わせない。沈黙もさせない。その証言を取った上で、君が被告になった裁判に送り込む。君は、彼らが君に有利な証言をしてくれるとでも思ってる？」

足を引いて自分を出ていきやすくした人の姿や、行けよと突き放した人の姿を思い出したのだろう。タハラくんはまた俯いて黙り込んだ。

「確かに、強姦罪の立証は難しい」と亘先輩が言った。「被害者も相当に嫌な思いをさせられる。けれど、マキムラヒナさんがその覚悟さえ決めてくれれば、我々は、全力で君の罪を立証する。我々にはそれができる。君になんか、絶対に負けない」

「関係ないですよ」

タハラくんが繰り返した。もう彼の言い分としては、それしかなかったのだろう。

「だって、関係ないでしょ」

「関係ないことなどない」

甲高い声が響いた。タハラくんがびくりと体を震わせた。ぴしゃりと言ってから部長は口調を和らげ、子供に言い聞かせるようにゆっくりと続けた。

「君の蹴り飛ばした缶は誰かに当たるんだ。少なくとも、誰かに当たる可能性はあるんだ。同じ国の、同じ時代の、ましてや同じ大学にいる僕らに、君のやったことで関係ないことなど一つもない。一つもないんだよ」

タハラくんは呆然と部長を見つめていた。そのタハラくんを見つめ返し、部長は微笑を浮かべた。部長の微笑を見たのなど、それが初めてだった。

「それに君は根本的に誤解をしている。君の言う通り、我々は警察ではない。君をどう罰するかを考えているわけではない。我々は、どうしたら君を許せるのかを考えている」

「許す?」

魅入られたように部長を見つめ返し、タハラくんが言った。

「同じ国の、同じ時代に、同じ大学で学生生活を共有するものとして、どうしたらまた同じ学生生活を君と共有できるか。それを考えている。我々は、君を刑務所に送りたいのではない。今と同じ、我々と同じ、飛鳥大学の学生であって欲しいと望んでいるんだ」

「君のしたことをなかったことにするわけにはいかない」

亘先輩がその後を引き継いだ。

「けれど、それを暴いて騒ぎ立てたところで、誰も喜ばない。みんなが、それ以前の生活に戻れるように、我々は努力したいと思っている」

「だから、これ」と優姫先輩が誓約書と書かれた紙を指した。「書いて」

「え？」

一度、優姫先輩を見て、タハラくんは目の前の紙に視線を落とした。

「君が、いつ、どこで、何をしたのか。その経緯をなるべく詳しく書いて。そのあと、マキムラヒナさんに謝罪し、二度とこのようなことはしない、って書いて欲しいの。できるわよね？」

タハラくんはまた優姫先輩に視線を上げた。優姫先輩がにっこりと微笑んだ。タハラくんは頷いた。

「それじゃ、はい」と優姫先輩がボールペンを差し出した。

タハラくんがボールペンを受け取った。受け取ったものの、どう書いていいのか迷っているタハラくんに、亘先輩が細かく質問をしながら、その経緯を書かせていった。飲み会は何時に始まったのか。誰が出席していたのか。マキムラヒナさんがどれくらいの量を飲み、いつごろから意識がはっきりしなくなったのか。どうしてタハラくんがマキムラさんを連れ帰ることになったのか。それは誰が了解していたのか。アパートに着いたのが何時だったのか。そのときマキムラさんはどんな状態だったのか。いつ服を脱がせたのか。どの順番に脱がせたのか。翌日、マキムラさんと別れるまでに起こったことを事細かに書かせていった。優姫先輩は、それを書くタハラくんの手元を見ながら、いやんとか、キャーとか、ひどーいとか、サイテーとか、合いの手を入れていた。

「私、タハラヒサシは」と最後に亘先輩は言った。

私、田原尚は、とタハラくんは書いた。

「マキムラヒナさんに対し、深く謝罪の意を覚え、それをここに表するものである」

タハラくんはその通りに書いた。

「それと併せて、このような飛鳥大学生にあるまじき行為を二度としないことをここに誓う」

タハラくんが書いた。

「あとは日づけと署名」

タハラくんは今日の日づけを入れて、その横に自分の名前を書いた。優姫先輩が食器箪笥から朱肉を出してきて、タハラくんは名前の横に拇印を押した。できあがった誓約書を読み返し、優姫先輩はそれを食器箪笥にしまった。誓約書を書き始めてから、二時間が過ぎていた。タハラくんは疲れ切った表情をしていた。

「君が何かまた馬鹿げたことをしない限り、この誓約書が表に出ることはない」と亘先輩は言った。

「はい」とタハラくんは力なく頷いた。

「君がすることで、我々に関係ないことなど一つもない」と部長が言った。「迷ったときには思い出すといい。それをしたことが我々の耳に入ったとき、我々がどう感じるか。

それを想像してみるといい。そうすればやがて君も、正義の味方の目を持つようになる。そうなったとき君は」

部長が優しく励ますように言った。

「君は生まれ変われる」

タハラくんが驚いたように顔を上げた。それから、泣き出しそうな顔になった。

「生まれ変われ、ますか」とタハラくんが言った。

「きっと」と部長が深く頷いた。

タハラくんは何かを言いかけたが、うまく言葉にならなかったようだ。一馬先輩に促され、タハラくんは腰を上げた。

「あの」

部室を出ようとしたところで、タハラくんが振り返った。

「ありがとうございました」

タハラくんは頭を下げて、部室を出ていった。

ふう、と亘先輩が息を吐いた。

「これで落着か。マキムラさんには伝えておいて」

優姫先輩が頷いた。

「すごいっすね。すごいっすよ。あっという間に解決しちゃって。すげえよ、なあ」

トモイチが興奮したように僕の胸をどんと叩いた。僕は頷いた。

「彼は、まだタチがいいほうだったからね」と亘先輩は笑った。「恥は残っていた。それが救いだね」

「恥ですか?」と僕は聞いた。

「誓約書に、自分のやったことを書かせるっていうのはね、自分の行為を客観的に見つめ直してみるっていうことなんだ。自分がやったことには何も感じなくても、それが他人のやったことだったとしたら何かを感じられる場合が多い。彼は書きながら、自分のしたことを恥じたんだよ。そのときの自分自身を恥じた」

　ひどーいとか、サイテーとかの優姫先輩の合いの手は、別にふざけていたわけではなく、タハラくんにそれを促していたということか。それは、ひどくて、最低なことなのだと。

「けれど、中にはそう感じられない人もいる。あなたにだってそう感じられるだろうと。

そうすると、もっと厄介な話になる」

「そういうときは、どうするんですか?」と僕は聞いた。

「そんなの」とトモイチが言った。「言ってわかんなきゃ、やっちまうしかねえだろ」

「だから、そんなことはしないって」と亘先輩が言った。「ちょっと言い方が変わるだけだよ」

「言い方ですか?」と僕は聞いた。

「ああ」と一馬先輩が頷いた。「お前が何かをしようとするときには、周囲に気をつけろ。俺たちがそこにいないか、俺たちにそれを告げ口する誰かがいないか、十分に気をつけろ。そこの木の後ろに誰かいないか。自動販売機の陰は大丈夫か。遠くの校舎の窓から誰かが見てないか。十分に気をつけろ。欠伸《あくび》一つ、気楽にするな。お前が欠伸をしていたってそれだけで、俺たちはまたお前の前に現れるかもしれない」

一馬先輩はそう言って笑った。

「脅すわけですか？」と僕は言った。

「脅すって、お前、人聞きの悪い」と一馬先輩が顔をしかめた。

「時間だよ」

部長が言った。

「それをして本当にいいのか。行為をなす前に、一瞬でもいい。考える時間を置かせる。その考える基準を自分の基準ではなく、他人の基準に置かせる。我々の基準に置かせる。そこに少しでも迷いが生じれば、人はそうそう悪いことはできないものだ」

「ああ」と僕は言った。「なるほど」

「それでも悪いことするやつには、もうしょうがないから」

一馬先輩はトモイチににやりと笑いかけた。

「やっちまうしかないけどな」

「そうっすよね」とトモイチもにんまりした。

まったく、お前らは、と亘先輩がぼやいた。


土曜日、僕はトモイチと一緒に、その日一コマだけあった会計学の授業に出た。九九は言えるか、割り算ができるか、冗談めかして手近にいる学生たちに聞きながら、教授は本気でそれを疑っているらしかった。

階段教室の三つ前の席では、蒲原さんがマスミさんと並んで授業を受けていた。授業中にも、蒲原さんは隣のマスミさんと何かこそこそと喋りながら、時折、ちらちらと後ろを振り返っていた。何を見ているのだろうと僕も後ろを振り返ってみたが、退屈そうな顔をした学生たちが並んでいるだけで、特に目につくようなものはなかった。そのうち、蒲原さんはどうやら僕のほうを向いているように思えてきた。何度か目が合ったような気もした。

いやいや、気のせいだろう、と、どきどきしながら僕は自分に言い聞かせた。こういうのは、あれだ。コンサート会場で、今、こっち見た、私に微笑んだ、と言っている熱烈なアイドルファンと同じだ。

そう言い聞かせても、やっぱり蒲原さんはこちらを見ている気がした。そのことをトモイチに言おうかと思ったけれど、トモイチはいつになく真面目《まじめ》な顔で前を向いていて、声をかけられなかった。授業を聞いているのではなく、何か他のことを考えているようだった。机の上に出した教科書は閉じられたままだったし、シャーペンは手にしているだけで、広げたノートには何も書かれていなかった。

「亮太、これから時間あるか?」

授業が終わると、トモイチが言った。

「あ、うん。夕方からはバイトだけど」

「じゃ、ちょっと付き合えよ」

僕としては、ここは一つ、勇気を出して蒲原さんに何か話しかけてみたかった。こちらを見ていたというのが僕の気のせいだとしたって、クラスメイトなのだ。授業の終わりに話しかけるくらいは不自然じゃないだろう。けれど、いつものトモイチらしくない真面目な表情に、そう言い出せなかった。僕は諦めてトモイチに従った。階段教室を出ていく僕らを蒲原さんがやっぱり目で追っている気がした。

トモイチが連れてきたのは、僕とトモイチが最初に出会った場所だった。重ねられた机や椅子は、廃棄処分を待っているのではなく、そのまま土に戻ることを期待されているのかもしれない。前と同じように塀際に乱雑に積み上げられていた。

「俺には責任がある」

僕と向き合って、トモイチは言った。

「責任?」と僕は聞き返した。

「亮太を部に連れ込んだ責任だ」

「責任なんてないよ。入部できて、僕は嬉しかった」

そうじゃない、とトモイチは言った。

「そうじゃなくて、いざってときの話だ。いざってとき、亮太が足手まといになったら、俺は先輩たちに顔向けできない」

足手まとい、と僕は思った。それはそうかもしれない。もし、スカイ・ドルフィンズのメンバーが、あそこで僕らに向かってきていたら。僕には、優姫先輩を守ることすらできなかっただろう。逆に守られてしまっていたかもしれない。もっと大勢の、もっと強い人たちと向き合ったとき、僕は間違いなく部の足手まといになるだろう。

「だから、今日から亮太を鍛える」とトモイチは宣言するように言った。

「鍛える?」

トモイチは頷いた。

「亮太のいいところは、決して視線を切らないところだ」

トモイチはそう言って、いきなり左のパンチを突き出してきた。パンチは僕の目の前でぴたりと止まった。拳を戻して、トモイチはにこりと笑った。

「ほらな。こういうとき、普通のやつは目をつぶる。ボクシングとか空手とか、打撃系格闘技をやってるやつでもな、相当慣れないと、咄嗟につぶっちまうんだよ。亮太は、それをしない。ぎりぎりどころか、体に当たっても視線を切らない。亮太、お前、いったいどんな訓練をしてきた?」

訓練って、別に特別な訓練など何もしていない。僕はそう言った。

「たぶん、殴らせていたからだな」とトモイチは言った。「避けるつもりがないのなら、最後まで見ていたほうがいい。当たる場所を調節できる。亮太は、パンチを受けながら、どこに当たれば痛くて、どこに当たれば痛くないか、センチどころかミリ単位の精度で体に覚え込ませていたわけだ。だから」

トモイチは、避けろよ、と言ってまた左のジャブを出した。僕は頭を逸らして、そのパンチを避けた。

「ほらな。いざ避けるとなれば、その気になりさえすれば、亮太はミリ単位の精度でパンチをかわせる。必要最小限の動きで済むから、大きく体勢を崩すこともない」

トモイチはそう言って、突然、右のフックを飛ばした。頭を下げた。左のショートストレートが顔面にきた。上半身を逸らして逃げた。と、一気にトモイチの姿が視界に大きくなった。距離を詰められた、と気づいたときには、トモイチの右手が視界から消えていた。ドン、と腹に衝撃がきた。腹に力を込めて、そのパンチを受けた。それでも呼吸が止まり、僕は喘《あえ》いだ。

「そうだな。それくらいは効いてくれ」

お腹を抱えた僕の頭をトモイチが撫でた。

「普通のやつだったら、こんなもんじゃ済まねえ。ボクシングをやっているやつらでもそうだ。ボディーだけで、これまで俺がいったい何人倒してきたと思う？　亮太、ボディーはどうやって鍛えた？」

「腹筋だったら」と僕は喘ぎながら言った。「結構、頑張ってやった」

「それだけじゃねえな」とトモイチは言った。「パンチを跳ね返す筋肉っていうのは、腹筋をやるだけじゃ鍛えられないんだよ。実際に何発もパンチを受けないとな」

あ、そうだったな、とトモイチは笑った。

「お前はそれをやってきてたんだよな」

「ああ、うん」

ようやく姿勢を直して、僕は頷いた。

「でも、そんなの、生半可な殴られ方じゃ身につかねえぞ。亮太って、ひょっとして、ただのいじめられっ子じゃなくて、ものすごいいじめられっ子だったのか？」

「うん」とそれだけは自信を持って、僕は頷いた。「ものすごいいじめられっ子だった。ただのいじめられっ子じゃない」

畠田だけじゃない。朝の挨拶代わりにお腹を殴られるなんて、毎日のことだった。両腕をそれぞれつかんで磔《はりつけ》の形にし、その前にひざまずいて、今まで自分がやった悪いことを告白したあと、おお、主よ、お許しください、と言いながら僕のお腹を殴るという遊びも、一時期かなり流行した。流行の終わりのほうでは、殴られるより、蹴られることのほうが多かった。回し蹴りも、飛び蹴りも、一日に数え切れないくらい受けた。

「威張るなよな」とトモイチは笑った。「ここまで腹筋が鍛えられるって、それ、どんな高校生活だよ。普通じゃねえぞ」

「うん。普通じゃなかったんだ」と僕も笑った。

そうか、本当にすげえいじめられっ子だったんだな、とトモイチは声を上げて笑った。

うん、本当にすごいいじめられっ子だったんだ、と僕も声を上げて笑った。

すげえな、お前。

それほどでもないよ。

馬鹿、褒めてねえよ。

アハハハ、という僕らの笑い声が高らかに響いた。楽しいな、と僕は思った。大学生って本当に楽しいな。

「だから、まあ、そういうことだ。顔面には当てられない、腹は鍛えてある、となれば、ディフェンスにおいて、亮太はほぼ無敵だ」

無敵？　と僕は思った。僕が無敵？　いったい何なんだ？　大学生になって、友達もできて、仲間もできて、正義の味方にもなって、その上、無敵にまでなった。

僕は急に不安になった。

大丈夫かな。ものすごい大地震とか、起きないかな。

「ただし、それは攻撃をまったく放棄した場合、だ。前に亮太も言っていた通り、攻撃は永遠に避け続けるわけにはいかない。攻撃が続く限り、いつかは当たる。だから、亮太は攻撃も覚えなきゃいけない。相手の攻撃を止めるには、それが一番有効な方法だ。亮太、俺を殴ってみろ」

「え?」

「俺を殴れよ。どんなやり方でもいいから」

「嫌だよ」

「亮太」

一度深くため息をついてから、トモイチは顔を上げた。ものすごく凶悪な顔になっていた。さっきの笑顔が嘘みたいだった。

「お前、ちょっと俺のパンチを避けたくらいでいい気になんなよ。俺が、俺様が、亮太ごときのパンチでどうにかなるとでも思ってるのか?」

僕はぶるぶると首を振った。

「思ってない」

「俺とお前はどっちが強い?」

「トモイチ」

「だったら殴れ」

ほら、とトモイチは頬を突き出した。

僕は今までに見た膨大な映像を思い起こした。殴られ方はいっぱい研究したけれど、殴り方を研究したことなんて一度もなかった。誰を参考にしようと記憶を探り、一人のボクサーに行き当たった。スパンキー・J・マルチネス。カリブ海の至宝と呼ばれたライト級のボクサー。ミドルレンジからの右ロングフックを得意とした。僕は息を吸い込むと、目をつぶり、えいとパンチを繰り出した。ぱしんという音がして……僕の手首はトモイチにつかまれていた。

「お前、ふざけてる?」

僕はぶるぶると首を振った。

「受けるときには目を閉じないのに、どうして殴るときには目を閉じるんだよ。聞いたことねえぞ。それに、何だよ、この招き猫みたいな右手は。これ、何のつもりだ?」

「右フック」

「右フック?」

「あ、ちょっとストレート気味だったかも」

はあ、とトモイチはため息をついて、握っていた僕の右手を放り投げた。

「構えろ」

そう言って、トモイチはファイティングポーズを取った。

「え？」

「俺の真似をしろ」

僕はトモイチの真似をした。

「ああ、そうじゃねえ」

トモイチは僕の後ろに回った。

「右側をこっちに引いて。足はここ。動かすなよ。そのまま首を回して、正面を向く。そう。で、手の位置はここ。肘《ひじ》も肩ももっと楽にしろ。いいか？」

僕の姿勢を修正して、トモイチはまた僕の前に戻った。

「強いパンチを撃つのは、才能と訓練だ。そして亮太にその才能はないし、訓練もしていない。だから、そこは捨てろ。ただ当てればいい。強く撃とうなんて思うな。体が固くなるだけだ。左のジャブと、右のストレート。ワンツーだ。まずはそれを覚えろ。いいか、見てろよ」

トモイチは小さく僕に向かってステップすると、左の拳を僕の顎先《あごさき》に向かって放った。

次の瞬間には、同じ位置に右の拳がきていた。

「狙うのは、ここだ。顎に当てる。首を支点にして、相手の脳を揺らすんだ。カクンとな。強いパンチじゃなくていい。脳が揺れれば、平衡感覚がおかしくなって、相手は立てなくなる」

やってみろ、とトモイチは言った。

僕はトモイチの真似をして、小さくトモイチに向かってステップし、左の拳を突き出した。戻して、同じ位置に右の拳を突き出すより前に、左の拳をトモイチにつかまれていた。

「だからさあ」とトモイチは僕の拳を離して、ため息をついた。「パンチを撃つときに、目をつぶるなよ。それに、強くなくていいけど、速くしろ。ワン、ツーだ」

パン、パンとトモイチは手を叩いた。

「いいか。このスピード。ほら、もう一回やってみろ」

僕は目を閉じないように注意しながら、トモイチの手拍子に合わせて、左と右を交互に突き出した。

「もう一回」

僕は繰り返した。

「もう一度」

トモイチは、同じ動作を何度も繰り返させた。ステップの仕方。手の出し方。腰の回し方。手の戻し方。何度も僕の姿勢を修正すると、やがて手拍子をやめて、両手を顔の前に広げた。僕はそこにパンチを撃った。パン、パシン、と小気味いい音がトモイチの手のひらで鳴った。それも何度も繰り返した。汗が噴き出した。流れる汗を拭わせもせずに、トモイチは同じ動作を要求した。僕はその要求に応じた。四十七回までは数えていたが、それ以上は数える余裕がなかった。何度もステップを繰り返した足ががくがくしてきた。手を顔の位置に上げていることすらつらくなってきた。それでもトモイチはやめさせなかった。春の日差しを夏の日差しみたいに感じた。どくんどくんと心臓が音を立てて動いていた。軽く目まいがしてきた。

「これでラストだ」

トモイチの声に、最後のワンツーを撃ち、僕はその場にへたり込んだ。

「まあ、最初だしな。こんなもんだろ」

トモイチは笑って、へたり込んでいた僕の隣に座った。

「何点くらい？」

ごろりとその場に横になって僕は聞いた。大きく深呼吸を繰り返した。芝生の匂いがした。春の風が一斉にやってきて、そよそよと僕の体を冷まそうとした。

「三点くらいかな」

僕は思わずにやけた。

三割到達。だったら、悪くない。

「百点満点で三点くらいだな。頑張った点を考慮すりゃ、四点上げてもいい」

百点満点か。

げんなりとした僕の頭をトモイチが撫でた。

「だって、お前、最初は零点どころか、マイナス二十点くらいだったんだ。今日一日だけで、二十四点も上がったと考えりゃ、悪くないだろ」

それは、まあ、悪くない。

うん、と僕は頷いた。

「一人でも練習しろよ。鏡の前でフォームをチェックしながら繰り返すんだ。夜、窓に映してもいい。いいか。必ず、フォームを見ながら練習しろよ。今の亮太は真っ白な状態だ。そこで変なフォームを覚えちまうと、あとで修正するのが大変になる。せっかく真っ白なんだから、正しいフォームを覚えろ」

「うん」と僕は頷いた。「わかった」

僕は毎日、練習をした。風呂に入る前に鏡の前で、夜寝る前にガラス窓の前で、毎日、トモイチに習ったフォームを繰り返した。あまり大きくステップすると、うるさいと麻奈に文句を言われるので、ステップだけは小さくして、ワンツーを繰り返した。自分で言うのも何だけれど、少し様になってきたような気がした。

バイトにも出た。最初は見習いの時給ということで思っていたほどの額にはならなかったけれど、それでも日払いというのはありがたかった。土曜日のクラス親睦会に出られるくらいの給料はもらえた。

授業に出てトモイチと会い、図書館の裏でトレーニングを受け、連れ立って部室へ行って先輩たちと喋り、空いた時間にはバイトを入れて、お風呂の前と寝る前にはワンツーを繰り返す。そんな僕の大学生活が回り始めた。

3

クラス親睦会は、駅の反対側ではなく渋谷《しぶや》で行われた。蒲原さんによれば、駅裏なんてショボいところでやれるかよ、という神谷くんの意見らしかった。時間の十分ほど前に僕とトモイチが店に入ると、すでにクラスの半分くらいがきていた。貸し切られた座敷の部屋で、それぞれが勝手に座り、まだ少しぎこちない感じで隣の人たちと喋っていた。考えてみれば、最初に会ってからまだ二週間ほどしか経《た》っていないのだ。その中で、僕とトモイチほど濃い時間を過ごした人はそういないだろう。よそよそしくて当然だ。僕はトモイチと並んで空いていた席に腰を下ろした。

時間ぴったりに蒲原さんがマスミさんと一緒に入ってきた。ぐるりと席を見渡した蒲原さんは、僕とトモイチの姿を見つけると、こちらに近づいてきた。

「ここ、いいですか？」

彼女の指す「ここ」は、この辺りということではなく、どうやら僕が座っているまさにその席のことらしかった。

「え？　ああ、うん。もちろん」

僕が席をずれると、蒲原さんは僕とトモイチの間に座り、トモイチの隣にマスミさんが座った。何人かの男がこちらに目を遣り、何でそこなんだよ、という顔をしていた。何でここなんだろう、と僕も思った。階段教室でこちらを見ていた蒲原さんのことを思い出した。ひょっとして、僕の隣だから？

「それでは時間になりましたので」

真ん中の席にいた神谷くんが立ち上がった。

「考えてみてください。六十億を超える人が住むこの地球上で、その中のわずか三十数人がこの三年B組に集まった奇跡を」

みんなぽかんとした。

「と、キンパチ先生は言いました」と神谷くんは言った。

あまり受けなかった。白けたような笑い声だけがいくつか上がった。

「ええと、まあ、取り敢えず、そのささやかな奇跡に」

神谷くんはグラスを掲げた。

「乾杯」

みんながグラスを掲げた。

グラスを置くと、みんなが勝手に近くの人たちと喋り始めた。何を話しかけようと必死に考え、そうだ、新潟の話でも聞こうと思いついたときには、蒲原さんはほとんど僕に背を向けるようにして、トモイチに話しかけていた。

「ボクシング、いつからやってたんですか？」

「中学のとき」と早速焼き鳥に手を伸ばしながらトモイチは答えた。「家の近くにジムがあって。面白そうだから何となく始めたら、これがまた困ったことに才能があってさ」

トモイチは中学からインターハイ三連覇までのボクシング歴を語った。普通に聞けばそれは自慢話のはずなのだが、トモイチのそれはどう聞いても笑い話だった。

「でさ、一ラウンド十五秒で相手をぶちのめして、急いでトイレに駆け込んだんだけど、グラブをそのままにしちゃったもんだから、トランクスを下ろすに下ろせなくてさ、たまたまトイレに入ってきた知らないやつに、一生のお願いだから、俺のトランクスを下ろしてくれって」

「その人、どうしたんです？」

くすくす笑いながら蒲原さんが聞いた。

「下ろしてくれたよ。もう、神様かと思ったね。後光が差して見えたよ。そしたら、そいつ、三回戦の相手でやんの。あれには参ったね」

「どうしたんです？」

「心を込めて、丁寧に、一ラウンドでぶちのめした」

「それはひどいです」

高らかに上がった蒲原さんの笑い声にちらりと目を遣り、周りの男たちは、ああ、そういうことね、と納得しているようだった。ああ、そういうことね、と僕も納得した。蒲原さんが座りたかったのは、トモイチの隣だ。当たり前だ。だって、僕の隣のはずがない。階段教室で振り返っていたのも、僕ではなくてトモイチだったのだ。

「ちょっとしょんべん」

トモイチがそう断って席を立った。トモイチがいなくなってしまうと、波が引くように蒲原さんもマスミさんも静かになってしまった。お笑い番組が終わってCMに入ったみたいだった。一生懸命、考えてみたのだが、トモイチみたいに二人を笑わせる話は僕にはできそうになかった。高校時代にいじめられた話なんて、引かれるだけだろう。間の悪い沈黙を持て余した僕が目の前の気の抜けたビールを口に運んだところで、蒲原さんが顔を寄せてきた。

「彼女とかいるんですか？」

「え？」

最初にその距離にどきどきした。蒲原さんのきらきらした目がすぐ目の前にあった。その目がまぶし過ぎて逸らした視線の先には、すべすべのほっぺとつやつやの唇があった。次にその質問にどきどきした。彼女？　僕に彼女がいるかいないかを聞いているの？　どうして？

「あの、え？　彼女？」

「桐生くん、付き合っている人とかいるんですかね？」

「ああ、トモイチ」

そりゃそうだよな、と僕は思った。一瞬、嘘をついちゃおうかと思ったけれど、できなかった。だってトモイチは友達だ。

「たぶん、いないんじゃないかな。そういう話、聞いたことないし。いるなら、どこかで話には出てると思うから」

「そうなんですか？」

蒲原さんの表情がぱっと明るくなった。後光なんてもんじゃない。その顔は、本当に輝いて見えた。

「うん。きっといない」

おめでとう、トモイチ、と僕は思った。蒲原さんとデートする、その十分の一くらいの時間でいいから、僕とも遊んでね。蒲原さんとデートしたときの話とかも聞かせてね。

でも二人きりで夜に何をしたとか、そういう話はしないでね。どんなに面白く話してくれたって、僕はきっと笑えないと思うから。

「よかったじゃない」

蒲原さんがマスミさんに言った。

「え？」と僕は聞いた。

蒲原さんは周囲に目を遣り、誰もこちらに注意を向けていないことを確認して、僕に囁いた。

「マスミさん、桐生くんのこと、ちょっといいなって」

「ちょっと、里香」

トモイチの席を詰めて、マスミさんが慌てたように蒲原さんの腕を叩いた。

「いいじゃない」と蒲原さんは言った。「亮太くんの協力だってあったほうがいいでしょ？　亮太くん、口、固いよね？」

「固い」と僕は頷いた。「それは、もう、すごい固い」

「どういう女の子がタイプとか、そういう話、聞いてません？」

「ああ、いや、どうかな。そういう話はしてないから」

近いうちに確認しておく必要があるわね、と蒲原さんはマスミさんに言った。

「三人で共同戦線を張りましょう」と蒲原さんは言った。「亮太くんも協力してくれますよね?」

僕は頷いた。力強く頷いた。

「マスミさんも、もっと積極的に行かなきゃ駄目だよ」

蒲原さんが言ったところで、トモイチが席に戻ってきた。それから僕らは、大学にやってくるまでのそれぞれのことを喋り合った。蒲原さんが地元の新潟のことを話し、トモイチが地元の群馬のことを話した。田舎《いなか》があるっていいよね、と言ったマスミさんは横浜の出身だった。僕もなるべく高校時代のことには触れないようにしながら、自分のことを少し喋った。トモイチみたいに面白い話はできなかったけれど、それでも楽しかった。みんなも楽しんでいるみたいだった。高校時代、隣で下らない話で笑い転げているクラスの人たちを僕は不思議な思いで見ていた。その話のいったいどこが面白いのだろうと。けれど、今、僕にも彼らの気持ちがわかった。

「音が響くんですよ。他に何もないから。木霊《こだま》みたいに山に当たって跳ね返ってくるんです。ぐわわわわんって。重低音サラウンドですよ」

蒲原さんが話す、農道を爆走しているという新潟のヤンキーの話に笑いながら、僕は、ああ、と思った。

ああ、これが青春というものか。

二時間はあっという間だった。店の人に促され、僕らは腰を上げた。

「二次会やるから。こられる人は、俺についてきて」

神谷くんがみんなに向けてそう言ったあと、僕らのほうへやってきた。

「蒲原さん、会計、頼んじゃっていい？　俺、みんなを先導していくから。二次会の場所、わかるよね」

「ええ。やっておきます」

神谷くんがみんなを引き連れて店を出ていった。蒲原さんが会計をするのを待って、僕ら四人は店を出た。八時を少し回った渋谷の通りには、大勢の人がいた。大通りを一本曲がったところで、蒲原さんが立ち止まった。

「あれ？」

細い路地の両側のビルに掲げられている看板に目を遣り、蒲原さんは首をひねった。

「間違えた？」とマスミさんが聞いた。

「うん。この道かと思ったんだけど」

「何て店？」とトモイチが言った。

蒲原さんが店の名前を言うと、トモイチは僕らに言った。

「じゃ、ちょっと走って探してくるわ。ここで待っててくれ」

一緒に探すよ、と僕が言う前に、トモイチは走り出していた。トモイチがいなくなってしまうと、何となく気まずかった。細い路地には人通りもなく、特に目を向けるべきものも見当たらなかった。蒲原さんとマスミさんは、僕から少し離れたところで何かを話していた。その話に加わるきっかけがつかめず、僕はもじもじとその場に突っ立っていた。大通りから三人の男が路地に入ってきた。蒲原さんとマスミさんを横目で見ながら通り過ぎた三人組は、少し行き過ぎたところで立ち止まって、じゃれ合うように何かを喋り、それからこちらに戻ってきた。金髪の男と、腕に輪っかみたいなタトゥーを入れた男と、首からチェーンをジャラジャラとぶら下げた男。チェーンがにやにやしながら二人に何か声をかけた。僕は慌てて二人に近寄った。が、僕が声をかける前に、蒲原さんが口を開いていた。

「消えろよ」と蒲原さんは言った。「うぜえんだよ」

チェーンがぽかんとした。

いや、蒲原さん、と僕も思った。もうちょっと違う言い方でもいいんじゃないかな。

「亮太くん」と蒲原さんは僕を見て、その男たちを指差した。「こいつら、うざい」

ええと、それで僕にどうしろと？

三人の男が僕を見た。きゅいーんと彼らの観察眼の起動する音が聞こえたみたいだった。三人の目つきが少し変わった。性衝動と暴力衝動は似ている、と誰かに聞いたことがある。ああ、そうだ。高校のときの音楽の先生だ。お前らがすぐに喧嘩をするのはモテないからだ、と彼は言った。やれねえから、やるんだよ、と。だから、明日からは、毎朝、三回、マスをかいてから学校にこい、とせせら笑ったその先生は、翌朝を待たず、十人を超える生徒にボコボコにされた。たぶん、彼の言ったことは正しかったのだろう。そして今、目の前の三人も、僕と蒲原さんとマスミさんを見比べながら、自分の中の性衝動と暴力衝動を秤《はかり》にかけているようだった。

「一人で二人はねえだろうよ」とチェーンをぶら下げた一人が言った。「どっちか、俺らに回さねえか？　三人で丁寧にお相手するからよ」

後ろの二人が笑った。

「こっちでいいから」と金髪がマスミさんの肩に手をかけた。「俺、顔よりボディー派なんだ。あ、ボディーっていうか、おっぱいだけど」

僕が何か言うより前に、蒲原さんがそいつに奇麗な平手打ちを食らわせていた。

「私だってDある」と蒲原さんは言った。

みんなの視線が蒲原さんの胸に集まった。

「マジかよ」とチェーンが呟いた。

いや、たぶん嘘。

あーあ、叩かれてやんの、とタトゥーが金髪を笑った。

「そんじゃ、断然、こっちだ」

金髪が蒲原さんの肩に手を回そうとした。その手を払いのけ、蒲原さんは言った。

「亮太くん。マジ、こいつら、うざい。やっちゃって」

え？　と僕は思った。

え？　と彼らも思ったようだ。自分の観察眼を疑うように、もう一度まじまじと僕を眺めた。やっぱり間違いはない、と判断したらしい。チェーンがにやにや笑いながら僕に近づいてきた。

「もう、こうなったら、僕ちゃんでもいいけどよ。だけど、お前一人で俺ら三人相手にするのはきつくねえか？　ま、痛くないように気をつけるけど、でも俺らもそんなにうまくねえから」

後ろの二人がまた笑った。三人は、自分の中の衝動を完全に暴力のほうへ切り替えたようだ。すっと体温が引いたように思えた。体を追い出された温度が行き場を求めて頭に集まった。顔が火照った。蒲原さんとマスミさんは向かい合った僕と三人を見比べていた。そんな二人に苛々した。

「行って」

僕はその場に立ったまま、蒲原さんに向かって言った。蒲原さんが問い返すように僕を見た。

「行って。邪魔」

頷いたあとの蒲原さんの判断は早かった。マスミさんの手を握ると、全力で駆け出した。あ、とタトゥーが言ったときには、蒲原さんは彼らの手の届かないところに逃げていた。そのまま一度も振り返ることなく、大通りのほうへ駆けていった。彼らが、即座に全力で追いかければ追いつかないことはなかったかもしれない。けれど、彼らもそこまでみっともない真似をするつもりはないようだった。というよりも、そこまでの情熱がないようだった。

あーあ、逃げられてやんの、とタトゥーが言った。

「あの子、マジ、Dあるの?」と金髪が僕に聞いた。

「あ、いや、それはたぶん、嘘だと思います」と僕は笑った。

何だ、嘘か、と金髪が呟いた。

「それで、お前、本当に一人で三人の相手するわけ?」とチェーンが言った。「たぶん、痛いよ」

「ああ、ええっと、そうじゃなくて」

僕はチェーンに微笑みかけた。チェーンは微笑み返してはくれなかった。

「あの、僕も、もう行きますから」

動こうと思った。足が動かなかった。

「すみませんでした」

彼らは白けたように僕を眺めていた。

「あの、それじゃ、そういうことで」

僕は何とか一歩、足を動かした。自分の足じゃないみたいだった。

「そういうことって、どういうことよ」

チェーンが笑った。笑ったまま、右手の甲で僕の頬を殴った。僕はよろけた。足を踏ん張れず、そのままよろりとビルの壁に手をついた。

何だろう？　と僕は思った。体が思い通りに動かない。酔っているのか？　そんなはずはない。コップ一杯のビールしか飲んでない。でも、だったらどうして体が動かないんだ？　ディフェンスにおいて無敵の僕が、インターハイ三連覇のトモイチがそう太鼓判を押してくれた僕が、何でこんな風にやられてるんだ？　そう。僕は無敵だ。だって、トモイチがそう言った。

チェーンが近づいてきた。後ろの二人も近づいてきた。

さあ、構えろ、と僕は思った。僕は壁から手を離した。

チェーンが笑いながら右の拳を出してきた。僕にはその軌道が見えた。はっきりと見えた。トモイチのジャブのほうが全然速い。畠田のパンチのほうがまだマシなくらいだ。こんなの、欠伸をしながらだって、簡単に避けられる。避けて、それからどうするかは避けてから考えよう。さあ、避けるぞ。

僕はそのパンチを避けた。避けたつもりだった。ごん、とこめかみに衝撃がきた。体を支えきれず、僕はまた壁に手をついた。それでも体は止まらず、壁を背にしてぺたんと地面にお尻をついた。

何でだ？　避け方が小さかったのか？

みぞおちにチェーンのつま先が飛んできた。げほっと僕は息を吐いた。痛みで涙がにじんだ。

「お前、全然、駄目じゃん」

チェーンの声がした。

「三人どころか、一人の相手もできねえじゃん」

僕は何とか顔を上げた。僕を見下ろす三人の顔があった。無表情な目があった。彼らは全然、高ぶってはいなかった。楽しんでもいなかった。ただそこに落ちている石ころだか空き缶だかを眺めるように、僕を見下ろしていた。

怖い、と僕は思った。思ってから、初めて気がついた。ああ、そうだ。僕は怖いのだ。トモイチの出してくるパンチは速かった。強かった。けれど怖くはなかった。それはトレーニングだった。畠田のパンチだって痛かったし、嫌だったけれど、怖くはなかった。大怪我はしないだろう、とどこかでそう思えた。ましてや殺されはしないだろうと確信できた。けれど、僕は彼らを知らなかった。彼らは僕に大怪我をさせるかもしれないし、殺すかもしれない。僕はこんなところで、何の理由もなく、見も知らぬ人に殺されるのかもしれない。それが怖かった。こんなところで、何の理由もなく、見も知らぬ人を殺せる人がいる。それが怖かった。

怖い、と一度気づいてしまうともう駄目だった。体を起こすどころか、腕一本動かなかった。お願いだから殺さないで、と僕は思った。何発殴っても、何度蹴ってもいいから、お願いだから殺さないで。僕はこんなところで、こんな風には死にたくない。

口の中がからからに渇いていた。チェーンがゆっくりと足を伸ばしてきた。顔を背けた僕の頬に足の裏が当たり、そのまま僕はビルの壁に顔を押しつけられた。ずり、と逆の頬がビルの壁に擦《こす》られた。

「お前、何かしろよ」

え？　と僕は聞き返した。声にはならなかった。

「何か、一発芸しろ。笑えたら、このまま見逃してやる」

一発芸、と僕は考えた。それなら得意分野だ。物真似か？　いや、でも、だって、顔をこんな風にされたままじゃ物真似はできない。森進一《もりしんいち》ならいけるか？　あ、でも、森進一じゃ受けないかも。こういう場で猪木《いのき》じゃ、何かよくない気がするし。手っ取り早く脱いじゃうか？　高校では、脱いで踊るのが、一番、受けてた気がする。

「一発芸か」

声がした。チェーンの足が僕の頬から離れた。

「誰だ、お前?」

トモイチだった。

チェーンがトモイチに向き直るより早く、トモイチはその懐に飛び込んでいた。トン、トン。わずか二歩でチェーンとの距離を詰めたトモイチは、その二歩の勢いをそのまま右の拳に乗せてチェーンの腹に放った。がくんとチェーンの体がくの字より深く折れた。素早く金髪とタトゥーに向き直り、トモイチはにやりと笑った。トモイチの背後で、チェーンが声もなく崩れ落ちた。

「どう? 俺の一発芸」

金髪が身構えるように一歩足を引いた。二人の視線が絡まった。トモイチの目に力がこもった。二人の間にある空気がどんどん圧縮されていくみたいだった。じりじりと高まっていく圧力に耐えられず、空気が爆発しようとしたその瞬間……。

あーあ、つまんねえの。

のんびりした呟きが漂った。

タトゥーだった。

「いいよ、もう」

「あ? いいことはねえだろ」とトモイチが拍子抜けしたように言った。「ダチをこんな風にされて、お前なら黙っていられるか?」

「黙ってるよ」とタトゥーは言った。「それに、こんな風にしたのはそいつだから。俺らは何もやってない」

　その言葉を確認するように、トモイチは僕を見た。僕は頷いた。誰がやったとか、そういう問題でもない気がしたが、誰がやったかと言われれば、それは確かにチェーンだ。

　あーあ、ホントにつまんねえ。

　タトゥーはトモイチにくるりと背を向けて、大通りのほうへ向かって歩き出してしまった。金髪が慌ててチェーンに駆け寄って助け起こすと、タトゥーのあとを追った。

　おい、こら。待てよ。お前も手伝えよ。

　去っていく三人は一度も振り返りもしなかった。

「大丈夫か?」

　僕を助け起こして、トモイチは言った。僕は何とか頷いた。

「血が出てるぞ」

　僕はビルの壁に擦られた頬に手を当てた。血がついていた。大した量ではなかったけれど、ひりひりと痛かった。

「亮太って、本当にボランティアだよな」とトモイチは僕を励ますように笑った。「わざわざ、やられてやんなくてもいいのに」

「そうじゃないよ」と僕は言った。「体が動かなかった」

「え？」

「怖かった。怖くて、体が動かなかった」

僕は壁に寄りかかった。そのままずるずると滑り落ちて、またぺたんと地面にお尻をついた。

「トモイチがせっかく教えてくれたのに。ごめんね。僕は何もできなかった。殴り返すどころか、避けられもしなかった」

ごめんね、と僕は頭を抱えた。

惨めだった。怖くて体が動かなかったことも、殴られたことも、壁に頬を擦りつけられたことも、惨めだった。だけどそれ以上に、どんな一発芸をしようかと考えていた自分が惨めだった。ほとんどジーンズのジッパーに手をかけていた自分が惨めだった。高校時代から、僕は何も変わっていなかった。僕は今だってやっぱり、ただのいじめられっ子だった。全然、正義の味方なんかじゃなかった。

トモイチも壁を背にして僕の隣に座った。それから、僕の頭をくしゃくしゃと撫でた。

「最初からそううまくはいかねえよ」とトモイチは言った。「二度目はもうちょっとうまくやれるさ。三度目はもっとうまくやれる。だから諦めるな。俺様が徹底的に鍛えてやるから」

うん、と僕は頷いた。

「ほら、行こうぜ。店、もう一本、向こうの通りだった」

「あ、二人は？」

「もう店に入ってるよ。お前らを呼びに行こうと思ったら、二人が駆け込んできた。蒲原、痺れてたぜ。亮太くん、滅茶苦茶《めちゃくちゃ》かっこよかったたって」

「かっこよかった？」

トモイチは口調を変えた。

「私たちにね、女は邪魔だから消えろって、男の喧嘩は女が見るもんじゃねえから、さっさと消えろって。もー、すっごいかっこよかった」

お前、と口調を戻して、トモイチは言った。

「口だけは男前だな」

「そんなこと言ってないよ」と僕は言った。「邪魔だから行ってってって、そう言っただけ。怖くて、それ以上、口が回らなかった」

「でも、まあ、蒲原の中ではそういうことになっているんだろうよ」とトモイチは言った。「亮太、ひょっとしたら、蒲原、いけるかもよ」

「え？」

「蒲原じゃ駄目か？」

僕はぶんぶんと首を振った。

「駄目じゃない」

「よし。そっちも俺様に任せろ」

僕とトモイチは、連れ立ってお店に入った。すでに話は広まっていたようだ。僕らが入っていくと、おおという歓声が沸き起こり、ついで大きな拍手が沸き起こった。奥の席へ向かおうとした僕の頬をみんなが覗き込んだ。

「それ、大丈夫?」

真ん中の席にいた神谷くんが言った。

「ああ、うん」と僕は頷いた。

「こんなもん、舐めときゃ治る」とトモイチが言った。「三対一だったからな。これくらいは仕方ねえだろ」

おお、とまた歓声が沸き起こった。三対一かよとか、すげえなとか、みんな勝手なことを言っていた。さっさと奥へ進もうと思ったのだが、前に立ったトモイチが立ち止まったせいでできなかった。

「無駄足だったぜ。俺が行ったときには、もう終わってやんの。俺なんか、ボコボコにされてる相手が可哀想になっちゃってさ。俺が止めなきゃ、亮太、もっとやってたぜ。まったく、何をしに行ったんだかわかんねえよ」

おお、とまたどよめきが起こった。キレてんなとか、野獣だよとか、またみんな勝手なことを言い出した。

勢い込んでさらに作り話を続けようとしたトモイチを押して、僕は奥の席に向かった。そこでは、勝者を称《たた》える女神みたいに、蒲原さんが微笑んでいた。蒲原さんが隣の椅子に置いていたバッグを取って、僕はそこに座った。マスミさんが席をずれて、トモイチは蒲原さんとマスミさんの間に座った。

「楽勝でしょ？」

僕らが席に着くと蒲原さんが言った。ちょっと声が大きかった。僕のことをみんなに向かって自慢しているみたいだった。

「ああ、うん」と僕は思わず頷いてしまった。「楽勝」

笑いながら、トモイチがうん、うんと頷いていた。

「でも」

みんなの注意が僕らから逸れると、蒲原さんは声を落として、囁くように言った。

「ありがとう」

「え？」

「嬉しかった」

「ああ、いや、そんな」と僕は言った。「楽勝だったし」

「そう、そう。楽勝だったしな」とトモイチが言った。「でも、まあ、お礼はちゃんと受け取っておいてもいい」

「お礼？」と僕は言った。

「勝利のチューとか」

「え？」と蒲原さんが思いっきり引いた。「チュー？」

「何、言ってんだよ」と僕は慌てて言った。

いいじゃんか、チューくらい、とトモイチはふて腐れたように言って、なあ、とマスミさんに同意を求めた。マスミさんは笑って誤魔化《ごまか》した。どうやら「そっち」は「俺様」にあまり期待しないほうがいいようだった。

二次会もあっという間だった。頬の傷を気にしていたのは最初の数分だけだった。僕らはアルバイト先のことなんかを話しながらまた笑い合っていた。

「なくさないように、ずっと手で持ってたんだよ。作業が終わって、お客を見送って、お前、それ、何だって先輩に言われて自分の手を見たら、キャップでやんの。締め忘れたんだな。どうしましょうって聞いたら、知るかって言われて。そいつ、しょっぱいフリーターでよ。あの野郎、絶対、気づいてたけど、黙ってたんだぜ。しょうがないから、そのまま走って追っかけたよ。三つ目の信号で捕まえて、ぜえぜえ言いながら、すみませんでしたって。運転手は笑って許してくれたけど」

トモイチがバイト先のガソリンスタンドの話をして、僕は警備員の仕事について話した。蒲原さんはハンバーガー屋で働いていて、マスミさんは今アルバイトを探しているところだと言った。二杯目のカクテルを頼むころには、蒲原さんの言葉から時折混じっていた丁寧語が消えていた。トイレへ行ったとき、鏡を見て、傷のことを思い出したけれど、それほど落ち込みはしなかった。悪いことばかりじゃない。この傷があって、それで僕の席の隣で蒲原さんが笑っていてくれるのなら、それで全然悪くない。割に合わないどころか、お釣りがくるくらいだ。

「亮太くん、送ってよ」

二次会が終わり、みんなで店を出たところで、蒲原さんが言った。それじゃと駅に向かって歩き出す人たちもいたし、もう一軒行くぞーと肩を組んで気勢を上げている人たちもいた。

「え？」

一瞬、照れた僕に蒲原さんは素早く目配せを送ってきた。目配せの先には、トモイチとマスミさんがいた。

「こんな遅くに、女の子一人で帰らせるつもり？」

トモイチにも聞こえる声で蒲原さんが言った。

「あ、送るよ。もちろん。うん」と僕は頷いた。

「それじゃ、桐生くんはマスミさんをお願いね。ちゃんと家まで送ってよ」

「ああ、任せとけ」

トモイチはそう言って、僕に意味ありげな笑みを送ってきた。蒲原さんはトモイチとマスミさんの、トモイチは僕と蒲原さんの、それぞれの関係を考えて、僕らは駅で二手に分かれることになった。JRから私鉄に乗り換え、降りた駅から暗い夜道を歩いた。

蒲原さんと僕はお互いの家族のことなんかを喋りながら歩いた。僕は、たぶんすごくいい大学に行くであろう妹をちょっと自慢した。蒲原さんは、新潟の役所で働いているお父さんの話をした。

「公務員てラベルを貼《は》ってタイムカプセルに入れたいくらいの完璧《かんぺき》な公務員。小学校のころにね、自分の部屋でベッドに寄りかかって漫画を読んでいたら、何か用事があったらしくて、父さんが入ってきたの。うち、漫画を禁止されてたから、まずいと思ったのよ。案の定、父さんがリカって怒鳴ったの。友達に借りたその漫画だけは取り上げられないようにしなきゃと思ってたら、父さん、私の背中を叩いて、その姿勢は何だ、って怒るのよ。ちゃんと椅子に座って、背筋を伸ばして読めって。そんな風に漫画を読む人、いる？　あれはもう堅物なんて通り越してるわよ。人間とは別の、公務員っていう生き物ね」

このままずっと蒲原さんの家に着かなければいいと僕は思った。このまま二人で地球一周の旅に出たいと思った。万里の長城を端から端まで歩きたいと思った。蒲原さんをラクダに乗せて、月の砂漠をあてもなくさまよいたいと思った。けれど、駅から十分ほど歩いた、公園の向かいにある三階建てのアパートの前で、蒲原さんは足を止めてしまった。

「あの部屋」

蒲原さんが二階の一番道路に近い部屋の窓を指した。

「ああ」と僕は言った。「よさそうな部屋だね。日当たりもよさそうだし」

「あ、うん。一応、オートロックだったし、安かったから」

「ああ、うん」と僕は言った。

蒲原さんがちょっと俯いた。何か言うべきだ、と僕は思った。ここは絶対に何かを言うべき場面だ。テレビでも映画でも、こういうシーンでは、きっと男のほうが何かを言う。部屋に入れてくれとかそういうことじゃなくて、それじゃと去っていく男の背中を見送る女の子のハートが、ぽんわりとピンクに染まるようなことをきっと言う。どんな言葉がいいのだろう。一生懸命考えたけれど、思い浮かばなかった。格闘技なんかじゃなく、僕はそういうドラマを見てもっと研究しておくべきだった。

駅からの道を僕らと同じ年くらいのカップルが肩を並べてやってきて、何かを喋りながら突っ立ったままの僕らの脇を通り過ぎていった。二人はこれから何をするのだろう。きっと、あんなことやこんなことに違いない。そう考えただけで顔が火照った。

潜めるような二人の話し声が遠ざかっていった。その背中を見送った蒲原さんが僕に笑いかけて、また俯いた。

ここは、やっぱり言葉なんかじゃなくて、チューだろうか、と僕は思った。いきなり唇は難しいだろうから、ほっぺにチューとかだろうか。でも、別れの挨拶でチューっていうのも、やっぱり大胆過ぎるよな。フランス人とかならいいのかもしれないけど。ああ、何で僕はフランス人に生まれてこなかったのだろう。何でここはパリじゃないんだろう。何でセーヌ川が流れていないのだろう。僕の心には流れているのに。

「あ、それに静かそうだし」と僕は言った。

「え?」と蒲原さんが言った。

「あの、ほら、部屋。よさそうな部屋だなと思って。日当たりがよくて、静かで」

僕は何を言っているのだろう?

「ああ、うん」

「あ、でも夏は暑いかもしれないね。日当たりがよ過ぎて」

「ああ、うん。そうかも」

僕は不動産屋か?

だから、部屋の話なんかじゃなくて、と必死に考えたけれど、何も思い浮かばなかった。そのうち、時間切れです、というように、蒲原さんが微笑んだ。

「それじゃ」と蒲原さんは言った。

「ああ、うん。それじゃ」と僕は頷いた。

「また来週」

「うん。また来週」

蒲原さんが僕に背を向けた。

アパートに向かいかけた蒲原さんがくるりと振り返った。え？　と思ったときには、蒲原さんの顔が僕の顔の横にあった。僕の頬に蒲原さんの唇が寄せられた。呼吸が止まった。身じろぎ一つできなかった。心臓すら止まっていたかもしれない。

「勝利のチューよ」

僕の耳元に囁くように蒲原さんが言った。続いて湿った感触が僕の頬を撫でた。

「舐めときゃ治るんでしょ？」

僕の右腕に蒲原さんの胸が当たっていた。こ、これは本当にDあるかもしれない、と僕は思った。

「まだ治ってない？」と蒲原さんが耳元で囁いた。

「全然」と唾《つば》を飲み込んで僕は言った。「全然治ってない」

「それじゃもう一回」

蒲原さんの舌が僕の傷口を撫でた。撫でたというより押しつけるような感じだった。

傷口がひりひりと痛んだ。蒲原さんの舌は硬かった。やけに硬くて、冷たくて、匂いは……臭かった。

臭い？

臭い。

僕は目を開けた。バスタオルがお腹の上に載っていた。寝ている僕の右側に丸まった掛け布団があった。並んで寝ていたはずなのに、いったいどうしてそういう体勢になるのだろう。頬に押しつけられていたトモイチの足の裏を手でどかした。うーん、という声がして、ごりごりと頭を掻きながらトモイチが体を起こした。

「何時？」

僕は部屋をぐるりと見回した。殺風景な部屋だった。四畳半の和室に、冷蔵庫と小さなテレビがあるだけ。部屋の真ん中に布団が敷かれていた。僕は畳に敷いたシーツの上でバスタオルをかけて眠り、トモイチが布団の上で掛け布団をかけて寝ていたはずなのだが、トモイチが布団からずれて、結局、部屋の真ん中の布団には誰もいなかった。足元には、寝る前に僕が脱いだジーンズとシャツと靴下があった。僕はジーンズのポケットを探り、携帯を取り出した。

「八時少し過ぎ」

「ん。もうちょっと寝る」

トモイチはぱたんと横になった。

「もう起きようよ」

僕はトモイチの足を揺すった。

「まだ寝る。だって、昨日寝たの、五時過ぎじゃねえか。昨日じゃないな。もう今朝か」

トモイチはもにゃもにゃと言った。

蒲原さんをアパートまで送り、また来週、と帰っていった背中を見送った。蒲原さんの言っていた部屋に明かりがつくのを見届けて帰ろうと思ったのだが、僕はしばらくその明かりをぼんやりと眺めてしまった。やがて部屋の明かりが消え、僕も家に帰ろうと駅に辿り着いたときには、最後の電車が出たあとだった。

「あー、もう寝れなくなっちまったじゃねえか」

トモイチががばりと体を起こした。僕の足をまたいでトイレへ行って、じょぼじょぼと小便をしてから、台所へ行き、ざぶざぶと顔を洗った。

「亮太、今日は?」

かけてあったタオルで顔を拭《ふ》いて、トモイチが僕を振り返った。

「あ、うん。昼からバイト」

「俺もだ」とトモイチは言った。「マックで朝飯でも食うか?」

「あ、うん」と僕は言った。

「何だよ」とトモイチは言った。

「あ、いや、何かしたほうがいいかなと思って」

「何かって?」

「電話とか」

「は? 誰に?」

「え、だから、蒲原さん」

　トモイチは呆れたようにため息をつくと、首を振った。

「遅い」

「え?」

「遅いよ。そんなことするくらいなら、昨日の夜にばちっと決めておけよな。亮太は昨日、蒲原を送っていったんだろ? アパートの前で、ちょっといい雰囲気になったんだろ? それでも度胸がなくて、亮太は何も言えなかった。チューどころか、手も握れなかったんだろ? それどころか、帰っていった蒲原の部屋の明かりを道端に突っ立って一時間もボーッと眺めてたんだろ? それで起きたら、早速電話かよ。それ、立派なストーカーだぞ」

「ああ、うん」と僕は言った。「やっぱ、しないほうがいいかな?」

「もう、こうなったらじっくり行けよ」

「でも、昨日の夜は結構、いい感じだったんだ。すごくいい感じで、あのまま行ってたら、ひょっとしてチューぐらいは行けたかもとか、いや、チューは無理でも、手ぐらいは握ってもよかったのかもって、そんな感じもするんだ」

「そのせっかくのチャンスを亮太はフイにしたわけだよな」とトモイチは言った。「亮太がいい感じだと思ったのなら、蒲原だっていい感じだと思ってただろうよ。それなのに、亮太は何もしなかった。蒲原はどう感じると思う？　度胸のない人ね、と思うか、私には興味ないのかしら、と思うか、どっちかだろ？」

「興味ないわけない」と僕は驚いて言った。「だって、蒲原さんに興味ないわけないじゃないか」

「だから、馬鹿、そういうのを、今、俺に怒鳴ってどうするんだよ。昨日、蒲原にそう言ってたら、亮太は、今頃、蒲原の部屋で目を覚ましてたかもしれないんだぜ」

「え？」

僕が、蒲原さんの部屋で？

目を覚ましたら、そこには蒲原さんの安らかな寝顔があって、薄いシーツの下には蒲原さんの柔らかな体があって、もちろん僕も蒲原さんも裸で、やがて目を覚ました蒲原さんが優しく僕の頰にキスをして囁いてくれる。勝利のチューよ。蒲原さんの裸のDの胸が僕の腕に当たっていて、腕からはそのDの山の先端の感触が……。

パン、とトモイチが手を叩いた。

「はい。妄想、そこまで」

「何も妄想なんてしてない」

トモイチが黙って視線を下にずらした。

「おお」

僕は慌ててそこをバスタオルで隠した。

「だから、まあ、そういうことだ。亮太はタイミングを失したんだな。それは、もうしょうがねえから、じっくり行け。今更、ガツガツ行ったって、うまく行くものもうまく行かなくなる」

トモイチだってあまり恋愛経験はなさそうだったが、それでもその言い分は正しいような気がした。

「しかし、一時間も窓を見てるかよ、普通」

トモイチはおかしそうに笑った。

「俺が迎えに行ってやらなきゃ、亮太、どうしたんだよ」

終電がなくなったと気づいたとき、トモイチから電話がかかってきた。首尾はどうだった、と聞いたトモイチに、今、蒲原さんの家の駅前にいて、終電がもうない、と言うと、深く事情も聞かず、トモイチは自転車に乗って僕を迎えにきてくれた。それから僕らは自転車に二人乗りし、代わりばんこにペダルをこいで、二時間かけてトモイチのアパートに帰った。簡単に事情を説明して、疲れ切って寝たときには、もう朝の五時を回っていた。

「ああ、うん。どうしただろうね」

「どうしただろうね、じゃねえよ」とトモイチは笑った。「恩に着ろ」

「うん。恩に着る」

トモイチは台所の水道でタオルを濡《ぬ》らすと、Tシャツを脱いで、体を拭き始めた。すべての筋肉が皮に張りついているみたいな体だった。体つきが大きくないので、逞《たくま》しいというのとは少し違うけれど、見事に無駄のない体だった。ものすごく高性能の小型のミサイルみたいだった。

「トモイチはどうだったのさ」と僕は聞いた。

「俺？　俺が、何？」

「昨日。マスミさんと」

「は？　俺らはどうもこうもないだろ。昨日はあくまで亮太と蒲原を二人にするために、俺があの子を送っていったんだから」

「そうかな」と僕は笑った。

「何だよ、その気味の悪い笑いは」とトモイチは言った。

「いや、別に何でもないけど」と僕は言った。

「何もねえよ。あの子だって、きっと、お前らのことを考えて、俺に送られたんだぜ。別れ際に、今度、四人で遊びに行こうって言ってたぞ」

「四人で、ねえ」と僕は言った。

「だから、何なんだよ、その薄気味悪い笑いは」

「別に」と僕は言った。「でも、二人で、って言うよりは言いやすいよねえ」

「二人で？　あの子が、俺と？」

トモイチはきょとんと僕を見たあと、ぐっと考え込み、それから「ない、ない」と手を振った。

「どうして？」

「帰りがけに、どういうのがタイプかって話になったんだよ。そうしたら、あの子、背の高い男って言ってたぞ。百八十くらいの男がいいって。それ、どう考えても、あんたはない、って言ってるのと同じだろう？」

トモイチは自分の頭に手を置いて言った。確かに、そのハードルをせめて百六十五くらいまで落としてくれないと、トモイチには厳しい。

どうしてマスミさんはそんなことを言ったんだろう？

「おかしいな」と僕は言った。

「別におかしかないだろ。そっちの二人がくっついて、こっちの二人もくっつくんじゃ馬鹿みてえだ。何か、誰でもいいみたいじゃねえか」

ま、もっとも、とまた体を拭き始めながらトモイチは言った。

「俺は、誰でもいいけどよ」

「え？　そうなの？」と僕は言った。

「誰でもいい」とトモイチは頷いた。「ただし、すぐにさせてくれるなら、だ」

「え？」と僕は言った。「え？」

体を拭いていた手を止めて僕を見ると、トモイチはちょっと声を潜めた。

「誰にも言うなよ」

僕はこくこくと頷いた。

「俺は童貞だ」

トモイチは僕の顔色をうかがった。取り立てて感想はなかった。僕だって童貞だ。ちなみにチューだってまだだ。高校時代に命令されて、通りかかった犬とか猫とかにしたことなら何度もあるけど、人間相手はまだだ。もっとちなみに言うなら鳥とだってまだだ。命令は何度もされたけど、鳩《はと》もカラスも僕には捕まえられなかった。

「笑わないんだな」とトモイチは言った。

「別に笑わないよ」と僕は言った。「僕だってそうだし」

「そうか」とトモイチは頷いた。「俺たちは同志だな」

「ああ、うん」と僕は頷いた。「同志かも」

「同志、亮太。俺は、やりたい」

トモイチはきっぱりと言った。

「ああ、うん」と僕は頷いた。「わかる」

「そうか、わかるか」とトモイチは嬉しそうに言った。「だから、やらせてくれるなら、取り敢えず誰でもいい。恋愛ってのは、きっとその先にあるものだ。俺は、まず、今のこの、やりたいっていう気持ちを克服しないと、恋愛にいけない気がする。それには、まず、やるしかない。だから、やらせてくれるなら誰でもいい」

なるほど、と深く頷いてしまった。何かわかる気がする。いや、すごくよくわかる。

トモイチはパンツも下ろして、お尻や股間もタオルで拭き始めた。

「あ」と僕は気づいて言った。「それ、まさかマスミさんにも言った？」

「ああ、言ったよ」

前から股《また》の間に手を伸ばしてお尻を拭きながら、トモイチは簡単に頷いた。

「どんなのがタイプか、俺が先に言えって言うから、そう言った。童貞ってところは飛ばしたけどな。まずは女性というものを深く知らなければ、俺は恋愛にはいけないって。そのためには、もっと女性経験を積む必要があるってな。あの子も、男性心理の勉強になったって喜んでたぞ」

　トモイチはタオルを顔に寄せてくんくんと匂いを嗅《か》いだ。

「トモイチ」と僕はため息をついた。

「うん?」

「馬鹿」

「はあ?」

「僕も厳しいけど、トモイチは無理。きっと一生童貞」

「嘘?」

「嘘じゃない。きっと生涯童貞」

「嫌だよ」

「嫌でもそうだよ。何が、昨日の夜にばちっと決めておけ、だよな。真面目に聞いて損した」

　トモイチは僕に濡れたタオルを投げつけた。

「お前、それが恩人に向かって言う言葉か? 昨日の夜、終電を逃して泣いていたお前を迎えにいってやったのは誰だ?」

「それとこれとは話が違う」

　僕はトモイチにタオルを投げ返した。

「俺は信じねえからな。だいたい、亮太の判断なんて当てになるかよ。童貞のくせに」

「童貞のくせにって、トモイチだってそうじゃないか」

「俺の童貞と亮太の童貞じゃ違うんだよ」

「何が違うんだよ」

「価値が」

「何だよ、それ」

「俺の童貞は金ぴかで、亮太の童貞はドロサビだよ」

「金ぴかの童貞ってどんなだよ。それにドロサビって何だよ」

「ドロドロに錆《さ》びついてんだよ。こう、拭っても拭っても地金が見えてこないぐらいによ。ドロドロに錆びついたドロサビ童貞だよ」

トモイチが歯を剝き出すようにして僕に詰め寄った。言い返そうと思ったけれど、その下に揺れているものを見て、何だか言い返す気力も失せた。

「トモイチ」

「何だよ」

「やめよう」

「え？」

「何か虚《むな》しい」

「あ、ああ。うん」

「取り敢えず、パンツ、はいたら？」

「お？　おう」

「マック、行く？」

「うん。行くか」

僕らは身支度をして、トモイチの部屋を出た。

それでもまだ目はあるのかもしれない、と、駅前までの道を歩きながら、僕は気がついた。マスミさんが、別れ際に、四人で遊びに行こうと言ったというのなら、それはまだトモイチに気があるということなのだろう。四人で遊びに行けば、トモイチにもまだチャンスはあるし、それはもちろん、僕にもまたチャンスが訪れるということだ。僕は昨日の夜のことを思い出した。確かにチャンスを逃したのは痛かった。でも、最初からうまくは行かない。二度目はもうちょっとうまくやれる。三度目ならもっとうまくやれる。そうすればいつかの朝、蒲原さんの部屋で僕が目を覚ます可能性だって、まったくなくはない。それはとても低い可能性だけど、そんなことはもちろんわかっているけれど、それでも地球がなくなる可能性よりはきっと高い。大地震で日本が沈没する可能性よりもきっと高い。富士山が噴火する可能性よりは……ええと、同じくらいかな。それでもそこには可能性がある。

可能性、と僕は思った。

将来の可能性。

そんなことを考えたのは、いつ以来だっただろう。高校時代だって、もちろん将来のことは考えた。けれど、それは、今の生活が嫌で嫌で仕方がなくて、何でもいいから今とは違う将来を、その可能性を思い描いていただけだ。これは違う。今だって楽しい。でも、将来には今よりももっと楽しい今があるかもしれない。そういう将来の可能性だった。

そんな今に僕を連れてきてくれたのは、と、僕は横を歩くトモイチを見た。僕は足を止めた。

「同志、トモイチよ」

「あ?」

二歩行き過ぎて、トモイチが振り返った。

「頑張ろう」

「はあ?」と聞き返したあと、トモイチはにやりと笑った。「おう。頑張ろうな。同志、亮太よ」

ドーシ、ドーシ、と小突き合いながら、僕らは朝の道をマックへと歩いた。

4

右足を蹴り込んだ。前に動いた体を左足で踏ん張るようにして止めて、なおも前に出ようとする勢いを左手に預ける。真っ直《す》ぐに伸びた左手を、体をひねるようにして体に戻し、同じひねりで右手を突き出す。左右のパンチを出すたびに、無意識に息がシュッ、シュッと漏れる。ひねった体を戻すときに伸びた右手を体に引きつける。元の構えに戻る。左の拳が目の上に、右の拳は口もとの辺りに。

僕はその構えのまま、トモイチを見た。

「悪くはない」とトモイチは言って、腕を組んだ。「悪くはないけど、何だろうな、それは」

一時限目の授業が終わったあと、僕らはいつもの図書館の裏手にいた。

「もう一遍やってみな」

僕はもう一度小さくステップして同じようにワンツーを撃った。自分でもかなり様になってきていると思った。今の僕を見たら、誰も僕が踊っているとは思わないだろう。誰がどこからどう見たって、立派なシャドーボクシングだ。けれどトモイチは難しい顔をして腕を組んだまま、僕にワンツーを繰り返させた。

「ああ、わかった。もういい」

やがてトモイチは腕を解くと僕のワンツーを止めた。

「今、ここに誰がいた？」

トモイチは僕がワンツーを撃っていた辺りで手をぐるぐるさせた。

「え？」

「亮太の頭の中でさ。今、ここには誰がいることになってた？」

「誰って、別に誰もいないけど」

「それだ。それじゃ駄目なんだ。パンチってのは、空気に向かって撃つもんじゃない。人に向かって撃つもんだ。誰でもいいから、ここに誰かを置け。その相手に向かってパンチを撃つんだ。そうすりゃパンチに」

トモイチは僕の胸をドンと叩いた。

「ソウルがこもる」

「え、いや、でも誰でもいいって言ったって」

「誰でもいいんだよ。亮太がこの世で一番嫌いなやつだ。そうだな。この前の、ほら、あいつなんてどうだ？　亮太をボコってたやつ」

畠田。

「あいつがここにいる」

トモイチは虚空で手をぐるぐる回した。

「想像してみろ。あの野郎が、今、ここにいるんだ。蓮見くーん、お金寄越せよー」

バイト代、出ただろう？　じゃ、今日は打ち上げだ。バイトお疲れ様ってことで、カラオケでも行こうぜ。俺がみんなを誘っておくから。給料、丸ごと持ってこいよ。

ペプシだよ、ペプシ。コーラじゃねえよ。なかったって、それはお前の行ったコンビニになかっただけだろ。他を探せよ。お前、本当に使えねえな。

誰が男子トイレ使っていいって言ったよ。出てけ、こら。他の階のも使うなよ。我慢できない？　そんなの知るかよ。ああ、そうだ。女子トイレ使えよ。だって、お前、ちんぽこついてないだろ？

「撃て」

足が地面を蹴った。その勢いを乗せて左手が伸びた。回した腰が僕のすべての体重を右の拳に乗せた。すべてが止まった世界の中で僕の右の拳が真っ直ぐに畠田の顎を打ち砕いた。

同じ動作のはずだった。何度も繰り返し練習した動作のはずだった。けれど、それは、今までの動作とはまったく違っていた。頭の中が真っ白になった。

今の、何だ？　僕は、今、何をした？

トモイチがにやっと笑った。

「それだ。それ、忘れるなよ。もう一度やってみろ」

もう一度やった。畠田が鼻血を出した。

もう一度やった。畠田が僕の前に倒れた。

もう一度やった。畠田が泣いていた。

もう一度やった。畠田が僕に土下座して謝っていた。

もう畠田はいい。次は誰だ？　北川《きたがわ》か？　いつも畠田の隣でニヤニヤ笑っていた。そうだ。藤田《ふじた》だって忘れちゃいけない。吉井《よしい》も、村西《むらにし》も。もう一度、もう一度……。高校時代の同級生が、みんな僕の前にひざまずいていた。それでも僕は繰り返した。頭の中が真っ白になった。世界が真っ白になった。真っ白になった世界の中で、僕の体が僕のイメージ通りに飛び跳ねていた。

「もういい」

トモイチの声に僕は我に返った。図書館の建物と塀に囲まれた緑の芝生があった。上げていた腕を下ろし、大きく深呼吸した。息は乱れていたけれど、気持ちよかった。これまで感じたことのない気持ちよさだった。トモイチは満足そうに僕に頷いた。

「ワンツーは卒業だな。次は三つだ。ワンツースリー。右のストレートのあとに左のフックを入れる。見とけよ」

構えたトモイチは流れるようにワンツーを決めると、右のストレートを放った体を引き絞って、左のフックを撃った。しゅん、とその空間が切り裂かれたように見えた。

「すごい」と僕は言った。

すごかった。

「感心してないで、亮太もやってみろよ」

トモイチが照れたように言い、僕はトモイチの真似をした。自分でも決まっていないのがわかった。三つ目のフックを意識すると、できていたはずのワンツーまでがたがたになった。

「ああ、またマイナスからかよ」

まあ、目をつぶってないだけマシか。

トモイチがぼやき、僕に左のフックを教えてくれた。ジャブとストレートを入れてワンツースリーを三十分ほど繰り返し、たっぷりと汗をかいてから、スポーツドリンクを買って、僕とトモイチは部室に足を向けた。

部室には四人の先輩が揃っていて、ちょっと難しい顔で何かを話していた。

「ああ、いいところにきた」

僕らに目を向けて、亘先輩が言った。

「二人とも、どこか別なサークルには入ってる?」

「いえ」とトモイチが言った。「ここだけです」

「僕もです」と僕は言った。

「それじゃ、このサークルに入ってくれ」

亘先輩がチラシを一枚差し出した。入学当初、僕が入ろうと思っていた企画サークルだった。『スイート・キューカンバーズ』。チラシには、『すいQ』という丸みを帯びた文字が大きくデザインされていた。その文字の下には『モロキュウじゃないよ』という吹き出しがついていて、その下には『オバQでもないよ』という吹き出しがついていた。

トモイチが嫌な顔をした。

「嫌っすよ。こういうちゃらちゃらしたサークル、興味ないっす」

「しばらくいてくれればいいんだよ。何て言うかな。ああ、言ってみれば、潜入捜査だ。まだ四月だし、一年生が二人、入りたいって言っても、不自然じゃないだろう?」

「潜入捜査?」

トモイチの目が輝いた。

「何かヤバイんすか、このサークル」

亘先輩と優姫先輩が目配せを交わした。

「今は何も聞かずに、言う通りにしてくれ。変な先入観を持たせたくないんだ。必要になった時点で教える。悪いけど、今はそれで勘弁してくれ」

ちょっと不満そうな顔はしたけれど、トモイチはすぐに頷いた。

「いいっすよ。何か楽しそうだ。な？」

トモイチが僕を振り返った。僕は頷いた。


部室の入っている建物を出たところで、トモイチがチラシに書かれた携帯に電話をした。

「あ、ええ、今は、部室棟の前です」とトモイチは携帯に言った。「第二部室棟？　ああ、いや、わかんないです。ああ、はい」

トモイチは僕に目配せをすると、携帯を耳に当てたまま歩き出した。僕はトモイチに従った。学食の裏手に回ると、まだ真新しい建物があった。

「三階ですね。わかりました」

トモイチがその建物の前で携帯を切った。

「ここの三階に部室があるって」

僕らは階段に足を向けた。正義の味方研究部がある棟と同じように、そこもサークルの部室ばかりが入っていた。部室棟に入り切らなくなったサークルを入れるために新しく建てたのだろう。三階には三つのサークルが入っていた。ミステリー研究部とカバティ愛好会とが狭い部屋に押し込められ、フロアの大半を占める大きな部屋をスイート・キューカンバーズが独占しているらしい。トモイチはスイート・キューカンバーズというプレートのついたその部屋のドアを開けた。ずいぶん賑《にぎ》やかな部室だった。正義の味方研究部の部室よりもだいぶ広い部屋には、白い丸テーブルが五つとソファーセットがあった。丸テーブルでは、それぞれ三、四人の人がテーブルの上のノートパソコンや紙を見ながら、何かを話し合っていた。部屋の隅にはコピー機とファックスが置かれていて、壁際には書類を入れておくようなキャビネットが並んでいた。そして天井には何のつもりかミラーボールがぶら下がっていた。

「あ、電話の、桐生くん?」

テーブルにいた人の一人がパソコンから顔を上げて、僕とトモイチを見た。

「あ、はい。それと」

「蓮見です」と僕は言った。

「入部希望だったよね。じゃ、ちょっとこっちにきて」

僕らはそちらへ近づいていった。部屋にいる人たちは、みんなずいぶんとお洒落《しやれ》な格好をしていた。男の人たちでさえ、ピアスやらリングやらネックレスやら、体のどこかしらに金属をまとっていた。女の人たちはみんな上手に化粧をして、それぞれ違った香水の匂いを漂わせていた。何だかホストとホステスの待合所みたいだった。

「取り敢えず、ここに名前と住所を書いて」

彼はテーブルの上にあったノートパソコンを操作してから、くるりと僕らのほうに回した。彼も髪を黄色に染めて、鼻に小さなピアスをしていた。画面は新入部員名簿のフォーマットのようだった。僕とトモイチはそこに自分の名前と住所と電話番号を打ち込んでいった。画面上に振られたナンバーからすると、僕とトモイチは、三十人目と三十一人目の新入部員になるようだった。単純に四倍すれば『すいQ』には百二十人のメンバーがいることになる。実働部員を半分としても六十人。うちの大学のサークルの中では、かなり大きな部類に入る人数だろう。

二年生の高橋《たかはし》、と僕らが打ち込んでいる間に彼は名乗った。名前やら住所やらを打ち込み終えると、高橋先輩は僕らをソファーセットのほうへ連れていった。僕らと向かい合って腰を下ろすと、高橋先輩は言った。

「うちのサークルのことは、どれくらい知ってる？」

「企画サークルっすよね」とトモイチが言った。「何か、パーティーとか、合コンとか、そういうのを企画するんじゃないんすか？」

「うん、まあ、それだけわかってればいいか」と高橋先輩は言った。「いつから動ける?」

「え?」

「ゴールデンウィーク中にもいくつか企画があるから、動けるならすぐにでも動いて欲しいんだけど」

「ああ、はい」とトモイチは僕をちらりと見て頷いた。「それは動けますけど。なあ?」

僕も頷いた。

「助かる。君らは何が得意? クラブとか行く?」

「ああ、いや、そういうのは」

トモイチが言った。

「ビットとか、スクラッチとか、行ったことない?」

「何すか、それ?」

「はあ? それも知らないの?」

大げさな声を上げて、高橋先輩は呆れたように僕らを見た。

「クラブだよ。渋谷の『サウスビット』と六本木《ろっぽんぎ》の『スクラッチハウス』。行ったことない?」

「ないっす」

「名前も聞いたことない？」

「全然」

参ったなあ、と高橋先輩は笑った。

「君ら、本当に大学生？」

「はあ、まあ、一応」

ハハハと笑いながら答えたものの、トモイチの目は笑っていなかった。丸テーブルに座っていた人の一人が高橋先輩に声をかけた。高橋先輩が立ち上がってそちらへ行った隙に、僕は足を叩いてトモイチをなだめた。だってよお、という目でトモイチが僕を見て、潜入捜査だろ、という目で僕はトモイチを見返した。

「だって、あいつら、ビットもスクラッチも知らないって」

高橋先輩が僕らを振り返ってそう言っていた。

「俺だって高校生のときは知らなかったよ。お前、もういいから」

高橋先輩を追いやると、彼は丸テーブルを離れてこちらにやってきた。彼もお洒落ではあったが、高橋先輩のお洒落とは質が違っていた。絞ったスーツに襟が大きくデザインされたシャツをノーネクタイで着ていた。英字の会社の横文字の役職についている若いサラリーマンみたいに見えた。

「俺、ここの代表のハシヅメ」

そう言って彼は名刺を取り出した。名刺には『飛鳥大学企画サークル　スイート・キューカンバーズ代表　橋爪亨《とおる》』とあった。

「あいつ、田舎もんだから」

名刺を渡すとき、僕らに顔を寄せて橋爪先輩は囁いた。

「ああいうことをひけらかして喜んでいる。気にしないでくれ。ただの馬鹿だ」

橋爪先輩はそう言ってウィンクした。

「はあ」と僕は曖昧《あいまい》に笑い、「別に気にしてないっす」とトモイチが言った。

「それで」と僕らの前のソファーに座り、橋爪先輩は言った。「君らは何をやりたい？うちではインカレのパーティーやら合コンやらも企画するけど、そんなことばかりをやってるわけじゃない。有名人を招いて講演会を開いたりもするし、企業に頼まれて大学生をコアターゲットにした商品開発の手伝いをしたりもする。君らはどんなことに興味がある？」

「ああ、ええと、特にどんなことってことも。なあ？」とトモイチは言った。

「あ、はい。ただ、何となく楽しそうなサークルだなと思って」

「そう。それじゃ色んなところを経験してみようか」

僕らは二人の先輩に引き合わされた。トモイチは今中《いまなか》先輩という三年生について、ゴールデンウィーク中に行われるパーティーを手伝うことになった。麻布《あざぶ》のクラブを借り切って、四つの大学が合同でパーティーを開くという。

「お前、小さいけどいい体してるな」

服の上からでもわかったようだ。今中先輩はトモイチの肩やら腰やらをポンポンと叩いた。

「ダンスとかしてたの？」

「いえ、ボクシングっす」

その馴れ馴れしさが気に入らなかったようだ。トモイチがぼそりと答えた。

「ボクシングか。そりゃいいや。用心棒になってくれ。人数が集まると、羽目を外すやつって、必ず出てくるから」

そして僕は別の三年生の先輩に引き合わされた。間良人《はざまよしと》、と彼は名乗った。その姿に僕は少しホッとした。このサークルにもこういう人がいるのかと思うくらい、普通の感じの人だった。普通のシャツに普通のジーンズ。特にアクセサリーもしていなかったし、髪を染めてもいなかった。もし正義の味方研究部に入らず、入学式のすぐあとにこのサークルに入っていたら、僕は彼をお手本にしただろう。良くも悪くも目立たない。たぶん、五人以上の人が集まれば、この人は見事に気配を消すだろう。そんな感じの人だった。僕はその間先輩について、秋の学園祭に行われる講演会を手伝うことになった。

「よろしくな」と間先輩は言った。「まだだいぶ時間があるけど、そろそろ人選を始めようと思うんだ。誰にせよ、忙しい相手だから、早めにオファーを出さないと」

じゃ、ちょっとこっちにきて。

僕は間先輩に連れられて一番隅にあった丸テーブルの一つに向かった。トモイチは今中先輩と一緒に別な丸テーブルに着いた。高橋先輩と女の人が一人、そこに加わった。トモイチは隣に座った高橋先輩をじろりと睨んでいた。

「あっちのほうがよかった?」

間先輩に言われて僕は視線を戻した。

「え?」

「パーティーのほうがよければ、それでもいいよ」

「ああ、いや、そんなことないです」と僕は言った。

「そう?」と間先輩は笑った。「うちのサークルにくる人って、ああいうのやりたがる人が多いから。本当に遠慮しなくていいんだよ」

「いえ、本当に」

「そう」

間先輩は頷いて、過去にやった講演会の資料を見せてくれた。

「学者とか、作家とか、いわゆる文化人が多いね。お笑いとかミュージシャンとか、そういうのはまた別口でやるから。ねえ、本当にこういう地味なのでいいの？」

「本当にいいです。苦手なんです。派手なの」

僕が言うと、珍しい新入部員だな、と間先輩は笑った。

「それでこっちが今年の候補者」

十人くらいの名前が並んでいた。その隣には、肩書きやら著作のタイトルと思《おぼ》しきものが並んでいた。知らない人も多かったし、著作もほとんど知らなかった。

「これを表にして、誰の講演会なら聞きたいか、学内でアンケートを取って、その上位から順に連絡を取っていく。そういう手順。でも実際には、あんまり人が入らないんだ。去年もひどかったらしいよ。たまにテレビにも出ている経済学者を呼んだんだけど、ほとんど人が入らなくて。サークルの人が友達に頼み回って、何とか形は作ったらしいけど」

「あの、らしいって？」

「ああ、このサークル、僕は途中から入ったから。去年の終わり。だから、去年のことはあんまり知らないんだ」

そこで間先輩は声を潜めた。

「これ、誰もやりたがらなくて。だから途中から入った僕が、わけがわからないうちに責任者にされちゃった。君が入ってくれなかったら、一人でやるところだった」

間先輩は人のよさそうな顔で笑っていた。舐められてはいるのかもしれないけれど、馬鹿にされているわけじゃない。軽んじられているのかもしれないけれど、いじめられているわけじゃない。人のいい、便利なやつ、というのが、たぶん、このサークルでの間先輩の位置づけなのだろう。理想的な立場だ。僕はやっぱりこの人をお手本にしたと思う。

「今年は頑張りましょう」と僕は言った。

「そうだね」と間先輩は笑った。

駅の反対側のコーヒーショップは、ひっきりなしに客が出入りしていた。だいたいはうちの学生のようだ。店内は、僕らと似たような年齢の人たちの喋り声と笑い声に溢《あふ》れていた。

「おかしな感じじゃないっすけどね」

一際大きく響いた女の子の笑い声のほうへ目を遣り、顔をしかめながらトモイチは言った。

「ちゃらちゃらしたやつらが集まって、ちゃらちゃらしたことやってるだけっすよ。俺は嫌いっすけど、やりたきゃ別に好きにしろって感じっす」

「特に悪いことをしているようには見えなかったです」と僕も言った。「そんなちゃらちゃらした人ばっかりじゃなくて、ちゃんとした人だっていますし」

「ふうん」と優姫先輩は鼻を鳴らした。「代表は？」

「え？」

優姫先輩は手帳を取り出した。

「経済学部四年、橋爪亨か。どんなやつ？」

「どんなやつって」とトモイチは僕をちょっと見てから言った。「別に普通っすよ。あのサークルの他のやつらに比べれば、マシなほうじゃないっすか」

優姫先輩が僕を見て、僕も頷いた。

「悪い人には見えなかったです」

「金回りは？」と亘先輩が聞いた。「妙に金遣いが派手だったりしないか？」

「そこまではまだわかんないすけど」

「そう。まあ、もうちょっと様子を見よう」

亘先輩が言ったところで、亘先輩の携帯が鳴った。電話に出た亘先輩は、携帯を耳に当てたまま何度か頷き、了解と言って電話を切った。

まだ六時半じゃないか。

腕時計に目を遣ってから、亘先輩はため息をついた。

「グリーン・グラスで一人倒れた。あのサークル、去年も二人、救急車出したよな」

「まったく、何やってんのよ」と優姫先輩が言った。「何が、今年はご迷惑をかけませんから、よね。どこ？」

亘先輩がチェーン店の居酒屋の名前をあげ、優姫先輩が立ち上がった。

「私が行ってくる」

「じゃ、頼むよ」

優姫先輩が小走りに店を出ていった。

今年は大したことがないだろうと先輩たちはたかをくくっていたらしいが、昨夜、念のためにと二人だけで待機していた部長と一馬先輩は、一晩で二回ずつ救急車に乗る羽目になった。今日からは当番制で四人が待機することになっていた。臨時部員の人たちも、十人くらいが見回りに回ってくれていた。

「こりゃ忙しくなりそうだ」と亘先輩は苦笑した。

そうしている間にも、新歓コンパに向かうと思われるような一団が、コーヒーショップの前を横切っていった。

「あの、聞いていいっすか？」

ガラス戸の向こうを歩くその一団を横目でちらりと見ながらトモイチが言った。

「何？」

「亘先輩は、どうしてこの部に入ったんすか？」

「トモイチと違って、弱そうだし、とてもスカウトされそうにないのに？」

「いや、違いますよ。亘先輩なら、ほら、ああいう、テニスサークルとか、そういうところ行けば、すごいモテそうじゃないっすか。うちみたいな部にいるのも、何か勿体ないっていうか、いや、俺は、この部に入ったことは後悔してないっすよ。でも亘先輩なら、もっと楽しいところに入ってもよかっただろうって思って」

「テニスサークルか」

手を頭の後ろで組むと、天井を見上げて亘先輩は笑った。

そういう青春だってあったよな、きっと。

「入学してすぐ、同じ高校からきたやつが一人、宗教にはまったんだ」

天井から視線を下ろして、亘先輩は言った。

「宗教？」

「この大学に、新興宗教の下部組織みたいなのがあったんだ。ヨガだったかな、何かその手のサークルの顔をして、入ってきた人たちを宗教に勧誘するような。そいつの親御さんに相談されて、そいつをそこから連れ戻しに行った」

「親御さんに相談されるってことは、高校時代から頼りにされてたんすね」とトモイチが感心した。

「どうなのかな。俺というより、うち、親父《おやじ》が弁護士だから。その息子に頼めば、何とかしてくれると思ったんじゃないかな。俺も、簡単に考えてさ。話せばわかるかと思って、一人でのこのこ出かけていったんだけど、甘かったね。部室を訪ねたら、相手にぐるっと囲まれて、こっちまで洗脳されそうになった。三時間くらい軟禁されたかな。もう頭もボーッとしてきて、入る気なんてなかったけれど、取り敢えず入ることにして、ここから逃げ出すか、なんて考え始めてた。危なかったよ。そんなことしたら、それこそ連中の思う壺《つぼ》だからね。いったん、入れてしまいさえすれば、あとはその世界に絡め取る手段を連中は知っている。そんなことはわかってたんだけど、もう普通の思考ができなくなってたんだね。ほとんどそうしかけたときに、そこに乗り込んできたやつがいた。部室のドアを蹴倒すように入ってきて、問答無用で近くにいたやつらを殴り飛ばし始めた。それまで俺を取り囲んで、ものすごく偉そうに、ここに入らないやつは人間じゃないだとか、救済されずに一生呪《のろ》われた人生を歩くんだとか、散々言っていたやつらが、あっけなくそいつに殴り飛ばされていた。何だよ、君、暴力はやめろよ、とかね、泣きそうな顔で言っていたんだ」

そのときのことを思い出したように亘先輩は笑った。

「そのときにね、ああ、って思ったんだよ。何だ、そうすればよかったのかって。こんなやつらとまともに話をしようとしていた自分が馬鹿みたいに思えた。だから、俺も立ち上がって、周りにいたやつの一人をぶん殴った。それから、乗り込んできたやつと二人してね、そこにいた十五、六人のやつらを全部叩きのめした。もっとも、十三人くらいは、その乗り込んできたやつが一人でやっつけたんだけどね」

「それが」

「そう。一馬だった。事情を説明したら、笑われるかと思ったんだけど、一馬、こう腕を組んで考え込んでさ。お前、俺と一緒にやろうって、そう言ったんだ。俺も、いきなり殴り始めるのは少し良心が咎める。殴ったあとで、ちょっと後悔するときもある。だから、俺が殴る前に、お前が口上を述べてくれって。かれこれこういう理由で、今からお前たちを殴るって、俺と殴られるやつらとにちゃんと説明してくれって。そうすれば、俺も納得して殴れるし、殴られるほうも納得して殴られるだろう。お前、そういうの得意そうだからって」

　亘先輩は笑った。

「おかしなやつだと思ったよ。でも、一緒にやろうと思った。こいつとならね、今まで気になっていても、黙ってやり過ごしていたモヤモヤを全部晴らせる気がした。それで、この部に入った」

「へえ」とトモイチは笑った。「その、一馬先輩は?」

「ああ、あいつは、入学してすぐにスカウトさせたらしい」

「スカウト、させた?」と僕は聞いた。

「高校時代の先輩がこの大学にいて、その人から部のことを聞いたことがあったらしい。うちの大学には変な部があるって感じで。それで、入学したその日に、俺は絶対役に立つからスカウトしろって、自分から売り込みに行ったらしいよ。変なやつだ」

まったく、変なやつだよな。

あらためてそう気づいたように、亘先輩は呟いた。

「あ、でも、何かそれちょっとわかる気がするっす」とトモイチが言った。

「そう？」と亘先輩が言った。

「はい」

頷いたトモイチは不意に真面目な顔になって少し考えた。

「たぶん、俺と同じじっすよ。もう試合をするつもりがなくなって、それでも喧嘩をすれば人より全然強いのは当たり前で、だから喧嘩なんかしなけりゃいいんだけど、何でかわかんないけど、すぐに喧嘩になっちゃって、それで持て余してたんですよ、きっと。色んなことを」

トモイチは考えながら言って、うん、と一つ頷いた。

「だから、きっと、よかったんすよ。一馬先輩にとっても。この部に入ったことも、亘先輩と会えたことも」

「そうかな」と亘先輩はちょっと照れたように笑った。

「絶対そうっす」とトモイチは力強く頷いた。

「まあ、確かにあれを野放しにしたんじゃ周りが迷惑するよな」

「優姫先輩は？」と僕は聞いた。

「美人だから、二人でスカウトしたんすか？」とトモイチが笑った。

「ああ、優姫はね」と亘先輩は苦笑した。「あれは、何だろうな。うん。あれはあれで変なやつだよな」

　亘先輩は言った。

「優姫は、入学してすぐ野球部にマネージャーとして入ったんだ。ただ、ほら、マネージャーって、色んな雑用をやらされるだろ？　部で使う道具の管理とか、洗濯とか、色々。それは別によかったらしいんだけど、当時の野球部の主将がちょっと横柄な男でね。横柄っていうか、男尊女卑だな、あれは。野球部の女子マネージャーたちが、結構ひどい扱いを受けていたらしい。優姫はそれにキレた」

「はあ」と僕は言った。

「キレたんすか」とトモイチが言った。

「あらゆる運動部の女子マネージャーたちに声をかけて、ストライキをかけた。私たちはあなたたちを全力で応援する。あなたたちのスポーツマンシップを全力で支持する。けれど、私たちはあなたたちのママでもなければ、奴隷でもない。マネージャーとして、あなたたちと対等な地位を要求する。それが受け入れられない場合、私たちは全員、即刻退部する」

亘先輩はそう言って笑った。

「あいつらしいだろ?」

らしいですね、と、僕とトモイチも笑った。

「それ、どうなったんですか?」と僕は聞いた。

「うちの部が仲裁に出張っていった。すべての運動部の主将に女子マネージャーの扱いに気を配るよう念書を書かせて、それで事は済んだんだけど、さすがにそれだけのことをやって優姫もマネージャーには戻りづらかったんだろう。野球部だってやりづらいだろうしね。それならっていうんで、俺と一馬がスカウトした。正義感には文句のつけようがないし、すべての運動部の女子マネージャーを一人残らずまとめ上げたその手腕はただものじゃない。だって、そのとき、優姫はまだ一年生だぜ。こんな人材は滅多にいないだろうって、スカウトしたんだ。部の趣旨を説明したら、優姫も二つ返事で乗ってきた」

そして今の正義の味方研究部ができあがったのか。そこにインターハイ三連覇のトモイチが加わった。やっぱり、すごい部だ。

「佐山部長は?」とトモイチが聞いた。「部長も何かうちの部には不似合いな感じっすよね。亘先輩とはまた違う意味でっていうか」

「不似合い？」

亘先輩は意外そうに聞き返してから、ああ、と頷いた。

「知らなきゃ、そう見えるのかな」

「え？　何すか？」とトモイチは言った。

「あの人は」と亘先輩は少し考え、言った。「伝説だ」

「はあ？」とトモイチが言った。

「伝説ですか？」と僕が聞き返した。

「うちの大学には応援団部がない。知ってたか？」

「いや、知らないっす。どうしてないんすか？」

「昔はあったんだよ。けれど、佐山部長が潰した」

「潰した？」

「そう。部長が、たった一人で潰したんだ」

ああ見えて部長はカンフーの達人だったりするのだろうか。僕は空高く舞い上がって、飛び蹴りする部長の姿を浮かべてみた。あちょー。

「入学前のことだから、俺も直接は知らない。聞いた話だ。部長が一年だったとき、応援団部のある新入部員が部員からリンチを受けた。団旗を倒した。それが理由だったらしい。応援団が使っていた大きな旗があったんだ。一人じゃとても支えきれないような大きな旗だ。体育会系によくあるシゴキなんだろう。新入部員の二人が、朝の十時から夕方の六時までの八時間、その旗を掲げ続けるよう命じられた。八時間、決して倒すなと。その二人は朝からグラウンドの片隅に立ってその旗を支えていた。けれど、いくらなんでも朝から夕方までその場にいるわけにはいかない。空腹は我慢するにしたって、トイレには行かなきゃいけないだろう。二人はちょっとずるをした。地面に浅く穴を掘って、そこに団旗を突き立てるようにしたんだ。そうすれば、二人がかりじゃなくても何とか支えていられる。そうして、一人がトイレに行った。けれど折り悪くそこに強い風が吹いた。そうすると、とても一人では支えられない。それでも何とかしようとしたらしいけれど、結局、団旗に潰されるような形で、その一年生は倒れてしまった。ちゃんと支えているか定期的に見回りにきていた上級生がその姿を見つけた。トイレに行った彼も悪いが、団旗を倒した罪はそれよりはるかに重い。彼らに言わせるとそういう理屈になるみたいだ。その新入部員はすべての部員から一発ずつ殴られた。それからすさまじいシゴキが始まった。指導だ、と応援団部は言ったらしいけれど、要するにただのいじめだよ。ほんの些細《ささい》な理由で殴る蹴るが繰り返されたらしい。佐山部長はその彼と同じクラスにいた。暗い顔をして、ほとんど毎日新しい傷を作ってくるそのクラスメイトに不審を感じて、事情を聞き出した。当時はまだ正義の味方研究部には入ってなかったけれど、持ち前の正義感がそんな話を許せなかったんだろう。部長はたった一人で応援団部の部室に乗り込んでいった。佐山部長は話し合うつもりだったらしいけれど、もちろん話し合いになんてならない。応援団部は部長の言い分を一蹴《いっしゅう》した。団旗は我々の魂だ。それを倒すなど万死に値する。当時の応援団長がそう言ったらしい。それを聞いた部長は、部室に掲げられていたその団旗をおもむろに蹴倒した。倒れた団旗を踏みにじり、その上に座り込んだ。これが貴様らの魂なら、それを踏みにじった僕をどうする」

　さあ、どうするんだ。

「部長は団旗の上にあぐらをかいて、そう詰め寄った。しばらく呆然としていた応援団員たちは、次の瞬間、一斉に部長に飛びかかった。どんなに殴られても蹴られても、部長は頑として団旗の上から降りようとはしなかった。殴られたら殴られた数だけ、蹴られたら蹴られた数だけ、血の混じった唾を団旗の上に吐き出した。無理やり引き剝《は》がされそうになると、団旗にしがみついてそれを拒否した。結局、意識がなくなるまで痛めつけ、ようやく応援団員たちは部長を団旗から引き剝がし、そのまま部室から放り出した。けれど、次の日の朝、部員たちがきてみると、応援団の部室には佐山部長がいて、やっぱり団旗の上に座り込んでいた。魂を踏みにじられても、あの程度か。殴りつけられ腫《は》れ上がった顔を昂然《こうぜん》と上げて、部長はそう嘯《うそぶ》いた。じゃあ、小便を引っかけたらどうするんだ？　本当にそうしたらしい。部室には異臭が漂っていた。魂に小便を引っかけられたら、僕なら相手を殺すね。これが貴様らの魂なら、さあ、僕を殺してみろ。応援団部は激怒した。前の日よりも徹底的に部長を痛めつけた。それでも翌日になると、佐山部長はまた応援団部の部室にきていた。昨日よりも腫れ上がり、ほとんど開かなくなった瞼《まぶた》の下から応援団部員を睨みつけた。魂に小便を引っかけられても、殺せないのか。貴様らの魂はそんなものか。じゃあ、その魂を切り裂かれたらどうする。そう言った部長の手にはナイフが握られていた。これには応援団部も参った。団旗を切り裂かれることより、部長が怖くなったんだろう。応援団部員の一人が、当時の正義の味方研究部に助けを求めに走った。そのときには佐山部長は正義の味方研究部のことを知らなかったらしい。やってきた正義の味方研究部員の一人に部の趣旨を説明されると、ヤクザが警察を呼んだようなもんだな、とせせら笑った。どうして欲しいんだ、と正義の味方研究部員が聞いた。土下座をしろと部長は言った。彼らがいじめていたその新入部員に、応援団部員の全員が、キャンパスの真ん中で土下座をして許しを請えと」

「すげえ」とトモイチが呆然として呟いた。

「そんなこと」と僕も唖然として聞いた。「したんですか？」

「する予定だったらしい。正義の味方研究部も事情を知って、部長の肩を持った。正義の味方研究部が肩を持ったことより、それ以上、部長に関わりたくなかったんだろう。正義キャンパスの真ん中は勘弁してくれ。この部室でなら、部員全員が土下座をする、と、そういう話になった。そのとき交わされた約束状は今だって部室にあるはずだ。けれど、当の新入部員がそれを拒否した。決められた時間に部室に姿を現さず、それで結局そのままになってしまったんだけど、この手の噂はすぐに広まるからね。応援団部がたった一人の一年生に喧嘩を売られて、負けた。そんな話が広まって、応援団部は学内で肩身の狭い思いをすることになった。一人抜け、二人抜けして、半年も経ったころには、応援団部はもう部員がいなくなっていた。自然消滅したまま、今に至っている。正義の味方研究部はその後、部長をスカウトして、部長は部員になった。そのときの部長に指名され、翌年には、二年生で部長の座についた」

「すげえ」とトモイチがまた言った。

「すごいんですね」と僕も言った。

「すごいんだよ」と亘先輩は言った。「二人とも、部長だけは絶対に怒らせるなよ。部長が怒るようなことになったら、もう俺たちじゃ止められないから」

途中からもっと強くいさめるように亘先輩が臨時部員の人たちにお願いしたのと、去年の実績のせいもあったのだろう。亘先輩が一度救急車に乗っただけで、その後は大きな混乱はなかった。コーヒーショップが閉まる十一時に、僕らは解散した。

本当にすごい部にいるんだな。

帰りの電車に揺られながら、僕は思った。

亘先輩も、一馬先輩も、優姫先輩もすごいし、トモイチだってすごい。部長なんかもっとすごい。大学史上、きっと最強の部だ。みんなの足手まといにならないように、僕はもっと自分を鍛えなきゃ。

いつもの駅の改札を出ようとしたところで、ちょうど会社から帰ってきた父さんに会った。

「何だ。お前も、今帰りか」

「うん」

僕らは肩を並べて駅からの道を歩き始めた。

「最近、帰り遅いな」と父さんは言った。「この前は、外泊だったし」

そう言う父さんだって、最近は帰りが遅かった。この春から主任になり、仕事が増えたのかもしれない。

「ああ、うん。ごめん」と僕は言った。「なるべく夕飯の用意はしようと思ってるんだけど、色々忙しくて」

「あ、いや、怒ってないぞ。全然、怒ってない」と父さんは慌てたように言った。「大学生だしな。男だし。ちょっとくらい遅くなったっていいし、ときには外泊だっていいさ。楽しめばいい」

　夕飯くらい父さんだって作れる、と父さんはちょっと胸を張って言った。母さんがパートに出かけてしまえば、受験生の麻奈に夕飯の支度をさせるわけにもいかなくて、父さんが作っていたのだろう。工場から疲れて帰ってきて、ワイシャツも脱がずに台所に立つ父さんの姿が浮かび、僕は申し訳なくなった。

「なるべく早く帰るようにするよ」

「本当にそうじゃないって」と父さんは笑った。「喜んでるんだよ。父さんも母さんも。高校のときは、ほら、お前、全然、楽しそうじゃなかったし。それが今は楽しそうだから、喜んでるんだ」

「うん。楽しいよ」と僕は言った。「すごく楽しい」

「高校のときは、心配したもんな。自殺するんじゃないかとか、引きこもっちゃうんじゃないかとか」

「ああ、うん」と僕は言った。

「不登校ぐらいなら、まあ、いいかと思ってたんだよ。中退することになったって、それでもいいって」と父さんは笑った。「それが、ちゃんと卒業するどころか、大学まで行ったもんな。お前は強いな」

「強くなんてないよ」と僕は言った。「強くなんてない」

「強いよ、お前は」と父さんは言った。「だって、お前」

僕から目線を外して、父さんは言った。

いじめられてたんだろう?

すっと体温が引いたように感じた。父さんだって、母さんだって、麻奈だって、それは知っていただろう。けれど、それを口に出して言ったことは今までなかった。僕が傷を作って帰ってきても、あざを作って帰ってきても、そのことについて三人とも何も言わなかった。お使いを命じる電話がかかってきて夜に出かけても、それについても何も聞かなかった。僕だって何も言わなかった。言ってしまえば、惨めになる。自分だって惨めになるし、家族だって惨めな思いをするだろう。だから、僕は何も言わなかった。三人も同じだったと思う。それを確認すれば、自分だって惨めだし、僕にも惨めな思いをさせる。それに、そう確認して、家族会議を開いて一晩話し合ったところで、何がどうなるわけでもない。翌日になれば、太陽がちゃんと東から昇るように、僕はちゃんといじめられるのだ。

「うん。いじめられてた」と僕は言った。「だから、強くなんてないよ。強くないから、いじめられたんだよ」

「そうじゃないよ」と父さんは言った。「いじめられるのに強いのも弱いのも関係ないさ。強さと弱さが試されるのは、いじめられたそのあとだ。お前はそれを乗り切った。たった一人で乗り切った。お前は、強いんだよ」

ごめんな、と父さんは呟いた。

「父さん、何も助けてやれなかった」

「いいよ。何、言ってるんだよ」と僕は言った。「だって、大学に行かせてくれた」

父さんは僕を見て微笑んだ。

「そうか。大学、そんなに楽しいか」

「楽しいよ」と僕は頷いた。「すごく楽しい。いい先輩もいるし、いい友達もできたし。あ、その友達、トモイチっていうんだけど、そいつ、すごいんだ。高校時代に、ボクシングのインターハイで三連覇してるんだ。滅茶苦茶強くてさ。今、そいつからボクシングを習ってる」

「お前が、ボクシング？」

父さんはびっくりしたように僕を見て、それから声を立てて笑った。

「いや、うん、似合わないんだけど」と僕は言った。

「そんなことない。かっこいいよ」

そういや、夜にバタバタやってるな、と父さんは言った。

「あれ、ボクシングか？」

「ああ、うん。鏡の前とか、夜、窓に映したりして、フォームのチェックをしてる」

「そうか。今度、父さんにも教えてくれ」

「ああ、うん」

伸ばしかけた父さんの右手は、僕の頭を撫でようとしたのだと思う。けれど、照れたように手を引っ込めて、父さんは自分の頭を掻いた。

5

もの欲しそうに飛んできたハエを手で追い払って、トモイチはおにぎりの最後の一口を口に詰め込んだ。ごくごくとお茶を飲んでおにぎりを流し込むと、トモイチはそのまま後ろの芝生に倒れた。

「ああ、まったく嫌になる」

トモイチは空に向かって喚いた。僕らはキャンパスを巡る道の脇の縁石に腰を下ろしていた。眠たくなるような春の日差しの中、僕らの前をハエとハチと学生たちがぶんぶんと行き交っていた。

「まあ、まあ」

トモイチに追い払われて僕のもとにやってきたハエを追いやって、僕はサンドイッチを食べながらトモイチをなだめた。

「潜入捜査なんだから」

「あいつら、絶対、俺のこと馬鹿にしてる」

体を起こすと、トモイチは何やら人の名前らしきものを並べた。

「知ってるか？」

一人も知らなかった。たぶん、日系人と外国人なのだろうということくらいしかわからなかった。僕がそう言うと、トモイチは深く頷いた。

「そうだろ？　知らねえよな、そんなの。日系人でも外国人でもねえ。バリバリの日本人だよ。人気のＤＪなんだと。それを知らないって言ったら、群馬じゃ名前が売れてないのかな、だってよ。お前、群馬にきたことあんのかよ。これで潜入捜査じゃなかったら殺してるぞ」

「高橋先輩？」

「どいつもこいつも似たり寄ったりだよ。ああいう馬鹿と同じ大学にいるのかと思うと自分が嫌になる」

まあ、スカ大だからなあ。仕方ないけどよ。

トモイチはそう言って、脇にあった掲示板を見遣った。

「それ、知ってるか？」

「何？」

「うちにきてた留学生。集団で逃げ出したらしいぞ」

僕は立ち上がってその掲示板を見た。休講のお知らせや新任教授の紹介とともに、四人の顔写真が印刷された紙があった。指名手配の手配書みたいだった。脇に掲げられた説明によれば、去年入学して、行方がわからなくなった中国からの留学生たちだという。消息を知っている人は大学に知らせて欲しいと書いてあった。そういえば、他の大学で起こった似たような話を以前ニュースで見たことがあった。学生ビザで入国して、その後、姿をくらます。そんな留学生が増えているという。不法滞在を続けながらどこかで働いているか、でなければ犯罪に手を染めているか、どちらにせよこの先、学生ビザの発給についてあらためて議論する必要がある。そんなニュースだった。

僕がその話をすると、きっと違うよ、とトモイチは言った。

「最初はこいつらだって、そんなつもりなかったんだよ。真面目に勉強するつもりで日本にやってきて、そしたら周りが馬鹿ばっかりだから嫌になって逃げ出したんだよ。こんな馬鹿に囲まれてたら、自分まで馬鹿になると思ってさ」

ああ、マジ、頭にくる。

トモイチは空に向かって大声で叫んだ。通りかかった何人かの学生が、驚いたようにこちらを見た。

「そっちはどうなんだよ」とトモイチは言った。

「こっち？　こっちは平和だよ。間先輩、いい人だし」

「いい人っていうか、何か印象の薄いやつだよな。敵は作らないだろうけど、友達も少なそうだ。サークルにあいつと仲のいいやつっていないだろ？」

「ああ、うん。サークルに入ったのも、去年の終わりだったらしいし、それもあるんじゃないかな」

「まあ、何にせよ、俺よりはマシだな」

トモイチはそう言って腰を上げた。

「亮太、これからは？」

「バイト」

「そっか。俺ももうちょっと働かなきゃまずいんだけどな」

「何？」

「これから打ち合わせだ。パーティーを一緒にやる他の大学の連中と」

打ち合わせ、と言って、トモイチは顔をしかめた。

「打ち合わせなんて、五分もやってねえよ。あとはただの飲み会だ。金、かかんないからいいけど」

「え？」

「サークル持ちなんだよ。打ち合わせ費用ってことで、サークルから飲み代が出る」

何が打ち合わせ費用だよな、とトモイチは呟いた。

「それ、亘先輩には?」

「ああ、一応、言ってあるぞ。でも、それはたぶん関係ないから気にしなくていいって。未成年なんだからあんまり飲むなって注意されたけど」

いったい何を探ってるんだろうな、とトモイチは首をひねった。

「何か、お金に絡んだ話だよね、きっと」

「そうなんだろうな」とトモイチは頷いた。「でも、サークルの金を握ってるのって、代表の橋爪さんだよな。ああ、そっか。だから橋爪さんを疑ってるのか」

あの人はそんな悪い人には思えねえけどな、とトモイチが言い、うん、と僕は頷いた。

「高橋とか今中とか、あの辺なら、悪いことしそうだけどな。ああ、野島《のじま》ってあの女も食えない感じだし」

絶対、エンコーとかやってたぜ、あれ。

きっぱりと決めつけて、トモイチは頷いた。

「まあ、いいや。考えるのは、先輩たちに任せよう」

僕らが正門に向かって歩いていると、向こうから一団が歩いてきた。人一倍大きい畠田の姿は遠くからでもわかっていた。畠田はすぐ近くにくるまで僕に気づかなかったようだ。僕に気づいて、畠田は足を止めた。僕も足を止めた。いや、足が動かなかった。

ぶつかった僕らの視線を遮るように、トモイチがすっと僕の前に出た。睨み合う僕らに、
畠田の連れたちが、何事かというような視線を向けていた。

「よお」と畠田が言った。

「何、見てんだよ」とトモイチが言った。「もう一遍、寝かしつけてやろうか?」

畠田の視線がトモイチに行き、それから泳ぐように僕のもとに戻ってきた。

「楽しくやってるか?」と畠田は言った。

「殺すぞ、お前」とトモイチが応じた。

僕はトモイチの肩に手をかけた。トモイチが僕を振り返った。

「楽しくやってる」と僕は畠田に言った。

畠田は何かを言いかけ、それから頷いた。

「なら、よかった」

行こうぜ。何でもない。

僕らの雰囲気に戸惑っていた自分の連れたちを促して、畠田は歩いていってしまった。

「あいつがまた何か言ってきたら、絶対、俺に知らせろよ」

去っていく畠田の背中を目で追いながら、トモイチは言った。

「ああ、うん。ありがとう」と僕は言った。

離れていく畠田の背中は、やっぱり大きかった。分厚い壁みたいだった。でも、いつか僕はその壁を打ち砕かなきゃいけないんだと思った。

「ねえ、トモイチ。今の僕だったら、あいつに勝てるかな？　トモイチに習ったワンツースリーまで完璧に覚えれば、ーを使えば、少しは勝てる可能性があるかな？　勝てるかな？」

トモイチは僕の頭をごしごしと撫でた。

「勝てるかどうかはわからねえ。けど、勝負にはなる。亮太がその気にさえなるなら、勝負にはなる。最初からそうだったんだよ。勝負にならないと思ってたのは、ただ亮太がそう思ってただけさ」

勝負になる。それじゃ駄目だ。僕はもう一回だって畠田に負けるわけにはいかない。もっと練習しなくちゃ。

「頑張る」と僕は言った。「だから、もっと鍛えて」

「おう。しっかり鍛えてやるよ」

トモイチは笑って、もう一度僕の頭を撫でた。

僕とトモイチは、できるだけスイート・キューカンバーズの部室に顔を出すようにしていたけれど、特に何も変わったことは起きなかった。トモイチは、時折僕に文句を言いながらも他の先輩たちとパーティーの企画を進めていたし、僕は僕で間先輩とともに講演会の準備を進めていた。

「何やってるの?」

キャンパスの真ん中に立って、僕がアンケート用紙を配っていると、蒲原さんがやってきた。

「あ、これ、アンケート。今度の学園祭の講演会に誰を呼んで欲しいかっていうやつ。サークルの仕事で」

「へえ。亮太くんてこういうことやってるんだ」

手伝ってあげる。

僕の手からアンケート用紙を半分ほど取ると、蒲原さんは通りかかる人たちにアンケート用紙を配り始めた。差し出された用紙をほとんどの人が受け取った。僕が配るよりははるかに効率がよさそうだった。

「マスミがね、トモイチくんから電話があったって。今度、四人で遊びに行こうって」

キャンパスを歩く人たちにアンケート用紙を手渡しながら、蒲原さんは言った。

「ああ、うん。聞いてる」

僕に散々恩着せがましいことを言いながら、トモイチは僕の目の前でマスミさんに電話したのだ。マスミさんは、蒲原さんの予定を聞いてみると答えたはずだった。

「マスミ、ちょっと警戒してる」

「警戒？」

「トモイチくん、結構、遊んでるみたいだからって」

やらせてくれるなら誰でもいい、とさすがにそこまで露骨な言い方はしなかっただろうけれど、童貞という部分を飛ばしてしまえば、それはどうしたってそういう風に聞こえてしまうだろう。

「誤解だよ」と僕は言った。「遊んでなんてないよ、全然」

蒲原さんはじっと僕を見た。また、その目の中に吸い込まれてしまいそうだった。いや、僕はその目の中に吸い込まれたかった。その目の中にあるリカちゃんハウスで、蒲原さんと一緒にママゴトをして暮らしたかった。

「それ、信じていいの？」

「信じていい」と僕は言った。

「男の友情とかじゃなく？」と僕は頷いた。

だってトモイチって童貞だよ、とほとんど言いかけたけど、何とか堪えた。

「そっか。そうだよね」と蒲原さんは言った。「遊んでいる感じじゃないもんね。レンアイしたら、結構、一途《いちず》っぽい」

「うん。結構、一途だと思う」と僕は頷いた。

「それじゃ、マスミにはそう言っておくね。亮太くん、いつが都合がいい？ 次の、そうだな、水曜日とかでも大丈夫？ 水曜日なら授業、あんまり入ってないでしょ？」

「ああ、うん。大丈夫」

アンケート用紙を配り終えると、授業があるという蒲原さんと別れて、僕は大学の正門のほうへ足を向けた。そこでは手分けした半分を持って間先輩がアンケート用紙を配っているはずだった。

「ああ、もう終わったの？」

そう言った間先輩の手にはまだかなりのアンケート用紙が残っていた。

「手伝ってくれた人がいたんで」

僕は残った半分を持って間先輩とアンケート用紙を配った。蒲原さんとやっていたときに比べれば、だいぶ時間がかかった。僕と間先輩とで配っているとそれは、宗教関係か政治関係かの何か胡散臭《うさんくさ》そうなビラに見えたのかもしれない。小一時間ほどかかってようやく配り終えると、僕らは一緒にスイート・キューカンバーズの部室に戻った。ゴールデンウィークに、いくつかのイベントが並行して企画されているせいだろう。部室にはずいぶん大勢の部員がいた。大声で交わされているやり取りの中を滑るように、間先輩は空いていたテーブルの一つに着いた。その様子に僕は感心した。部室の雰囲気とは全然異質なのに、間先輩には見事に存在感がない。もう三日も前からそこに座っていたと言われれば、そうだったかもしれないと納得してしまいそうだった。

「すごいですね」と同じテーブルに着いて、僕は思わず言った。

「ああ、本当に。みんな忙しそうだ」

僕の言葉を誤解したらしい。周囲を見渡して間先輩は頷いた。それを訂正しても、その先をうまく説明できそうになく、僕は曖昧に笑った。先輩ってすごい存在感ないですよね、だなんて、褒めたつもりでも褒め言葉にはならないだろう。

「そういえば、明日の新歓コンパ、行くの?」

間先輩が僕に目を戻して言った。明日、スイート・キューカンバーズの新歓コンパが予定されていた。サークルの性質上、どこかのクラブとやらでも借り切るのかと思ったが、他のサークルと同じように駅の反対側の居酒屋で行われるという。

「ええ、行くつもりです」

忙しさに紛れてあまりバイトには出れずにいたし、次の水曜日に待っている四人でのデートを考えれば、お金はかなり苦しかったが、それでも潜入捜査のためには行かないわけにはいかないだろう。僕はまだこのサークルの人の顔を半分も知らなかった。

そうだ、と僕はそこで思い出した。すっかりその気で活動してしまっているが、馴染んでいる場合ではない。これは潜入捜査だったのだ。

「橋爪先輩って」とその姿が部室にないことを確認して、僕はさり気なく間先輩に切り出した。「どんな人です?」

「いい人だよ」と間先輩はあっさりと言った。「細かいことに目配りも気配りも利く人だし。どうして?」

「ああ、いえ、うちの部みたいな大人数をまとめられる人って、どんな人なんだろうと思って。僕はそういう才能、全然ないですから」

「そんなこともないだろうけど」と間先輩は笑った。「でも、うん、わかるよ。そうだね。才能なんだろうね。ああいうのは」

僕に言わせれば間先輩の才能のほうがよっぽどすごかった。リーダーには誰かがなる。集団が形作られれば、その中で誰かがリーダーになる。いじめられっ子と同じだ。だからリーダーなんて、たまたまその人が集団から選ばれたというそれだけのことだ。そこには向き不向きも適性もあるのだろうけれど、そんなの所詮《しょせん》程度の問題でしかない。けれど間先輩は違う。集団の中で存在感を消すというのは、できそうでいて、中々できないものだ。僕にはそれがよくわかったし、だから間先輩の才能のすごさもよくわかった。それに間先輩には、それをどこか意識してやっている感じがあった。

ひょっとしたら間先輩も僕と同じなのかもしれない、と僕は思った。間先輩も実は昔いじめられっ子で、入学当初、僕が狙っていたのと同じことを今、確実に実行しているのかもしれない。

「間先輩の才能だってすごいです」と僕は言った。

「え？」と間先輩は驚いたように聞き返した。「僕の才能？　何の話？」

「ああ、いや、よくわからないですけど」とやっぱりうまく説明できそうになくて、僕は言った。「でも、すごいと思います」

「そう」と間先輩は笑った。「よくわからないけど、ありがとう」

　翌日、僕とトモイチは待ち合わせないで別々に店に入り、わざと離れた席に座った。二人でこそこそ話していると僕らの目的がばれるかもしれないし、そうでなくたって他の人は声をかけにくくなる。他の人から情報を引き出すためにも、あまり二人でいないほうがいい。亘先輩からのアドバイスだった。トモイチは、真ん中にいる橋爪先輩の近くの席に着いた。僕は端っこの席に座った。橋爪先輩が新入生を歓迎する旨の短いスピーチをし、副代表と呼ばれていた眼鏡の人が音頭を取って乾杯をした。

　隣にいた四年生や前の席にいた二年生の二人から何かしら情報を引き出そうと話しかけてみたのだが、うまくいかなかった。隣にいた四年生も、前の席にいた二人の二年生も、僕なんかより、近くにいる一年生の女の子と話したがっていた。乾杯から三十分も経たずに、僕は一番隅っこの席で、一人で黙々と肉じゃがやら焼き鳥やらを食べる羽目になった。様子をうかがってみると、僕よりはうまくやっているらしい。トモイチは近くにいる人たちと楽しそうに喋り、時折、はす向かいにいる橋爪先輩にも何かを話しかけていた。笑っているのは頬だけで、その目は全然笑ってなかったけれど、それは僕だからそうと気がつくだけで、他の人にはわからないだろう。席を移そうかと思ってから、考え直した。わざわざ近くに行って部長のことを聞き出そうとすれば怪しまれるだけだろう。

「今日は一年が主役なんだから。もっと真ん中に行ったら?」

僕の姿を見かねたのかもしれない。間先輩がやってきて、僕に言った。

「あ、いや、僕はいいです。ここで」

「じゃ、せめてその端の席を譲って」

間先輩はそう言って、僕に席を詰めさせると、壁際の一番端の席に着いた。飲み会が始まって一時間もすると、座は相当に荒れた。うちのサークルの伝統だ、と先輩たちは嘯《うそぶ》いて、下級生に酒を飲ませ、自分たちも同じくらいの量を飲んでいた。酔い潰れて寝てしまっている人もいたし、それは訴えられれば幾らか取られるのではないだろうかというような仕草で女の子の体にべたべた触っている男の先輩もいた。主はトイレに行ったまま戻ってこないのだろう。いくつか空いている席も見て取れた。正義の味方研究部の先輩たちが見たら、その場で飲み会をやめさせ、全員まとめて店から追い出しただろう。トモイチはと見ると、やはり少し飲まされたようだ。とろんとした眠たそうな目で周囲の人たちと喋っていた。

僕の隣の人が突然立ち上がり、口を押さえてトイレに駆けていった。

「ああ、大丈夫かな」

彼の背中を見送りながら、間先輩が呟いた。僕と間先輩だけはみんなのペースから外れて、酒もあまり飲まず、食べるほうに専念していた。他の人が見たら、おそろしくタチの悪い集団と相席させられてしまった不運な二人連れに見えただろう。

「よう、君、ええと、ハスネくんだ。そうだよな」

その立場上、飲まされる機会も多かったようだ。かなり怪しい足取りで橋爪先輩が近づいてきた。

「蓮見です」と僕は訂正した。

「何？　ハスミ？」

そうかあ？　そうだったかあ？　君、名前変えた？

「そして君は桶狭間《おけはざま》だ」

冗談だよ、冗談、と勝手に一人で笑いながら、橋爪先輩は僕と間先輩の間に強引に割り込んで座った。

「大丈夫ですか？」

ぶつかってきた腰を支えて座らせながら、僕は橋爪先輩に言った。ふと視線を感じて目を遣ると、どうやら酔っているように見えたのは演技だったようだ。トモイチが、うまくやれ、というような目線を送ってきた。僕は頷いた。

「それで、ハスダくん。どうだ。サークルには慣れたか?」

「ええ、まあ」と僕は言った。「楽しくやってます」

そうか。それはいい。うん、うん、と橋爪先輩は大きく頷いた。

「橋爪先輩は」と何を聞くべきか考え、取り敢えず無難な話題から話を始めた。「もう就職先とか決まってるんですか?」

「もちろんだ。俺を何だと思ってる。天下のスイート・キューカンバーズ代表だぞ」

橋爪先輩は僕も知っている大手の証券会社の名前をあげた。

「すごいですね」と僕は言った。

「おう。ボーナスが出たら奢《おご》ってやるよ」

橋爪先輩は就職活動の様子を喋った。証券会社だけではなく、旅行会社も、商社も受けたらしい。面接のときの様子なんかをちょっと得意そうに喋り、業界別に必要な心得をひとしきり述べると、橋爪先輩は不意に、はあ、とため息を一つこぼした。

「と、まあ、そんなことをやって、俺は来年から立派なサラリーマンになるわけだ」

サラリーマン、と橋爪先輩は言った。自分がそんなもんになるなんて思わなかったけどな。

「君、ハシダくん」

橋爪先輩は顔を上げた。どうやら僕のことらしかった。

「君は小さいころ何になりたかった？」

「あ、どうでしたかね。宇宙飛行士とか、パイロットとか、そんなのじゃなかったかと思います」

「どうしてそれをやめた？」

「いや、どうしてって、別に理由はないですけど、何ていうか、大きくなるにつれて身の程を知ったというか」

身の程か、うん、身の程だな、そう、ほどほどだ、と橋爪先輩は呟いた。

「ハシモトくんはつまり、俺には証券会社のサラリーマンがお似合いだと、そう言いたいわけだな？」

「そんなことはないですけど、でも、だって、大変だったでしょう？　そんな大手に入るの。誰でも入れる会社じゃないですよ」

「当たり前だ。誰でも入れる会社じゃない」

「そんなところの内定をもらってるんだから、それはすごいですよ」

「すごいか？」

「すごいです。僕なんかじゃ絶対無理です」

「それじゃ、そこに入った俺はすごいのか？」

「すごいです」

「すごくないよ。全然、すごくない。そりゃ、会社の内定もらうのは難しいんだろうよ。でも、入ったらただのサラリーマンだよ。それも一兵卒だ。どうやっても大将にはなれない。だって、お前、同期は東大とか一橋《ひとつばし》とか早稲田《わせだ》とか慶応《けいおう》とかそんなのばっかだぞ。どうやったって出世できるわけないじゃねえか。勝負はとっくについてるんだ。俺は使いっ走りだよ。あいつらにジュースとかお菓子とかを買ってくるために内定くれたんだよ」

「そんなことないでしょう」と僕は言った。

「そんなことあるんだよ。だって、飛鳥大だぜ。学生三流、教授C級、校舎ばかりが一等地と天下にその名を轟《とどろ》かせたスカ大だぜ。出世なんかできねえよ。最初から、そういうの、決まってるんだよ」

どうやら絡み酒らしい。僕のほうに顔を寄せ、唾を飛ばしながら橋爪先輩は言った。

「駄目ですよ、一年生にそんな夢も希望もないこと言っちゃ」

間先輩が笑って取り成してくれた。

「夢？　希望？　ハスネくん、だって君にそんなものあるのか？　そういうのはな、もっといい大学へ行った学生が持つものだ。うちの大学には夢も希望もないよ。だって、桶狭間、お前、うちの大学でそんなもの、見たことあるか？　俺はねえぞ。お前だって、ねえだろ？　ねえから……」

やっぱり唾を飛ばしながら詰め寄った橋爪先輩を、まあ、まあ、と苦笑しながら間先輩がなだめた。橋爪先輩はただ酔っ払っているだけなのだろう。ただ酔っ払っているだけなのだろうけれど、それでもやっぱりあまりいい気分ではなかった。

「結構頑張ったんです」と僕は言った。

「え？」と橋爪先輩が言った。間先輩も僕に目を向けた。

「大学、行くつもりなかったんです。高校出たら、就職するつもりでした。うち、父親も大学行ってないですし、僕が行ってたの、そういう高校だったですし。でも、それじゃ何か嫌で、だから結構頑張って勉強しました。この大学だって、僕にしてみれば受かったのは奇跡みたいなものなんです。入ってみたら楽しいです。高校時代には考えたことなかったくらい楽しいです。だから、頑張ればきっとこの先にだって、きっと楽しいこと、あると思います」

橋爪先輩はきょとんと僕を見ていた。喋るはずのない犬だか猫だかに突然喋りかけられたみたいな顔だった。

「ハシラタニくん」とやがて橋爪先輩は言った。「その志は素晴らしい。けれど」

言いかけて、橋爪先輩は首を振った。

「まあ、いいや。そのうち君にもわかる」

別の席から呼ばれ、橋爪先輩はよろよろと立ち上がった。

「俺はな」と僕の肩に手をかけて立ち上がりながら、橋爪先輩は囁くように言った。

「総理大臣になりたかった」

「どうしてやめたんです?」と僕は言った。

「君と同じだ。身の程を知ったんだよ。ほどほどにな」

ダイヒョーサンジョーと叫びながら、橋爪先輩は呼ばれた席に歩いていった。

「大丈夫? 怒ってない?」

橋爪先輩のいた場所を詰めながら、間先輩が言った。

「あ、いえ、怒ってないです。それは、全然」

「四年生は、みんな結構ナーバスになってる。橋爪さんだけじゃなくて。うまく内定をもらえない人もいるみたいだし、内定を取ってもね、その先のことを考えると、橋爪さんみたいに考えちゃうみたい」

「間先輩もそう思いますか? うちの大学なんて出たってしょうがないって」

「思わないよ」と間先輩は言った。「君の言う通り、頑張れば何とかなるってそう思う。だから、問題なのは、頑張り方だよ」

「頑張り方？」

「そう。正しく頑張ること。僕が思うに、君にはそれができそうな気がするな」

間先輩は優しく微笑んだ。

「頑張ります」と僕は言った。

始まって三時間ほどで飲み会は終わった。そのころにはもう、立って満足に歩ける人など、半分もいなかった。一応、二次会も考えてはいたらしいが、みんなの様子を見て諦めたようだ。まだ九時を回ったばかりだったが、橋爪先輩は店を出たところで解散を宣言し、先輩たちを集めて酔い潰れた人を割り振り、家まで送り届けるように言いつけた。

「そんでお前は」と橋爪先輩は副代表の先輩に言った。「俺を送れ」

そう言うと橋爪先輩は道の端に走り、かがみ込んでゲエゲエ吐き始めた。

「ああ、そんじゃ、お疲れ様ってことで、みんな、ちゃんと帰れよ」

橋爪先輩の背中をさすりながら、副代表の先輩が言った。僕とトモイチは別々にその場を離れ、携帯で連絡を取り合って、少し離れたファミリーレストランで落ち合った。中途半端な時間のせいもあるのだろう。店内にはほとんど客はいなかった。

「どうだった？」

フリードリンクのコーラを持って席に戻ると、トモイチは聞いた。酔っていたように見えたのは、やはり演技だったようだ。トモイチにいつもと変わった様子はなかった。

「別に何も聞き出せなかった」と冷たいウーロン茶を飲みながら僕は言った。「そっちは？」

「こっちも駄目だった。どっかに新しくできたクラブがイケてるとか、どこかの大学の何とかって女が可愛いとかって、そんな話ばっかりだ」

あいつらの頭、かち割って、一遍、中を覗いてみてえよ。

トモイチはそうぼやいた。

「ただ、ひょっとしたら橋爪先輩、何か悪いことしてるかも」と僕は言った。

「どうして？」

僕は橋爪先輩との会話をトモイチに話した。

「ちょっとやけになってるっていうか、そんな感じだった。そういうときに魔が差すってこと、あるんじゃないかな」

なるほどなあ、と言ってトモイチは少し考え、首を振った。

「とにかく、これじゃどうしようもねえな。もう少し情報をくれないと、何を探っていいかもわからない」

「そうだね」と僕は頷いた。

それにしても、とトモイチは言った。

「学生三流、教授C級、校舎ばかりが一等地か。何かそれ、ヘコむ話だよな。あの橋爪さんでも、大手に入れば使いっ走りか。そうかもしんねえな」

「そんなことないよ」と僕は言った。「まだ入ってないから不安でそんな風に考えちゃうだけだよ」

「亮太、それ、本気で言ってる？」

「本気で言ってる」

僕の顔をじっと見て、トモイチは笑った。

「亮太ってよ、ひょっとしたらすげえ大物なのかもしんねえな」

「だって、まだ会社に入ってもいないじゃないか。入ってないのに、何もわからないよ」

あのさあ、亮太、と言って、トモイチはテーブルの上でコップを抱えるように両手を出した。

「ここに火があるとしよう。焚《た》き火《び》とか、キャンプファイヤーとか、そういうやつ。そこに手を入れたらどうなる？」

「火傷《やけど》する」と僕は言った。

「やってみたことあるか？」

「ないよ」

「そういうことだよ。やってみたことなくたって、わかることってあるんだよ」

「でも」と言いかけた僕を制して、トモイチは頷いた。

「でも、そうだよな。亮太が正しいのかもしんねえな」

トモイチは残っていたコーラを飲み干し、口の中で氷をがりがりと砕いた。

「あ、そういや、今日、上野《うえの》から電話があったぞ」

「あ、マスミさん?」

「今度の水曜日でどうかって。もちろん、蒲原もくる」

トモイチはにやっと笑った。

「感謝しろ」

「ああ、うん。それじゃ、半分だけ」と僕は言った。

「半分て、何だよ」

「だって、残りの半分はトモイチのためのデートだ」

「お前、まだそんなこと言ってるの? 上野と俺は何もないって」

「マスミさんじゃ、駄目?」

「いや、お前、駄目ってことはねえけど」とトモイチはしばらく考え、慌てたように首を振った。「よせ。その気になるから」

「あ、その気にはなるんだ」と僕は言った。

「だって、お前、あの子、胸なんてこんなだぞ、こんな」

トモイチは自分の手を胸の先に伸ばした。いくらなんでもそんなにはない。

「そりゃその気になるだろ」

「その気って、その気か」と僕は言った。「その気じゃなくてさ、もっと普通に彼女として付き合ってみるみたいな気は？」

「ああ、いや、どうかな」

「ない？」

「いや、なくはないけどよ」とトモイチは言った。「何か、そういうのわかんねえんだよ。言っただろ？　俺はまず」

トモイチはそこで周囲に目を配り、少しテーブルに身を乗り出すようにして、童貞を、と声を潜めた。

「克服しなきゃその先には行けない」

「金ぴかの童貞を？」

「そう。その金ぴかを」

「その金ぴかを克服できて、彼女もできるんだったら、それに越したことはないんじゃない？」

「そりゃそうだけど」

トモイチはまた少し考え、今度はにやにやした。

「うわ。何かその気になってきちゃったじゃねえか」

ばんばん、とトモイチはテーブルを叩いた。

「だから、そっちのその気じゃないって」と僕は言った。

「だって、同時進行だろ？　そこにはそっちのその気も含むわけだろ？」

「そうだけど」と僕は言った。「でも、そういうの、あんまり露骨に見せちゃ駄目だよ。こう、何ていうか、もっと雰囲気を大事にするっていうか」

「雰囲気か」とトモイチは頷いた。「雰囲気なあ。何か面倒くせえよな、そういうの」

だいたい、俺、そういうの、向いてないしなあ。

トモイチはゴニョゴニョと口の中で呟いた。

「同志、トモイチよ」と僕は厳しく言った。

「はい」

「ガツガツ行くな。うまく行くものもうまく行かなくなる」

「はい」とトモイチは神妙に頷いた。

「じっくり行け」

「わかりました」

いい、と僕は思った。すごくいい。少なくとも、犬とか巨大な顔とかを置くより、ずっといい。だって、こんな薄曇りの空の下でも、そこだけぱっと明るくなっている気がする。これなら周りに人が何十人立っていたって、きっと目立つ。それにだいたい、町の美観としてもずっと気が利いている。みんなに愛される待ち合わせ場所として、渋谷区は蒲原さん像を造ることを真剣に考えてみたらどうだろう。

約束の五分前、人ごみの中にいる蒲原さんを見て、僕はそう思った。そう思った人は結構いるみたいだった。何人かが蒲原さんを横目で見ながら通り過ぎていった。しばらくそうしてその姿を眺めていたかったけれど、この前の三人組みたいなのが出てくると困るので、僕は蒲原さんに近寄っていった。

「あ、亮太くん」

周りを見回していた視線を僕に向けて、蒲原さんの顔に笑顔が広がった。もはや渋谷区の手には負えない、と僕は思った。この笑顔は国家レベルだ。国はモノヅクリ大国日本の威信をかけて蒲原さん像を造るべきだ。県庁所在地に一つずつは造るべきだ。すべての都道府県の真ん中で蒲原さんが道行く人にその微笑を向けるのだ。ただそれだけで、日本が抱える問題の、たぶん半分は片付く。

「何か変?」

僕の視線を追って、蒲原さんが自分の姿を点検した。

「全然変じゃない」と僕は慌てて言った。

あんまり奇麗だから見惚《みと》れていたんだ、なんて言えるはずがなく、ああ、でもここでそういうことをさらっと言えるのが大人の男なのだろうなと思い、それじゃここは一つ思い切って言ってみようかと考え、いやいや、やっぱり言えないよなあと思い直し、それでもちょっとそれっぽいことを言ってみようか、どんな言葉がいいだろうと考えながら僕が笑っているうちに、話は変わってしまった。

「亮太くんは、結構、映画とか観るの？」

「え？　ああ、映画。あ、それほどでも」

今日、僕らは四人で映画を観ることになっていた。映画を観て、夕飯を食べる。そこで盛り上がったら、ボーリングへ行こう。そのあと、それぞれが家まで送っていって、あとは雰囲気次第だけど、とにかくガツガツ行くのはやめよう。一方が駄目になれば、もう一方も駄目になる確率が高い。しばらくは四人で遊びに行くという今の雰囲気を壊すのはやめよう。それが僕とトモイチの立てたプランだった。

「私も、全然、映画なんて観なかったから。一番近くの映画館だって、バイクで三十分くらいかかるし」

「あ、バイク。バイク、乗るんだ？」

「バイクっていうか、五十ｃｃの。高校まで遠かったから、先生には内緒で乗ってた新潟の農道を原チャでとことこ通学している蒲原さんの姿が浮かんだ。凍《い》てつく北国の風にめげることなく、朝早く学《まな》び舎《や》に向かうために走る蒲原さん。素晴らしい。蒲原さんの卒業した高校は、その姿を像にして二宮金次郎《にのみやきんじろう》の横に飾るべきだ。

「ああ、そんなんじゃないですよ」と蒲原さんはなぜだか急に丁寧語になって、少し慌てたように言った。「全然、そういうんじゃなくて、それは、五十ｃｃじゃ遅過ぎるんで、少しいじったりもしましたし、仲のいいお友達と、おそろいの服を着て走ったりはしましたけど、でも、全然そういうんじゃないです」

「ああ、ええと、うん」

農道をとことこ走っていた蒲原さんの原チャのマフラーを少し大きくしてみた。着ているのも学校の制服じゃなくて、時間もたぶん朝ではなくて、と僕が頭の中の蒲原さんの姿を描き変えているうちにトモイチがマスミさんと一緒にやってきた。

「早いな」

「ああ、うん」と僕が言い、蒲原さんがマスミさんに言った。「二人で?」

「違うの。今、そこで会っただけ」

「そう。じゃ、行こうか」

蒲原さんとマスミさんが肩を並べて歩き始め、僕とトモイチがその後ろに従った。映画館に向けて横断歩道を渡りながら、トモイチが僕に囁いた。

「あの子、いい子だな」

「え？」

「本当は、もっと早くきてたんだよ。お前らが喋ってたから、声をかけなかったんだろう。近くに突っ立ってたぜ」

「ああ、そうだったんだ」

「いいよな、そういうの。奥ゆかしいっていうか、気が利くっていうか」

トモイチは少し離れて前を行く二人の背中を眺めながら言って、僕の肩に手を回した。

「何か、そっちのその気もちょっと盛り上がってきたぞ」

「トモイチ」

「わかってるよ。ガツガツ行かないんだろ？」

「そう。雰囲気を大事に」

「雰囲気な。うん。わかってるって」

トモイチは僕の背中をばんばんと叩いた。

映画は子供たちを主人公にしたファンタジーものだった。このあと、いったいどうなるのだろうと手に汗を握っている間に、映画は終わってしまった。ものすごく長いエンドロールが終わり、観客席に明かりがついても、僕はその映画が終わったことを納得できなかった。僕がそう言うと、蒲原さんとマスミさんは笑った。

「今日のは第一部。続編、いつだっけ？」と蒲原さんは言った。

「来年の夏じゃないかな」とマスミさんが言った。

「ああ、そうなんだ」と僕は言った。何だか騙《だま》されたみたいだった。

「そのころには、もう、今の内容、忘れてそうだよな」

半分以上は寝ていたことに僕らが気づいてないとでも思ったのだろうか。トモイチが言った。そのトモイチを見て、蒲原さんが笑った。

「来年の夏、また観にきましょう。四人で」

来年の夏、と僕は思った。来年の夏、僕らはどうしているだろう。いくらなんでも一年以上、今のままということはないだろう。僕と蒲原さんは、トモイチとマスミさんは、どんな風になっているんだろう。それぞれが今よりももっと近い距離で、この映画の続きを観たりしているのだろうか。

「飯、食いに行こうぜ。俺らが奢るから」

映画館を出たところで、トモイチが言った。

「え？　いいの？」

蒲原さんが僕を見た。

「ああ、うん。バイト代、出たばっかりだし」

やった、と蒲原さんとマスミさんが大げさに喜んだ。パスタが食べたいという二人のリクエストで、僕らはお店を物色しながら町を歩いた。町には僕らと同じ年頃の人が大勢いた。すれ違った男の何人かは、かなり無遠慮に蒲原さんのことを見ていた。

デートしてるんだ。

すれ違った彼らを追いかけて、僕はそう言いたい気分だった。

僕、今、デートしてるんだ。あの子と。すごいでしょ？

「あ、ここでいいんじゃない？」

蒲原さんが足を止めた。

「雑誌で見たことある」

看板と一緒に掲げられていた店のメニューに目を走らせ、僕は慌てた。その値段では、僕一人分の食事代も足りるかどうか怪しかった。同じようにメニューを見ていたトモイチが顔を上げた。足りるか、とトモイチの目が聞き、無理だよ、と僕は目で答えた。僕らの脇をすり抜けて、僕らと同じ年頃のカップルが一組、店の中に入っていった。流行《はや》っているようだ。カップルの男のほうが重そうなこげ茶色の木の扉を押し開けたとき、店内のざわめきが漏れてきた。

「ああ、うん、でも」とマスミさんが言った。「私は、違うところがいいな。このお店、ネットではあんまり評判よくなかったよ。値段ほどおいしくないって書いてあった。お店の人も、何か偉そうなんだって」

マスミさんはその値段に気づいたのだろう。そこで蒲原さんもそれに気づいたようだ。

「さすがネットオタク」と蒲原さんが笑い、「オタクじゃないわよ」とマスミさんが笑った。

二人は笑いながら歩き出した。僕とトモイチは立ち止まったままそのメニューにもう一度目を遣った。

「コース六千円からかよ」とトモイチが言った。「だいたい、このからってのは何だよ、なあ」

「うん」と僕は頷いた。

「亮太、俺は今から一秒だけ、正義の味方研究部を脱退する」

僕が聞き返す前に、トモイチの腰が回っていた。ガン、という音がして、メニューを貼りつけた薄い鉄の看板が跳ね上がり、少しだけへこんだ。トモイチと僕は足早にその場をあとにした。二人の背中を追いかけながら僕は横で早足に歩くトモイチに聞いた。

「痛い？」

「聞くな」とトモイチが言った。「すげえ痛え」

僕らはそれよりもはるかに安い店に入った。イタリア料理ではなく、スパゲティー屋さんだった。おいしいね、と蒲原さんが言い、うん、とマスミさんも笑っていたけど、僕は笑えなかった。蒲原さんとマスミさんにふさわしいのは、こっちじゃなくてあっちの店だ。こんなに奇麗な蒲原さんと、こんなに気立てのいいマスミさんは、あっちの店に行くべきなのだ。六千円からの、からより上のコースを食べるべきなのだ。六百八十円のカルボナーラとかじゃなく。飲み放題のドリンクとかじゃなく。デートをするにはデートをする二人だけでは足りないのだ。ましてやそこで雰囲気を作るのも二人だけではできないのだ。いったい、月に何日アルバイトをすればあのお店に入れるだろうと僕は計算し、途中で虚しくなってやめた。どんなにバイトで稼いだって、注文するたびに上がっていく金額に、僕は落ち着いて食事もできないだろう。今、財布にいくらあるのかが問題なのではない。ああいうお店に入るのは、最初からそういう生活をしている人たちなのだ。

トモイチも同じようなことを考えていたのだと思う。二人にせがまれて、高校時代のボクシング部の話を面白おかしく喋ってはいたけれど、その話し振りにはいつもみたいな勢いがなかった。

食事をして、予定通りにボーリングをして、送っていくと申し出たのだが、まだ早いから大丈夫と二人は帰ってしまった。

「なあ、ボーリングで二百を出せる男と、デートで二万出せる男とだったら、どっちがモテるかな」

人ごみの中に消えていく二人に笑って手を振りながら、トモイチが言った。

「あとのほうだと思う」と僕も手を振りながら言った。

「そうだよな」とトモイチは頷いた。

「でも、前のほうだって、二百も二万も出せない男よりはモテると思う」

「変わんねえよ、あんまり」とトモイチが慰めた。「二百も七十八も」

「そうかな」と僕は言った。

二人の背中が完全に見えなくなり、はあ、とトモイチがため息をついた。

「俺たち、一生童貞かな」

「そんなことないよ、きっと」と僕は慰めた。


その翌日も、翌々日も大学で顔を合わせはしたけれど、僕ら四人の仲はほとんど進展しなかった。一緒に授業に出て、学食で一緒にお昼ご飯を食べたり、授業の合間にお茶を飲んだりはしたけれど、それだけだった。また何かのイベントに誘わなければ、僕らの関係はこのまま固定してしまいそうだった。けれど、蒲原さんを前にすると、僕は気後れしてしまった。たとえば、さっきの授業の終わりに蒲原さんと話していたあの男だったら、蒲原さんをもっといいお店に連れていってあげられるのかもしれない。たとえば、今朝、蒲原さんと一緒にキャンパスを歩いていたあの男だったら、蒲原さんにもっと大人なデートを演出してあげられるのかもしれない。そう思うと、僕は何も言い出せなかった。口に出して確認はしなかったけれど、たぶん、トモイチも同じように感じていたのだと思う。そのうちに、ゴールデンウィークに入ってしまった。五月になり、一日、二日の平日が終われば、土日と合わせて五連休になる。それでも僕は何もできずにいた。

「あまり元気がないね」

間先輩が言った。

立て続けに行われる企画のせいでやたらと騒々しい部室を避け、僕と間先輩は学食の片隅でアンケートの調査結果をまとめていた。集まり始めてきたアンケートによれば、今年の講演会は、最近になってエッセイを書き始めた女優さんになりそうだった。彼女の了解がもらえない場合には、前の内閣に入っていたこともある政治評論家の人にしようかと間先輩が言ったところだった。

「ああ、いや、そんなことないんですけど」

アンケートの調査結果がまとめられた紙から顔を上げて、僕は言った。

「この前のこと、ちょっと考えちゃったりして」

「この前のこと？」

「橋爪先輩の言ってたこと。勝負はもうついているんじゃないかって」

「ああ、それね」と間先輩は頷いた。

「間先輩は本当にそんなことないって思いますか？　橋爪先輩が言ってたみたいに勝負はついているって、そうは思ってないですか？」

間先輩はじっと僕を見て、優しく微笑んだ。

「何かあった？」

「先週、デートしたんです。女の子と」と僕は言った。「彼女が入りたそうな店があって、でも、そのお店、僕には高過ぎて、でも、そういうところに平気で入っていく人もいるんです。それは、たぶん、今、お金があるかないかとかじゃなくて、生活そのもののレベルの問題なんだろうって思って、それで、僕にはそんな生活は一生できないのかもしれないなって」

それだけじゃないことはわかっていた。僕はただ蒲原さんを誘えない自分の意気地のなさを、そういう問題にすり替えているだけだということは、自分でもわかっていた。でも、僕がもっとお金持ちだったら、僕はもっと上手に、もう少し堂々と、蒲原さんを誘っていただろうとも思った。たとえ、今、お金がなくても、将来、そうなる自信があったら、他の男に気後れなんかせずに、蒲原さんを誘えるだろうにと思った。

「そんなことないだろう」と間先輩は笑った。

「そんなこと、ないですかね？　本当にそう思います？」

「橋爪さんの言ったこと、全部が外れているとは思わない。それを勝負とするのなら、勝ち負けはもうついているんだろうね。僕らがどう足掻《あが》いたって、東大を出た人にはかなわない。だって、僕らはすでに一度、勝負をしているんだから。彼らは東大へ行き、僕らは飛鳥大にきた。僕らを勝ちと見る人はいないだろう?」

「いない、でしょうね」

僕は頷いた。東大なんて、考えたこともなかった。僕の人生の選択肢に、東大なんてものは存在しなかった。だから、勝負したつもりすらなかった。勝負すらしないまま、僕は負けていた。

「じゃあ、やっぱり橋爪先輩の言う通りじゃないですか」

「言う通りだよ。その土俵で勝負をするならね」

「え?」

「どうかしてると思うよ」と間先輩は言った。「相手の土俵にわざわざ上がって勝負して、それで負けたと嘆いてるんだ。負けるに決まってるじゃないか。相手の土俵なんかに乗らず、自分のレーンを作ればいい。相撲で勝てないなら、百メートル走で競えばいいんだ。相手の土俵なんかに乗らず、自分のレーンを作ればいい。正しく努力するっていうのは、そういう意味だよ」

言葉ではわかる。けれど、間先輩の言っていることを、それでは実際にどういう風に実現すればいいのか、僕にはよくわからなかった。歌手とかスポーツ選手とかならいい。

彼らがどこの大学を出たかなんて誰も問題にしないだろう。けれど、それは出身大学なんて問題にされないくらい、すごい才能がある人たちの話だ。僕には、そんなもの、何もない。

「ちょっと出ようか」

間先輩が席を立ち、僕らは並んで学食を出た。

「こういうことを言ったら怒るのかもしれないけれど」

キャンパスをぶらぶら歩きながら間先輩は言った。

「僕と君は似てると思う」

「似てますか？」と僕は聞いた。

「うん。同じ匂いがする」

同じ匂い。やっぱり間先輩もいじめられっ子だったのだろうか。

「だって君」

間先輩は僕を見て、薄く笑った。

「貧乏だろ？」

「え？」と僕は思わず聞き返した。

「君の家、上中下で言えば、下だろ？」

匂いって、貧乏の匂いか。それは僕が貧乏臭いということか？

「中くらいだと思います」と僕は言った。「普通ですよ」

「そんなはずないよ」と間先輩は笑った。「絶対、貧乏だって」

そう決めつけられると、さすがにムッとする。

「だって、お父さん、会社どこ」

僕は父さんが勤める会社の名前をあげた。精密機器のメーカーではかなり大手だ。間先輩は意外そうな顔をした。僕はちょっと誇らしくなった。

「あ、厳密に言うと、そこの子会社ですけど。でも、百パーセントの子会社だし、親会社と同じです」

「厳密に言おうよ、そういうのは」と間先輩は笑った。「親会社と同じわけない。同じなら、どうしてわざわざ別会社にする必要がある？　子会社と親会社とでは、賃金体系も雇用体系もまるっきり違うんだよ。お父さん、年収、いくら？」

僕は答えた。そんなに多いほうではないかもしれないが、極端に少ないほうでもないはずだ。たまに新聞なんかに載っている父さんの年代の平均年収を見れば、それには欠けるかもしれないけれど、その代わり母さんがパートをしている。それを合わせれば、だいたいその年代の平均年収に届くはずだった。僕はそう言った。

「そういう問題じゃなくて」と間先輩は言った。「親の年収を答えられるって、それだけでもう貧乏なんだよ。だって、周りの人に聞いてみな。親の年収を正確に答えられる人なんてそうはいない。だいたいこれくらいって答えるか、そうじゃなかったら、まったく知らないか、どっちかだよ。知らなくていいんだ、そういう人たちはさ。親の年収なんて知らなくていい。でも、君はそうじゃない。親の年収をしっかりと把握した上で生活をしてもらわないと、君の家は回らない。だから、ご両親は君に収入額を伝えている。そうだろう？　足りない分のこれくらいは、お母さんが稼いでいる。残りがこれだけ足りないから、あんたがバイトをして稼いでくれ、ってそういうことだろう？」

そう言われてみればそうなのかもしれない。

ワーキングプア、と間先輩は言った。

「日本にも、そういう層ができつつある。ちゃんと働いている。ちゃんと給料だってもらっている。それでも生活が回らない。そういう階層だよ」

うちが金持ちだと思ったことはない。けれど、特別に貧乏だとも思ってはいなかった。プア、という英語がやけに重たく響いた。そう言われて見てみれば、キャンパスを歩いている学生たちは、みんな僕よりずっと金持ちに見えた。

「気を悪くしたなら、謝るよ」と間先輩は言った。「僕の家なんか、君の家よりもっと貧乏だから。何せ、僕の父親、働いてすらいないんだ。今だって、生活保護を受けてるくらいだ。だから悪く取らないで」

「はあ」と僕は言った。

「上中下で言うのなら、これから先、下がどんどん増えていく。中ってのは、上場企業の社員とか、それと似たような職場環境にある人。上なんてのは、野球選手とかタレントとか特別な才能を持っている人か、自分で会社を経営している人か、そうじゃなければ、ほんの一部のスーパーサラリーマンだよ。いるだろ？　ＣＥＯとかの肩書きで、会社を転々としているような人。上と中を合わせたって、日本の人口のほんの一部さ。そして、上は上で、中は中で、しっかりと社会を作っていく。下の人間がそこに乗り込んでいこうと思ったら、並大抵のことじゃない。爪《つめ》の先に火をともすような生活をして、子供に十分な教育を与えて、いい大学からいい会社に送り込むか、そうじゃなきゃ、早いうちから何かの才能を見つけて、徹底的に英才教育を叩き込むか、どっちかだよ。自分のことは諦めて、お前だけは何とかって、そんな具合にさ、子供に夢を託すしかない。それだって、子供に才能がなければ、何の意味もない」

僕が大学へ行く。そのせいで、我が家の家計は苦しくなっている。だとすれば、やはり間先輩の言う通り、僕の家は上中下の下ということになる。父さんや母さんは、生活費を切りつめながら、僕に何かを託しているのだろうか。

たぶん、そうじゃない、と僕は思った。父さんや母さんが何かを託しているとしたら、それは麻奈に、だ。ただ、妹を大学へやる以上、僕も行きたいと言い出した兄を止めるわけにはいかなかった。それでは兄が可哀想だから。妹と違って頭がよくなくて、妹と違って先生に褒められたことなんてなくて、妹と違っていじめられっ子だった兄が、それじゃあんまりにも可哀想だから。だから、苦しい家計をもっと引き締めてでも、僕を大学へ行かせてくれた。

「僕はそんなの嫌だから。子供のことなんか待ってられないよ。僕は僕の力で下から抜け出す。高校のときにそう決めた。だから、必死でバイトをして、金を作って、この大学に入った」

いじめられっ子から抜け出そうともがいていた僕と同じ年代に、自分の置かれた生活から抜け出そうともがいていた間先輩がいたのか。大学を目指した理由が僕なんかと違う。全然、大人だ。

「でも、それだけじゃ駄目だ。こんな大学出たって、せいぜい下の上の生活しかできない。上や中の人たちから見れば、まとめて下であることに違いはない。使用人と番頭だよ。上や中の人たちが、上や中の暮らしをするためには多くの使用人が必要で、そこではその多くの使用人をまとめる番頭も必要になる。使用人の中から番頭に出世できたといって喜びたくないんだ。主人から見れば、番頭だって使用人であることには違いはない。僕は僕の人生の主人でありたい。だから、僕はもっと上に行く」

「上に行くって、どうやるんです?」と僕は聞いた。

「ビジネスを始めようと思う」と間先輩は言った。「僕らなんかがどんなに頑張っていい会社に入ったって、そこから先はたかが知れてる。だから、僕は自分で自分の走るべきレーンを作る」

そう言った間先輩の横顔は僕の知っているものではないみたいだった。この人は、すごいのだ。僕が思っていたより、ずっとすごいのだ。置かれた環境にじっと身を潜めながら、その環境を注意深く観察し、次の行動を決めていたのだ。

「会社を起こすんですか？」

僕は聞いた。学生起業家。話には聞いたことがあるが、実際にそんな人を見たことはなかった。

「自慢じゃないけどね」と間先輩は言って、笑った。「僕は頭が悪い。何の才能もないし、特殊技能もない。何かに特別に詳しいわけでもない。そんな僕が、何の会社を起こせる？」

「でも、だって、ビジネスでしょ？　そう言ったじゃないですか」

「頭が悪い。才能もない。コネも資格も、特別なものは何もない。けれど、そういう人間でも稼げる世界がある。わかる？」

考えてみた。わからなかった。

僕は首を振った。

「誰もやらないこと、だよ」と間先輩は笑った。

「誰もやらないことをビジネスとして思いつけるんですから、それはやっぱり頭がいいんですよ」と僕は言った。

「そうじゃないよ」と間先輩は言った。「思いついても、誰もやらないことを僕がやるんだ」

何のことだか、さっぱりわからなかった。

ぶらぶら歩き、僕らは大学の正門を抜けた。間先輩はどこか行き先があるようだった。そのまま駅を通り過ぎながら、間先輩が言った。

「君は、何のバイトをしてる?」

「警備員です」と僕は言った。「工事現場の交通整理とか。日払いでもらえるし、空いた時間に不定期で入れるんで。今は、駅の改装工事の現場に入ってます。フェンスの前に立ってるだけで、すごく楽なんですよ。車とかもこないし。たまに道を聞かれるくらいで、あとはただ立ってるだけです。あれで日給六千円は……」

「それ、やめたほうがいい」

「え?」

僕は間先輩を見た。

「時間の無駄だよ」

「無駄って、でも、だって」

「それをして、それが将来の君にとって、何かの役に立つ？　社会経験だなんて言わないでくれよ。たかだかアルバイトで経験できる社会なんて、社会の上っ面だけだ。そんなもの、放っておけば嫌でもいつか経験する。僕も高校時代に散々やったからよくわかるよ。アルバイトっていうのは、要するに時間の切り売りだ。体の中にたんまりと可能性を秘めた、今の君がやることじゃない」

たんまりと可能性を秘めた？　僕の体の、ええっと、どこら辺だろう？

「でも、だって」

「お金かい？」と間先輩は言った。「お金なら僕があげるよ」

「え？」

「お金で買えるっていうのなら、僕が君の時間を買う。君は僕が買った時間をもっと有効に使えばいい。勉強するんだ。本を読んで、新聞も読んで、テレビのニュースもチェックする。今、君が暮らしているこの世界の成り立ちを学ぶ。それを学んだら、僕を手伝う。僕が始めるビジネスを手伝う。僕は君に投資し、それを君という人間から回収する。月々、いくらで君の時間を買えるんだ？　十万？　二十万？」

「何を言っているんです？」

間先輩が足を止めた。

「ちょっと待ってて」

　僕に言い捨てると、間先輩はそこにあった銀行に入っていった。やがて出てきた間先輩の手には銀行の封筒があった。間先輩は僕にそれを手渡した。中を覗いてみると、一万円札が入っていた。取り出して数えると、きっちり十枚だった。

「あげるよ」

「え？」

「それで君の一ヶ月を買う。足りないなら、半月でもいい」

「買うって、でも、だって」

「別にやましいお金じゃないよ。株で少し稼いだんだ」

「株？　あ、じゃあ、ビジネスって、そういう関係ですか？」

「そうじゃないよ。株なんてものには限界がある」と間先輩は顔をしかめた。「あれはギャンブルと同じだよ。一時は勝つかもしれない。でも、やり続ければ、いつかは負ける。特に金を持ってない人間は絶対に勝てない。そういう風にできている。たとえば、海外のファンドとか、莫大《ばくだい》な金を握った集団が、一気に株を売る。株価は落ちる。信用をやっている個人投資家は耐えられない。支え切れなくなって、株を売る。それで株価は急降下する。十分に下がったところで、また連中は株を買い戻す。また株価が上がる。釣られて個人投資家が買いに走る。連中は莫大な利益を上げる。その繰り返しだよ。結局、何百億、何千億って金を動かす人たちに、いいように操られて終わりだ」

言っていることは何となくはわかる。けれど、それはやっぱり僕の理解の外にある。同じ大学にいる先輩が、僕とは全然違うところで生きている生き物みたいに思えた。

「さっきの使用人と番頭の話と同じことだよ。ほんの一握りの人間が莫大な利益を得るためには株価が動くことが必要で、株価が動けば、そこでは当然、損をする人も得をする人も出てくる。そのときに得をしたからって、そこで喜んでおしまい、じゃしょうがないんだ。大きな渦に巻き込まれたのか弾《はじ》き飛ばされたのかという違いだけで、そこに渦の本質はない。僕は渦を作りたいんだ。その中心に自分がいたい。株はもうやめるよ。大金じゃないけれど、それなりには稼いだ」

封筒を手に呆然と話を聞いている僕を見て、間先輩は笑った。

「難しく考えなくていいよ。そのお金で、しばらくはバイトをする必要もないだろう？余った時間でちょっと勉強してみてくれればいい。そういうのがやっぱり気に入らないならそれっきりでいいんだ。そうなったとしたって、僕にとっては、そんなに痛い出費じゃない」

十万がそんなに痛い出費じゃない？

この人は、やっぱりものすごくすごい人なのかもしれない。

「しまってよ。見せびらかすものじゃない」

道行く人の視線に、僕は慌ててお札を封筒に戻した。

「僕は授業があるから大学に戻るけど、君は？」

「あ、僕はもう授業もないですから」

「そう。それじゃ」

間先輩が歩き出し、僕は手にした封筒を返すきっかけがつかめないままその場に立ち尽くした。


十万円は重い。誰が何と言おうと重い。日給を六千円とするのなら、半月は働き続けなければ稼げないお金だ。一晩考えて、やっぱり返すべきだろうという結論に渋々達してしまうと、それはなおさら重く感じられた。人のお金なら、なくしました、では済まない。封筒がちゃんとカバンの中にあるか、家を出る前に確認し、電車を降りたときに確認し、スイート・キューカンバーズの部室に入る前にも確認したのだが、部室に間先輩はいなかった。携帯に電話をしてみたけれど、答えたのは留守電案内だった。折り返し電話をくれるようメッセージを入れたのだが、間先輩から連絡はなかった。トモイチに相談したら、そんなもん、もらっときゃいいじゃねえかと言われそうだったし、そう言われたら、自分もその気になってしまいそうで、何も言えなかった。僕はカバンを膝の上に置いたままトモイチと一緒に授業を受け、その重いカバンを抱えたまま正義の味方研究部の部室を訪ねた。トモイチと一緒になって、先輩たちにこれまでの調査結果を一通り説明した。説明したと言っても、それは今まで何をやってきたかの説明でしかなくて、まとめてしまえばそれは、トモイチの最後の一言に集約されていた。

「とにかく、これじゃどうしようもないっす」

亘先輩は難しい顔で考え込んだ。

「すぐに動きが出るかと思ったんだけどな」

そういうことじゃないのか、と亘先輩は呟いた。

「説明したほうがいいわね」と優姫先輩が言った。「これ以上、黙っていても仕方ないし。ここまで動きがないっていうことは、ネタそのものがガセってこともあると思う」

亘先輩が頷いた。

「最初は目安箱に入っていたの。今年の春休み」

優姫先輩は食器箪笥を開けて、中から紙と黄色いシャーペンを取り出した。紙はノートをちぎった切れ端らしかった。

『お金がなくなるー。すいQ』

それだけだった。やけに丸みを帯びた文字だった。ふざけているようにも見えたし、筆跡を誤魔化そうとしているようにも見えた。

「これじゃ、意味がわからないでしょ？　冗談か何かのつもりだろうとは思ったんだけど、念のために、そのサークルのことを調べてみたの。そうしたら、その活動内容から、ざっと計算するだけでも年間百万以上のお金がサークルに入っていることがわかった」

スイート・キューカンバーズは、年に二十以上の企画を立てている。間先輩がやっているような学園祭の講演会はお金にならないけれど、サークル活動のメインであるパーティーの類《たぐい》はお金になる。それだって、一つ一つが莫大な利益を上げているわけではないだろうが、年間にして百万程度の利益なら、優姫先輩の言う通り、おそらく上げているだろう。

「しかも、そのお金を部員に配っている様子もないし、サークル内で派手に使われている様子もない。打ち合わせ費用は出ても、新歓コンパでは、お金、取られたでしょう?」

僕とトモイチは頷いた。一年生は二千円しか取られなかったが、残りは先輩たちが払っていたはずだ。俺は落第しているから三年生だ。五千円じゃなく、四千円で勘弁しろ。会計のとき、そう喚いていた先輩がいた。

「それでちょっと興味が湧いたの。毎年、百万以上貯《た》められているはずのそのお金は、どこへ行ってるんだろうって」

「それは、だから、貯めてるんじゃないっすか?」とトモイチが言った。「サークルの代表名義で銀行口座があるって、そんな話を聞いたっすけど」

何も聞き込めなかったとはいえ、どうやら僕よりはちゃんと調査をできていたらしい。

「下手《へた》すりゃ、一千万くらいあるんじゃないかって、誰かが言ってましたよ」

「それを監査する人はいる？」と優姫先輩は言った。

「そこまでは確認してないっすけど」とトモイチは言った。

「橋爪先輩が勝手に使ってるってことですか？」と僕は言った。

「そうなのかもしれない」と優姫先輩は言った。「だけど、そのあと、目安箱にまた入ってたの。入学式のすぐあとくらい」

優姫先輩は、さっき紙と一緒に取り出した黄色いシャーペンを机の上に転がした。

「これが一本」

トモイチがそれを手にして眺めたあと、僕に渡した。TACOMと黒く英字で打たれているのは、メーカーの名前だろうか。後ろを押せば芯《しん》がかちゃかちゃと出てくる。別にどうということもない、ただのシャーペンだった。

「普通のシャーペンですよね」と僕は言った。

「普通のシャーペン。それも意味がわからなかった。でも、そのあと、英文学史の授業を受けていたとき、階段教室でたまたま私の隣に座った男がそのシャーペンを使っていたの。まったく同じ黄色いシャーペン。それで、その人に声をかけてみた。それ、可愛いわねって」

別に可愛くもない、普通のシャーペンだった。けれど、優姫先輩から声をかけてもらえるなら、彼もシャーペンに感謝しただろう。その夜は、可愛いね、とシャーペンに頬ずりしながら眠ったかもしれない。

「そうしたら、そいつ、これ、欲しいかって聞くの。くれるのかと思ったら、三百八十円で売ってあげるって」

「高っ」とトモイチが言った。「どう見ても、百円っすよね、これ」

「私もそう言った。そうしたら、これは特殊なルートで出回っているシャーペンなんだって言うのよ。私は三百八十円で買わなきゃいけないけれど、私が他に欲しい人を見つけたら、また俺が手に入れてやる。私は彼から三百八十円で買って、その人に四百八十円で売ればいい。差額の百円は私の取り分だって」

「ああ、ええっと、それってつまり」と僕は言った。「ねずみ講とかいうやつですか？」

「私もそうだと思った。ちょっと面白くなってきたなと思ったのよ。大学でねずみ講をやっているやつがいる。だったら、それを見逃すわけにはいかないでしょう？　それで、その話に乗ろうと思った。でも、翌日には、そいつ、私にそのシャーペンをただでくれたの。あんなの、冗談だったって言うのよ」

「何だ。冗談っすか」

「でも、そのあと、またそのシャーペンを使っている人を見かけた。それで、私の知っている運動部の女子マネージャーに声をかけて、そのシャーペンを見かけたら報告してくれるように頼んだの。ざっと二十人くらいの情報が集まった。その一人一人を調べてみたら、どうもスイート・キューカンバーズに繋がっているみたいなの。サークルの部員を中心に、そのシャーペンが広がっているような感じなのよ。それで思ったの。橋爪がそのねずみ講の元締めで、商品を仕入れるために部のお金を使い込んだ。それを知った誰かがやめさせようとして、目安箱に紙とかこのシャーペンとかを入れたんじゃないかって」

「だから、二人にあのサークルに入ってもらった」と亘先輩が言った。「優姫は色んなところでうちの部員であることを知られているからね。たぶん、優姫に知られるのはまずいと思って、そいつもねずみ講に誘うのをやめたんだろう。でも、二人なら顔はそれほど割れていない。だから、二人を入れれば、すぐにでもそういう話がくるかと思ったんだけど」

そんな話がないってことは、違ったのかな、と亘先輩は呟いた。

「ああ、いや、でも」とトモイチがちょっと考え込んだ。

「何?」と亘先輩が聞いた。

「そう言われれば、っていうだけのことなんですけど、お前、友達がどれくらいいるって、ちょっとしつこく聞かれました。新歓コンパのときも、そのあともちょこちょこと」

「それ、誰が聞いてきた?」

「誰ってこともないですけど、代表の橋爪さんとか、あとは副代表の前田《まえだ》とか、三年生の今中ってやつとか、あと野島っていう女とか」

亘先輩と優姫先輩が目配せを交わした。

「それだな」

「でも、それ、わざわざ俺らが出張ってくほどの話っすか?」とトモイチは言った。

「そんなところに関わるのは、みんな、欲の皮の突っ張ったやつらでしょ? そんなやつらがどうなったって、別にどうでもいいような気もするんすけど」

「それは違う」

読んでいた本をパタンと閉じて部長が声を上げた。

「欲がある。それは悪いことじゃない。人間なら、誰にでも欲望がある。それが、ただその人の中にとどまっている分には何も問題はない。その欲望を正当な手段で満たそうとすることにも問題はない。欲望というのはね、正当な手段、つまりはその人自身の汗と、少しばかりの運によって満たされるべきものだ。そこをズルしてはいけない。そこをズルしようとすれば、そこには必ず割を食う人間が出てくる。今回の件で言うのなら、お金が欲しいという欲望は責められるべきではない。けれど、ねずみ講で儲《もう》けようというのはいけない。始めたものは損をしない。最初のうちに関わっていたものも儲かるだろう。けれど、あとのほうに関わった人は必ず損をする。誰もがあとのほうになりたくないから、自分よりあとになる誰かを勧誘する。必死に勧誘する。その必死さが、遡《さかのぼ》って欲望を肥大させる。肥大した欲望がさらに必死さを増長させる。その姿は醜いだろう。間違った欲望の満たし方というのは、人を醜くする。ねずみ講というのは、その間違った欲望の満たし方を勧めるものなんだ。それは断じて見逃すわけにはいかない」

「そういうことなら」とそれまで黙って話を聞いていた一馬先輩が嬉しそうに立ち上がった。「その橋爪ってやつを殴ればいいんだな」

「だから、ちょっと待てよ、一馬」と亘先輩が言った。「そこまで単純な話じゃない」

「お前は難しく考え過ぎるんだよ」と一馬先輩が顔をしかめた。「その橋爪ってやつが元締めなんだろ？　だったらそいつをぶん殴りゃ済む話じゃねえか」

「通常ならね、それでいいかもしれない。問題は、彼らが売っているものだ」

「ただのシャーペンじゃねえのか？」

「ただのシャーペンだから問題なんだよ」

「何だと？」

亘先輩の視線を受けて、優姫先輩が口を開いた。

「そこに書いてあるメーカーを検索したらホームページがあってね。電話で問い合わせてみたの。企業相手に事務用品を売っている会社だった。コピー用紙とか、筆記用具とか、クリップとか、そういうのを五十とか百とかの単位で企業に売っている会社なのね。主に山陰地方で展開しているみたい。そのうち、いくつかの商品は自社生産してて、このシャーペンもその一つ。ちなみに、私にも売ってくれるのか、って聞いたら、配送料さえ払ってもらえるなら、どこにでもお届けしますって」

「それが、何だ？」

「それがおかしいんだよ。通常のねずみ講なら、もうちょっと特殊な商品を扱う。それはそうだろう。誰にでも手に入る商品なら、誰もが元締めになれてしまう。商品を卸してもらう必要がないのなら、自分より上の人間は切ってしまえばいい。だから、ねずみ講を始める人間は、通常、自分だけの仕入れルートを確保するか、大がかりなものならオリジナルの商品を開発する。それなのに、橋爪はそれをしていない。優姫がやったのと同じように、このメーカーに問い合わせれば、誰にでもこのシャーペンは手に入ってしまう」

しばらくそのことを考えてから、整理がついたように一馬先輩が聞いた。

「どうしてだ？　どうして橋爪はそんなヌルいことをしている？」

「理由はわからない。けれど、そのせいで橋爪だけを叩いても意味がないのは確かだ。元締めがいなくなったって、誰でもが元締めになれるんだから。残った人間の誰かが同じことを引き継ぐだろう。誰かじゃなく、何人もが引き継ぐかもしれない。それをまた全部叩いても、また別の人間が出てくるだろう。切りがないんだよ」

「じゃあ」と一馬先輩は少し考え、どかりと椅子に座り直した。「どうしようもねえじゃねえか」

「そう。どうしようもない」と亘先輩は頷いた。「ただ、何かがおかしい。今のところは、ねずみ講に関わっているのは大した人数じゃないんだろう。今、橋爪を出し抜いて、新たな講を組織すれば、すぐに橋爪にばれる。だから、誰もそうしていないんだろう。けれど、ねずみ講というのは、組織を大きくしていかなければ意味がないんだ。誰も儲からなくなる。そして組織を大きくしていけば、いつか橋爪の目が届かない人たちが出てくる。そうなったときに、誰かが必ず橋爪を出し抜く。そんなわかりきったことをどうして許しているのか」

何かおかしいんだよな、と亘先輩は呟いた。

「まるで誰かが出し抜くのを待っているみたいだ」

しばらく考えた亘先輩は、トモイチ、と声をかけた。

「それ、うまく誘導して、誘われてみてくれ」

「え?」

「そこに入って、亮太を誘ってくれ。二人で、ねずみ講の中に入って、様子を探ってみてくれ。たぶん、まだ何かある。今後、この部室に出入りするときは人に見られないようう気をつけてくれ。うちの部員であることは知られないほうがいい」

「はい」とトモイチは頷き、僕を小突いた。「何か、センニューっぽくなってきたよな」

6

意気込んではみたものの、翌日からすぐに五連休に入ってしまった。担当する企画のあるトモイチはサークルの集まりに顔を出さなければならなかったが、僕までそこに一緒に行けば、やっぱり怪しまれるだろう。僕としてはものすごく勇気を振り絞って電話してみたのだけれど、蒲原さんは実家に帰る電車にちょうど乗るところだった。

「帰ってきたら電話する」と蒲原さんは言った。

それがいつなのか聞く前に、もう電車が出るから、それじゃね、と一方的に電話を切られてしまった。

それではアルバイトでもしようかと思ったのだが、間先輩にもらった十万円が手つかずのまま、カバンの中にあった。あのあと、何度か間先輩に電話してみたけれど、間先輩はつかまらなかった。もらったつもりはなかった。ただ返しそびれただけだ。そう言い聞かせてみても、その十万円を稼ぐためにどれだけアルバイトをしなければならないかと計算し始めると、何だか働く気にもなれなかった。

「宝くじでも買ったの？」

食卓で新聞を読んでいると、麻奈が言った。

「違うよ」と僕は言った。

「新聞なんて、テレビ欄しか見なかったじゃない。いいわね。大学生は暇で」

麻奈は冷蔵庫からオレンジジュースを取り出してコップに注ぐと、また二階へ戻っていった。母さんは目一杯パートを入れていたし、父さんは会社で何かあったらしく休日出勤をしていた。その日の新聞を読み終えると、僕は一週間分の新聞を取り出して、丁寧に読んでみた。僕と同じ年の男がタクシー運転手を殴りつけて、わずかな売上金を奪っていた。働けと叱《しか》られた三十六歳の無職の男が、年金暮らしの親を殺していた。国からの補助金を削減された障害者たちがデモをしていた。ヨーロッパでは移民の子供たちが暴動を起こしていた。アフリカでは生まれながらにエイズウィルスに感染した子供たちが死んでいた。世界は悲鳴に満ちていた。その悲鳴の一つ一つに耳を澄ましてみれば、彼らの言っていることはただ一つだった。

「不公平だ」

僕は口に出して言ってみた。

世界は不公平だった。もしも彼らが、違う運命に生まれついていたら、タクシー強盗もしなかっただろうし、親を殺しもしなかっただろうし、デモもやる必要はなかっただろうし、暴動もしなくて済んだだろうし、エイズで死ぬこともなかっただろう。

「不公平だ」と僕はまた言ってみた。

もしも僕がもっとお金持ちの家に生まれていたら。たとえば上中下の上の家に生まれていたら。ひょっとしたら小学校か中学校から有名な学校に通って、そういう学校に通っていれば、ひょっとしたら東大だって人生の選択肢の一つに入っていたかもしれなくて、ひょっとしたら橋爪先輩よりもいい会社に入って、ひょっとしたらそこでの出世も約束されていたのかもしれない。麻奈みたいに特別頭がよくなくたって、僕にだってそういう人生はありえたのかもしれない。少なくともそういう選択肢はあったのかもしれない。

ゴールデンウィーク中、僕は新聞を読み、ニュースを見た。その思いはますます強くなった。不公平だ、とみんながそう言っていた。上は上の、中は中の、下は下の世界の中で、みんなその世界を守りながら、その上の世界に行くチャンスをうかがっていた。そのチャンスをものにした人たちを、称えながら妬《ねた》んでいた。そこから引《ひ》き摺《ず》り下ろす機会を狙っていた。

何だ、そんなことだったのか。

拍子抜けする思いだった。世界を回しているのは、ただそれだけのことだったのだ。難しいことなど何もなかった。みんなが、今の世界から落ちないように注意しながら、それより上の世界を狙っている。ただそれだけのことなのだ。

今より上の世界。

僕はぼんやりと考えた。蒲原さんと食事をしている自分の姿を思い浮かべてみた。あのときの、あんなネットに悪口を書かれるようなお店じゃなく、本当にもっと高級なお店に行っている自分を思い浮かべてみた。思い浮かべようとしたけれど、思い浮かべることができなかった。そういうお店がどんな風なのか、僕は想像さえできなかった。

「不公平だ」と僕はまた言った。

現実だけじゃない。希望すらクラス分けされているのだ。上には上の、中には中の希望があり、そして下には下の希望がある。それを超えた希望はもう希望ではなく、ただの夢だ。叶《かな》うあてなどないただの夢だ。僕は持てる希望すらクラス分けされた世界に暮らしていたのだ。そう思ってみれば、新聞の記事は読者をそこに押し込めようとする意図があるようにも思えた。ほら、世界には生まれながらにしてエイズウィルスに感染して死んでいる子供だっているんです。それに比べればあなたの人生は恵まれているでしょう？　それで読者が納得したその隙を狙って、記者はチャンスを独り占めしようとしているのではないかとすら疑った。何だか段々腹が立ってきた。その思いを誰かにぶつけたくて、トモイチに電話してみたけれど、留守電案内に繋がった。今日は確か麻布のクラブで四つの大学が合同でパーティーをやっている日だった。大学生が集まって、夜を通して馬鹿騒ぎをしているのだ。みんな与えられたレールにいれば、普通に大学に行けた人たちだ。親の金で大学へ行っているくせに、そのお金を返そうだなんて思っている人は、そこにはいないだろう。そういう人は、こんなときに遊んでいない。みんなが遊んでいるゴールデンウィークはいい稼ぎ時のはずだ。バイトの時給だって上がる。馬鹿騒ぎしている連中をトモイチはどんな目で見ているのだろう。どさくさに紛れて二、三発殴っておいてくれればいいのだけど。

メッセージを入れずにトモイチへの電話を切り、次は間先輩に電話をかけた。たぶん、また繋がらないだろうと思っていたのだけれど、今回は三度目のコールで間先輩が出た。

「どうしたんだい?」

どこか外にいるらしかった。柔らかな音楽に混じって、微かに人の話し声が聞こえた。

「新聞を読みました。ニュースも見ました」

「それで?」

「何だか腹が立ちました。世界は不公平です」

間先輩は笑ったようだ。

「面白いな、君は」と間先輩は言った。「本当に面白い。今、時間ある？」

「あります」

「ちょっと出てこないか？」

間先輩は都心にある老舗《しにせ》のホテルを指定した。その最上階にバーがあるという。僕は身支度をして、家を出た。


入るときにはさすがにためらった。店の入り口には暗い色のスーツを着た男性が立っていて、やってくる客を案内していた。年齢とは違う理由で入店を断られそうな気がした。申し訳ありませんが、お客様、このお店は中より上の方しかご案内できません。そう言われそうな気がした。

店の前に立った僕に、少し訝《いぶか》しげな視線を投げたが、彼は特に文句は言わずに、僕を店内に案内した。広く薄暗い店内にいくつかのソファーの席があった。やっぱり中より上の人しかいない気がした。自分のはいているジーンズやスニーカーのせいで、何だか身の置き所がなかった。父さんはこんなところにきたことがあるだろうか。

ずいぶん長いカウンターの前のスツールに間先輩は一人で座っていた。黒いガラスのカウンターには各席に一つ、等間隔でスポットライトが当たるようになっていた。僕が間先輩の隣に座ると、カウンターの中のバーテンが動き、スポットライトが当たったそこに木のコースターを差し出した。

「同じものでいい？」

間先輩が聞き、僕は頷いた。かしこまりました、とバーテンが僕の前から離れた。

「どうしたの？」

きょろきょろと辺りを見回している僕に間先輩が聞いた。

「こういうところ、初めてなんで、何か落ち着かないです」と僕は言った。「間先輩はよくくるんですか？」

「たまにね」と間先輩は言った。「一人で飲みたくなったときには」

改めて見てみれば、間先輩はこのお店にうまく馴染んでいた。カジュアルだけれど高価そうなジャケットに、ボタンダウンの白いシャツを着ていた。

「どこか行ってたんですか？」

その質問に一瞬訝るような表情をしたあと、間先輩は思い当たったように笑った。

「ああ、この格好？違うよ。だって、いつもみたいな服を着て、一人でこんなところにくるわけにはいかないだろ？」

それはそうだろうが、そうとわかっていたって、簡単にできることじゃない。普通の人は、普段の自分の生活に合わせた服しか持っていない。場違いなところへ行くときのための服をいくつか持っていたところで、そんなものを着ればどうしたってちぐはぐな印象を与えるものだ。けれど、間先輩はその服をちゃんと着こなしていた。大学で見るときとは別人みたいだった。ここで待っていると思っていなければ、僕は間先輩を見過ごしていたかもしれない。それくらい上手に間先輩はこの店の雰囲気に溶け込んでいた。

僕がそう言うと、間先輩は頷いた。

「そうだね。何だかんだ言ったって、結局、人は見た目で人を判断する。厄介だけれど、考えようによっては便利な習性だよ。外見さえちゃんとしていれば、三流大学の学生が一人でこんなところにきても不審そうな顔をされない」

僕の前にグラスが出された。ロックのウィスキーらしかった。

「取り敢えず」

間先輩がグラスを掲げ、僕は自分のグラスをそこに合わせた。ぶつかった二つのグラスは僕が今まで聞いたことがないような澄んだ音色を立てた。口に含んだウィスキーはアルコールとは思えないような丸い味がした。

「おいしいです」と僕はびっくりして言った。

間先輩が小さく笑い、目の前にいたバーテンが低く、ありがとうございます、と呟いた。

「それで、不公平だって？」

僕らの前からバーテンが離れるのを待って、間先輩が言った。

「はい」と僕は頷いた。「不公平です」

僕は自分が感じたことを喋った。先輩は口を差し挟むこともなく、時折、話を促すように頷きながら、黙ってそれを聞いていた。僕の話を聞き終えると、間先輩は静かに口を開いた。

「君は東大へ行けなかった？」

「僕の前にそんな選択肢はありませんでした」

「あったよ。君が気づかなかっただけだ」と間先輩は言った。「大学へ行こうと思った。そのときに、東大を受けることだってできたはずだ」

「だって、受かるはずないです」

「どうして？」

「それは、だから、僕は頭が悪いし、要領だってよくないし」

「受験なんてものはね、頭が悪くても要領が悪くても対応できるんだよ。そこでは、オリジナリティーが求められているわけじゃない。試験問題の答えは、そこで作り出すものじゃないんだ。調べれば、どこかに書いてあることだよ。だから、時間さえかければ、馬鹿でも要領が悪くても、東大には受かる」

「そういう環境にいませんでした。受験なんて考え出したのは、高三のときでしたし、塾へ行くお金なんてうちにはなかったですし」

「十年かかっても無理だった？　二十年では？　働きながら、必死に勉強すれば、独学でも受かったんじゃないか？」

「それは、そうかもしれませんけど」

僕は言いよどんだ。間先輩は頷いた。

「でも、やらない。君だけじゃない。誰だってそんなことはしない」

「え？」

「君は正しいんだよ。世の中は不公平だ。そして不公平さの最大の問題はね、絶対的な不公平なんて存在しないことだ。この世の中に絶対的な不公平なんて存在しない。頭も要領も悪くて、家が貧乏でも、東大には受かる。ただ受かりにくいっていうだけだ。その受かりにくさを主張すれば、それは甘えだと言われる。本人の努力が足りないんだってね。君はどう言い返す？」

「僕は」

僕は考えた。けれど、何も言い返せなかった。

「それも正しい」と間先輩はにっこりと微笑んだ。「何も言い返すべきじゃない。黙って、ああそうですかって聞いてればいいんだ。一面において、その理屈は正しい。たとえ、生まれながらにしてエイズウィルスに感染していたって、幸福な一生を送ることはできる。本人の意思次第で。たとえ、軍事独裁政権国家の最貧民層に生まれついたって、幸福な一生を送ることはできる。本人の努力次第で。その環境にいないやつらはそう言うよ。そして自分の身が痛まない程度のものを差し出して、こう言うんだ。ほら、私たちは、こんなにあなたのために手を差し伸べているじゃないか。だったら、あとはあなたの意思次第、努力次第だってね」

「それは、正しいんですか?」

「正しいんだよ。ましてや、君の愚痴なんて誰も聞かない。こんなにも豊かな国に暮らしていて、本人の意思と努力でどうにでもなる環境に暮らしていて、まだ文句を言うのかって怒り出すのが関の山だね」

「でも」

「そう。でも、だよ。でも、その理屈はどこかおかしい。僕らに言わせればどこかがおかしいんだ」

「どこがおかしいんです?」

「馬鹿馬鹿しいんだよ」

「え?」

「僕だって、君だって、努力すれば東大には行けた。その通りだ。そんな環境にいなくったって、努力すれば東大には行けた。でもね、そんな努力をしなくても東大に行けるやつらもいる。僕ら程度の頭と要領しか持っていないにもかかわらず、僕らよりはるかに楽に東大に行けるやつらもいるんだ。そいつらは、日々の生活費の心配なんてしてない。入学金や授業料の心配だってしてない。塾に行って、僕らよりはるかに効率よく受験対策を学んでいる。僕らはそんなやつらと戦わなきゃいけない。そんな馬鹿馬鹿しい話があるか。誰だってそう思うだろう？」

グラスに口をつけて、間先輩は続けた。

「不公平さっていうのはね、意思と努力の根幹を腐らせるんだよ。馬鹿馬鹿しくてやってられない。馬鹿馬鹿しくて、そんな意思を持ち続けられない。そんな努力を持続できない。それでも、意思次第でどうにでもなった、努力次第でどうにでもなった。そう言われてしまう。そんな理不尽な話があるか。そう言ったって、そういうやつらには通じないよ。やつらは僕らに嘘をついているわけでもなければ、自分を誤魔化しているわけでもない。本当に通じないんだ」

だから、と言った間先輩の手の中で、ウィスキーグラスがからんと音を立てた。

「何も言い返すべきじゃない。ああ、そうですかって聞いてればいいんだ。やつらにはやつらの理屈があり、僕らには僕らの理屈がある。僕らは僕らの理屈に則《のっと》って、生きていけばいいいんだよ」

「土俵を下りて、レーンを作る」

「そういうことだ」と間先輩は頷いて、にっこりと笑った。「君は君が思うほど馬鹿じゃないよ。もっと勉強してくれ。君の走るべきレーンは僕が用意する」

「あ」とそこで思い出して、僕は言った。

「何?」

「あの、お金、返そうと思って」

「どうして?」

「どうしてって、それは、その、やっぱり何かおかしいと思って」

「警備員をしてお金をもらうのと、本や新聞を読んでお金をもらうのと、君にとって何かが違う? それとも、君がバイトを辞めたら、バイト先が困る?」

そんなはずはなかった。

「そんなことはないですけど」

言いよどんだ僕を見て、間先輩は手を出した。

「え?」

「お金」

「あ、はい」

僕はカバンを開けて、封筒を取り出した。その間に間先輩はバーテンを呼び、灰皿とマッチを持ってこさせた。

「これは君にあげたお金だ。だから、君のお金だ。その君は、このお金をいらないと言う。だったら、ここで燃やしてもいいね？」

「え？」

間先輩は封筒からお金を出して折りたたみ、灰皿に載せた。マッチを擦り、ためらう風も勿体つける風もなく火をつけようとした。

「何やってるんです」

僕は慌てて灰皿からお金を取った。マッチの火をふっと吹き消して、間先輩は僕を見た。厳しい表情だった。それまで見たことのない表情だった。この人の顔を初めて見たような気がした。

「どっちかに決めよう」と間先輩は言った。「今、ここで」

僕は手の中のお金を見た。僕が手にしたからといって、僕のものになったわけではない。それはまだ間先輩のお金だ。そう。まだ。

「バイト、辞めるよね？」

間先輩は言った。即座に否定するべきだったのかもしれない。即座に、迅速に否定して、ささっとお金を戻すべきだったのかもしれない。けれど、一瞬でも考え込んでしまった今、手にしたお金を僕はもう戻せなかった。このお金があれば、蒲原さんともっとお金をかけたデートができる。もっと高いレストランに行って、夕食をご馳走《ちそう》することだってできる。そこには今までとは違う雰囲気ってやつが生まれるはずだ。そうすれば、僕と蒲原さんとの関係は、少しぐらいは変われるかもしれない。それに、そう、それに、これで麻奈にデジタルオーディオを買ってやれる。だって、麻奈には受験のときに世話になった。本当に世話になった。明日、スーパーに行って、好物のマグロの刺身を買ってきたら、父さんはきっと喜ぶだろう。最近は仕事でひどく疲れているみたいだ。次に切れたときには、三百五十ミリの発泡酒じゃなくて、五百ミリのビールのパックを買ってきてあげてもいい。再来月の誕生日には、母さんに新しい自転車をプレゼントしてあげられる。チェーンが錆びついて重くなって、上り坂では息が切れると、昨日だってそうぼやいていた。毎日、夜中過ぎまで働いている母さんにそれくらいの楽をさせてあげたってバチが当たるわけがない。

「辞めるよね?」

間先輩が言った。僕は頷いた。誰かに後ろから頭を押されたみたいに。

「じゃ、それ、しまって」

僕はお金を封筒に入れ、カバンの中にしまい直した。ちょっとだけ感じたためらいを胸の中で打ち消そうとした。

ほら、と僕は考えた。こうしたところで、何も変わらない。雷が落ちてくるわけでもないし、隕石《いんせき》が降ってくるわけでもない。何も変わらないってことは、何も問題がないってことで、だから、これでいいんだ。明日は電器屋さんに行って、デジタルオーディオを見てこよう。自転車もどんなのがいいか、調べてみよう。ビールの買い置きはまだあったっけ？

喜ぶ家族の姿を思い浮かべ、僕は段々嬉しくなってきた。もう一度丸いアルコールに口をつけたときには、胸の中のためらいは奇麗に消えていた。

その後、間先輩はずいぶん酒を飲んだ。

「大丈夫ですか？」

さほど酔っているようには見えなかったが、その飲み方は普通ではなかった。アルコールの量より、その飲み方のほうが心配になって、僕は聞いた。

問い返すように僕を見たあと、間先輩は笑った。

「ああ、大丈夫。心配しなくていいよ」

間先輩はグラスに残っていたウィスキーを飲み干し、またバーテンに新しい一杯を頼んだ。

「実は今日ね」

新しい一杯が目の前にくると、間先輩はそれを手にして、ほっと一つため息をついた。

「今日、父親が死んだんだ」

「え？」と僕は聞き返した。

間先輩は僕を見て、笑った。

「今日、父親が死んだ」

「死んだって、え？　今日？　じゃ、こんなところにいちゃ駄目じゃないですか。帰りましょう」

「帰る？　どこへ？」

「どこって、家ですよ。間先輩の家です。お父さんが亡くなったんでしょう？」

「家なんて、もうずっと帰ってないよ。別に父親が死んだからって、わざわざ帰ることもないんだ。下の社会から、下の下の人間が一人いなくなったってだけだよ」

ああ、いや、下の下の下かな、と間先輩は呟いた。

「だって、お母さんとか、家族の人たちは、間先輩を待ってるでしょう？　帰りましょうよ」

「待ってないよ」と間先輩が言った。「いいんだ。これが供養だ。今日、君が電話してきたのも、何かの縁だろう。いいから座って、もうちょっと付き合ってくれ」

僕は浮かしかけていた腰を戻した。

「何か楽しいことあったのかな」

グラスを傾け、間先輩はぽつりと呟いた。

「え？」

「僕の父親さ。あれ、生きてて何か楽しかったのかな。金もない、仕事もない、誰からも必要とされてない。ねえ、そういう人生にも楽しみってあるものかな?」

「ああ、いやあ」と僕は言った。「あ、でも、間先輩がいたじゃないですか。優秀な息子がいて、父親としては、それは楽しみだったんじゃないですか」

「それはないよ」と間先輩は笑った。「もう何年も顔も見てないし」

ああ、でも、あれだね、と間先輩は言った。

「誰からも必要とされてないってのは、みんなそうなのかもしれないね」

それとも、上のやつらは違うのかな、と間先輩は呟いた。

「違うのかもしれないな」

なあ、と間先輩はいきなり僕の肩に腕を回した。

「確かめてやろう。僕と君とで。上の人間は、誰かから必要とされるのかどうか。この世界から必要とされるのかどうか」

そうは見えなくても、やっぱり間先輩は酔っているようだ。つかまれた肩はかなり痛かった。

「ああ、はい」と僕は言った。

「のし上がるぞ」

「はい」

その後は、間先輩のペースに釣られて、僕もだいぶ酒を飲んだ。バーテンに見送られてバーを出たときには、間先輩もさすがに酔いを隠せなかった。僕らは互いに寄りかかるようにしてエレベーターでロビーまで下り、ホテルを出た。出たところにいたタクシーに乗り込むと、間先輩はそこで寝てしまった。

「どちらまで?」

運転手に振り返られて、僕は困った。間先輩の住所を僕は知らなかった。

「どこです?」

間先輩の体を揺すったが、ああと一つうめいただけで、間先輩は何も答えなかった。僕は諦めて、間先輩が持っていたカバンを開けた。開けたところで、何を探せばいいのかを酔った頭で考えた。財布を出してみたが、お金以外のものは見事に入っていなかった。住所がわかるものはおろか、レシートの一枚も入っていなかった。学生証はどこにあるだろう。さらにカバンを探ると、カード入れが見つかった。中を開けると、クレジットカードが何枚かと学生証が入っていた。学生証を取り出し、僕はその住所をタクシーの運転手に告げた。タクシーが動き出した。学生証をしまい直そうとして、僕は手を止めた。戻そうとしたその先に、別の学生証があった。東洋医大三年、葛原正志《くずはらまさし》。

ええと、誰?

僕はその学生証を取り出し、酔った目を凝らして眺めた。知らない人の学生証だった。知らない人の学生証に、なぜだか間先輩の顔写真が貼りつけられていた。

「あ」と声が上がった。

間先輩が目を開けていた。僕と目が合うと、間先輩はちょっと厳しい顔つきになった。

「勝手に見るなよ」

「あ、すみません」と僕は言った。「でも、タクシー、どこに行けばいいのかわからなくて」

「ああ、そうか。いや、別にいいけどさ」

間先輩が手を出し、僕はその手にカード入れと二枚の学生証を返した。

「東洋医大三年、葛原正志って誰です？」

「僕」と間先輩は言った。

「は？」

「言っただろう？　何だかんだ言ったって、人は見た目で人を判断するんだよ」

「はあ」

「飛鳥大学三年って学生証でモテると思う？」

「あ、いや、それは思わないです」

「それが東洋医大三年って学生証に変わるだけで、モテるんだな、これが」

「は？」

「試しに、君も造ってみるといい。ナンパなんかじゃ使える」

間先輩はそう言って、ちょっとバツが悪そうに笑った。

「医大の学生証でナンパしてるんですか?」

間先輩のイメージに合わなくて、僕は聞き返した。

「たまにだよ」と間先輩は笑った。「どうでもいい相手と、どうでもいいセックスをしたくなったとき、たまに使う。相手によっては、大学を変える。美術系とか音楽系とかの学生証もあるよ。見た?」

「あ、いや、医大のしか見てないですけど」

「うん。やっぱ医大のが一番、受けはいいね。あと東大とか慶応とかも、まあまあ使える」

「名前まで変えるんですか?」

「どうでもいいセックスをしたいだけの、どうでもいい相手だよ。本名なんか教えないよ」

間先輩は言って、僕の顔を覗き込んだ。

「そういうの、軽蔑する?」

「尊敬します」と僕は言った。「大人です」

ハハハ、と間先輩は声を立てて笑った。

ひょっとしたらものすごくいいところに住んでいるのかもしれないと思ったが、タクシーが停まったのは、二階建てのアパートだった。古いと遠回しに言うよりも、いっそぼろいと言ったほうがもう正確だろう。間先輩を降ろすだけのつもりで僕はタクシーを出たのだが、間先輩は出てくる前にお金を払って、タクシーを行かせてしまった。間先輩はカバンの中からキーホルダーを取り出し、酔った足を踏みしめるように、音を立ててアパートの鉄の階段を上がった。四つ並んだ部屋のうち、隅の部屋のドアノブに間先輩が鍵《かぎ》を差し込んだとき、隣の部屋のドアが開いた。顔を出したのは、僕らと同じくらいの年の男だった。背が高く、骨ばった顔つきをしていた。彼は間先輩を見たあと、怪《け》訝《げん》そうに僕を見た。

「ハイ、ヤン」と間先輩が言った。

「ハイ」と彼が返した。

「グッドイブニング。あ、ラウドだった？　ソーリーソーリー」

「ドンマインド」

彼は言って、もう一度素性を問うように僕を見た。

「あ、彼、亮太くん。マイフレンド。リョータ」

間先輩は言って、僕を振り返った。

「彼は、ヤンくん。お隣さん」

「こんばんは」と僕は頭を下げた。

「コンバンハ」

ぎこちなく言って、ヤンくんも頭を下げ返した。それから間先輩に視線を戻した。

「アーユーオーケー?」

「それこそドントマインドだよ。エブリシングオーケー」

「オーケー」

ヤンくんは頷いて、自分の部屋に戻っていった。

「中国人ですか?」

「そう。中国人。狭いところだけど、あがって」

僕は間先輩に続いて部屋に入った。真っ暗な部屋の真ん中で、間先輩が手を伸ばした。裸電球の明かりが灯《とも》った。トモイチの部屋に似ていたが、トモイチの部屋よりもさらに汚かった。不潔なのではない。長い時間をかけて染みついた汚れが、どうしようもなく部屋の一部になっているのだ。部屋には隅に畳まれた布団と小さな丸い卓袱台《ちゃぶだい》と小さな冷蔵庫があるだけだった。

「適当に座って」

僕に言って、間先輩は冷蔵庫を開けた。

「ビール?」

「あ、いや、アルコールはもう」と僕は言った。

「それじゃ」

　間先輩がウーロン茶の缶を放り投げた。僕は両手でそれを受け取った。自分の分の缶を開けると、間先輩は窓を開けた。アパートの裏手は高いコンクリートの塀に囲まれた細長い庭になっていて、同じ形の雑草が一面に生えていた。塀の向こうには町工場と思しき建物が見えた。深く落ち込んだ左手には川が流れていて、右手には太い道路が走っていた。何だか、ひどくわびしい場所だった。

「もっとすごいところに住んでいるのかと思いました」

　缶を開けて、僕は言った。

「だいたい、寝に帰るだけだから。どうでもいいんだよ、部屋なんて」

　窓枠に腰をかけて、間先輩は言った。

「それに、ちょっと似てるんだ。僕が育った家に。こんな感じだった。もうちょっと広かったけど、そこで家族五人で暮らしてた。父親と母親と僕と兄貴と妹」

「そうでしたか」と僕は言った。

「こう、窓を開けると、裏に工場があってね。カシャカシャと一日中うるさいんだ。うるさくたって、父親が働いている職場だから文句も言えない。それも、僕が中学のときには潰れちゃったけどね」

　間先輩は暗く沈んだ隣の町工場を眺めた。

「兄貴はぷいと家を出て行っちゃうし、妹はいっちょ前にグレちゃうし、母親は突然サカリがついたみたいに浮気し出すし、父親はセミの抜け殻みたいにコロンと部屋に転がってたよ、一日中。バイト代が入ってビールを買って帰ってやると、嬉しそうにコクコク飲んでたっけな。セミの抜け殻っていうか、あれはまるで新種の珍獣だったよ」

間先輩はウーロン茶をごくりと飲んだ。

「笑えるよね。笑ったし、感心した。あんなちっぽけな工場が一つ潰れただけで、うちの家族はここまで壊れちゃうのかって」

それでも間先輩は壊れなかった。歯を食いしばって働いて、お金を貯めて、大学に進んだ。本を読み、新聞を読み、ニュースもチェックして、この世界の成り立ちを学んだ。株をやってお金を稼ぎ、そのお金でさらに新しいビジネスを始めようとしている。

本当にすごい人なんだな、と僕はあらためて思った。

もしこの人がもっとお金持ちの家に生まれていたら、いや、お金持ちじゃなくていい。うちみたいな家でもいいはずだ。家族がほんの少し気を遣ってくれて、麻奈みたいに受験勉強だけに集中できる環境を与えられていたら、きっと本当に東大とかへ行って、いい会社に入って、そこでも出世して、間先輩自身が「ほんの一部」と言っていた「スーパーサラリーマン」になっていたはずだ。そう考えてみると、世の中ってやっぱり不公平だ。

「ああ、悪いね。変な話を聞かせちゃった」

間先輩は腰を上げると、窓を閉めた。

「間先輩はやっぱりすごいです」と僕は言った。「絶対にのし上がれます。ここからだって、絶対にのし上がれる人です」

「ああ、のし上がってやるよ」と間先輩は笑った。「君も一緒に行こう」

僕？　僕も行けるのだろうか。その世界に。間先輩の背中にどうにかこうにかくっついていけば、こんな僕でもその世界に辿り着けるのだろうか。辿り着いたその世界には何があるのだろう。間先輩も知らないものがあるのか？　父さんも知らないものがあるのか？　僕が今まで想像すらできなかったものが、そんな生活が、その世界にはあるのか？

見てみたい。そう思った。震えるくらいにそう思った。その世界のほんの一部でもいい。垣間《かいま》見《み》てみたかった。

「はい」と僕は頷いた。「頑張ります」

ゴールデンウィークが明けると、途端に大学に人の数が少なくなった。先輩たちによれば、毎年のことだそうだ。

「入って一ヶ月も経てば、出なきゃいけない授業と、出なくていい授業がわかるようになる」と亘先輩は言った。「しかも、うちの場合、だいたいは出なくていい授業なんだ。だいたいの学生に言わせればね。だから、この時期を過ぎると、だいたいみんな大学にこなくなる」

「まあ、仕方ねえよな」と一馬先輩が言った。「こんなクソ教授の授業なんて聞くだけ無駄ってのは正解だ」

僕らの前には、六十を越えた教授が座っていた。最初はずいぶん抵抗したものの、そういう性分なのだろうか。一度書き出せば、あとはためらうことなく勝手に長々と誓約書を書いていた。

「あ、もう一枚くれる?」

教授が顔を上げ、優姫先輩が紙を机から取り上げた。中身をざっと読んでため息をつく。

「あの、教授。これ、誓約書ですよ。二度と女子学生にセクハラまがいのことはいたしません、て、そう書いてくれればそれでいいんですけど」

「だから、そう書いてるじゃないか」とふて腐れた子供のように教授は口を尖らせた。

商学部の教授だという。ゼミで彼からセクハラを受けているという投書が目安箱にあり、先輩たちは教授を部室に連れてきた。先輩たちが裏を取ったいくつかの目撃証言を突きつけられ、事実関係のおおよそは認めたものの、それがセクハラである、とは教授は頑として認めなかった。亘先輩の説得にも首を縦には振らず、優姫先輩が呆れ果て、一馬先輩がキレかけたころ、部長が間に入って、ようやくそれが「セクハラまがい」のことではあると渋々認めた。

「『まがい』についての説明なんていらないんです。『まがい』は『まがい』、でわかってますから」

「そうはいかない。言葉に誤解があっては困る。僕にも立場というものがある。ほら、もう一枚」と教授は言った。

優姫先輩の持っていた紙を取り、一馬先輩はそれを引っくり返してバンと机の上に置いた。

「裏に書け」

ちょっと不満そうな目をしてから、教授は裏にまた長々と書き始めた。

「こんなのが教授かよ」

ちっと舌打ちして呟いた一馬先輩に、教授がきっと顔を上げた。

「こんなのが嫌なら、もっといい大学に行きたまえ。こっちだって、うちの学生たちにはうんざりしてるんだ。だけど、仕方がないだろう？　すずめの学校ではすずめの生徒にすずめの先生が教えるんだよ。チーパッパとな。もっと上等なことを教えたって、理解できる頭なんてないだろうに。鞭《むち》を持ってないだけ感謝して欲しいくらいのもんだ」

てめえ、といきり立った一馬先輩を何とか亘先輩がなだめた。

「もう、それでいいですから。署名と捺印《なついん》してさっさと帰ってください。もう一度、苦情がきたら、今度は大学側に言いますからね」

「君らが威張っていられるのなんて今だけだ」

署名と捺印をすると、教授はやけに偉そうにふんと鼻を鳴らしてそう言った。

「社会に出てみろ。君らなんて、誰にもまともに相手にしてもらえないぞ。映画で言うなら、主役どころか、脇役でもない。その他大勢の一人だ。台詞もないエキストラだよ」

せいぜい、今のうちに威張っておくがいい。

そう言い捨てて、教授は部室を出ていった。

「なあ」

ばたんと音を立てて閉められたドアを見て、一馬先輩が深くため息をついた。

「あいつ、追っかけていって、殺していいか?」

「駄目だよ」と亘先輩が言った。

「嘘だろ? いいって言ってくれよ」

「やめとけよ。殺すだけ無駄だ」

「まあ、そうだけどよ」

優姫先輩が誓約書をしまい、部長がいつものように本を読み始め、部室には何となく白けた雰囲気が漂った。教授の言い捨てた言葉が部室の中にふわふわと浮かんでいるような気がした。それについて先輩たちに聞いてみようと思ったけれど、聞けなかった。何だか出口のない話になってしまいそうだった。

間先輩ならどう言い返すのだろう、と僕は考えた。

たぶん、こうだ。

だったら、僕はそのエキストラを主役にして、別の映画を作ります。

きっとそう言う。そう考えて僕がにやりとしたところで、部室のドアが開き、トモイチが入ってきた。ゴールデンウィーク中の企画が終わった打ち上げの席で、うまく例のねずみ講に誘われたという話は電話で聞いていた。今日、その詳しい話を聞くために、トモイチは呼び出されていたはずだった。

「トップはやっぱり橋爪っす。橋爪を頭にして、副代表の前田ってやつと、もう一人、三年の今中ってやつが、それぞれ組織を作ってます。サークルの中では、十人くらいが関わっているみたいです。本来なら、どちらかの下に入らなきゃいけないんだけど、お前は、頭にしてやるって言われました。前田や今中と同じ立場で、橋爪から直接商品を仕入れていいって」

「ずいぶん、買われたもんだな」と亘先輩は笑った。「それじゃ、亮太を誘って、頃合を見て、俺たちも誘ってくれ。全員で乗り込んでやろう」

「あの、それが」とトモイチは言った。「亮太は駄目だって言われたんすよ」

「え？」と僕は言った。

「どういうことだ？」と亘先輩が言った。

「相手を選ばなきゃ駄目なんだって、そう言うんすよ。口が固いのはもちろんだけど、コントロールできる友達がいるやつじゃなきゃ駄目だって」

コントロールできる、友達？

友達ってコントロールするものなのか？

「ああ、ええと、だから、俺が仲間にするやつは、俺がコントロールできるやつじゃなきゃいけなくて、しかもそいつは、自分がコントロールできる友達を何人か持っているやつじゃなきゃ駄目なんだって。だから、サークル内でも選んだやつにしか声をかけてないんだって」

「つまり力関係ってことか」と亘先輩は言った。「最初から、上の人間には逆らえない人を選んで仲間にする、ね」

そうすれば確かに出し抜かれる可能性は低いよな、と亘先輩は呟いた。

「謎《なぞ》が解けたところで、それじゃ、橋爪を殴りに行くか」と一馬先輩が言った。

「いや、解けてないよ」と亘先輩が言った。

「どうしてだよ？　解けただろう？　それなら、商品は誰にでも手に入るものでよかった」

「それはそうなんだけど」

「何だよ」

「それじゃ、講が広がらない。だって、これ、単価、いくらだ?」

「私が調べた範囲では、今の末端価格は五百八十円ね。仕入れる量によって単価が違うらしいんだけど、最初に会社から買う値段は、だいたい、八十円くらい。橋爪もそれくらいで仕入れてるはず。そこから下に一つ降りていくたびに百円がプラスされていっているみたい」

「あ、そうっす。俺は橋爪から百八十円で買って、それを二百八十円で下の人間に売れって。差額の百円が俺の取り分らしいっす」

百円か。この商品じゃ、そんなもんだろうな、と亘先輩は呟いた。

「でもその値段じゃ講が千人になっても、橋爪に入るのは十万だ。しかも、誘う相手に制約をつけるとなれば、とても千人は集められないだろう。せいぜい百人か。そうすると、橋爪に入るのは、たった一万だ。一人が複数買ったところで、シャーペンなんて十本も二十本も買いはしないだろう。全然、割に合わない。そのやり方じゃ、もっと高額な商品にするか、そうじゃなきゃ、頻繁に買い足されるものにするかにしないと、儲からないんだよ」

ちょっと賭けてみるか、と亘先輩は言った。

財布を取り出し、一万円札を抜いて、トモイチに渡した。

「これで、そのシャーペンを仕入れてくれ。仕入れて、しばらくしたらすぐにはけたってことにするんだ。言われた条件で、十人くらいの買い手を見つけた。そいつらも優秀で、もっと商品を欲しがってるけど、もうやめる。こんなはした金のために働く気はないって、そう言ってくれ」

「え？　あいつらに一万やって、やめちゃうんすか？」

「たぶん、引き留められる。それだけ優秀な売り手なら、引き留められるはずだ。そして、たぶん、そのあとがある」

「そのあと？　何すか？」

「何かはわからない。けれど、これだけ大がかりなことを、そんなはした金のためにするはずがない。まだ何かがあるはずなんだ。トモイチを引き留めるために、その何かがきっと出てくる。それを探ってくれ」

アイスコーヒーだけ載せたお盆を持って、僕は空いている席を探した。学内に人が減るのだから、当然、学食からも人が減るはずなのだけれど、昼時からはだいぶ時間が過ぎているにもかかわらず、空いている席は少なかった。

「うちの大学、誰でも入ってこられるだろう?」

昼食がまだだったらしい。空いている席を見つけ、カレーの載ったお盆を持って腰を下ろしながら、間先輩は言った。

「特に学生証のチェックもしないし。だから、勝手に入ってきて、勝手に学食で食事をしている人たちも結構いるらしいよ。近所に住んでいる人たちとか、この辺の会社の人たちとか。外で食べるよりはずっと安いから」

そう思って見回してみれば、学食には、学生にしてはやけにきっちりとスーツを着こなしている人もいたし、教授には見えないお年寄りもいた。

「中には授業にもぐり込んでいる人もいるらしい」と言って間先輩は笑った。「本物の学生は授業に出ないのにね」

そんな話をしている間にも、学生には見えない人たちが数多く学食を出入りしていた。

僕はアイスコーヒーを飲みながら、今日読んできた新聞の記事について喋った。ある県知事の収賄事件だった。事件の感想を述べた僕に、間先輩は地方自治の仕組みをわかりやすく説明しながら、自分の感想を述べていった。

「だから、この辺りをいじらない限り、日本に道州制なんてとても持ち込めないよ。今以上に首長の権限を強くしても、国民の側に得るものなんてない。それに国民と中央政府が離れてしまうのも問題だ。連邦制のアメリカを見てみればいい。あの国で国家レベルの視点を持っている人なんてほんの一部のインテリだけだ。あとはみんな、オラが村の住人だよ。せいぜい州レベルの視点しか持っていない。だから、大統領選はレベルの低い人気投票になってしまう。世界で何が起こってるかなんて知りもしなければ興味もない人たちが、ネクタイのセンスや歯並びのよさだけで指導者を選んで、その上っ面だけの指導者が世界中で強権をふるっている。最悪だね」

間先輩の言っていることは、ときに理解できないこともあったけれど、それでも勉強になった。世界がそれまでとは違って見えるみたいだった。赤と青と黄色しかなかった僕の世界に、緑やら紫やら桃色やら名前のつけようのない色やらが、ぱっと広がったように思えた。もっと勉強しなくちゃと僕は思った。

間先輩が食事を終えたところで思い出して、僕は言った。

「あの。僕、サークル、辞めようと思うんですけど」

先輩たちの許可は取ってあった。これ以上、僕がスイート・キューカンバーズにいても仕方ない。不自然じゃない程度に時間を置いてなら、もう辞めてもいいと言われていた。

「どうして?」

「あ、いや、特に理由はないんですけど、サークルの雰囲気が合わないっていうか」

「そう」と間先輩は言った。「まあ、仕方ないね。講演会は僕一人でも何とかなるから、気にしないで」

「先輩も辞めたほうがいいですよ。あんなサークル」

「どうして？」と間先輩が聞いた。

　この人になら言ってもいいだろう。そんな変なサークルのゴタゴタに巻き込まれたら間先輩が可哀想だ。この人はもっと上に行く人なのだ。そんなつまらないことに関わるべきじゃない。それに、ビジネスを始めるというのなら、間先輩だってサークル活動などしている時間はなくなるだろう。

「何か、変なことしてるみたいです」

「変なこと？」

「ねずみ講っていうんですか？　何かそういうやつです」

「ねずみ講？　それに誘われたの？」

「ああ、いえ、僕じゃなくて、僕の友達なんですけど」

「ああ。桐生くん？」

「ええ。だから、先輩もあんなサークル辞めたほうがいいです。変に巻き込まれても迷惑でしょうし」

「しょうがない人たちだな」と間先輩は笑い、少し考えた。「でも、これが終わるまでは続けるよ。相手にオファーも出しちゃったし、やりかけたことを途中で放り出すのも嫌だし。その件は、気をつけておくよ。まあ、誰も僕なんて誘わないだろうけど」

本当にこの人はすごいな、と僕は思った。自分のいる環境にじっと身を潜め、そこで与えられた役割を完璧にこなしながら、その一方で、上に行くための準備も入念にしている。その環境に染まらないよう、慎重に距離を取りながら。周りにいる人たちがその環境にぶつくさ不満を言いながら、それでもその中でごにょごにょ楽しんでいる間に、気がつけば間先輩はそれより上の世界に行っている。誰も足を引っ張る隙なんてない。みんな上の世界に行った間先輩を妬みながらも称えるしかないのだ。そこでも間先輩は満足したりしないだろう。その世界で取り込めるものを吸収し尽くしたら、それより上の世界に行くのだ。

「やっぱり辞めるのよします」と僕は言った。「僕も最後までやります」

「無理に付き合ってくれなくてもいいんだよ。時間の無駄だと思ったら、辞めればいい」

「先輩と一緒にいるだけでも無駄じゃないです」と僕は言った。

「ずいぶんと買われたもんだね」と間先輩は笑った。「それじゃ、そのお礼っていうわけじゃないけど」

間先輩は自分のカバンを開け、小さな箱を取り出した。

「手、出して」

僕は右手を出した。

「そっちじゃなくて」

左手に代えた。間先輩は僕の左手を引っくり返すと、箱の中から出したものをはめた。

「ぴったりだ」

間先輩は言った。僕は手首にはめられた時計を眺めた。たぶん、すべての日本人が知っているスイスのメーカーの名前があった。金色の文字盤に、金と銀のバンドがついていた。学食のくすんだ蛍光灯の光の下でさえ、きらきらと光っていた。その時計があるだけで、何だか自分の左手じゃないみたいだった。

「あげるよ。これ、箱と保証書」

僕は顔を上げた。今、あっさりと、この人は何かすごいことを言わなかったか？

「え？」

「気に入らない？」

「そんなはずないですけど、え？　くれるって、え？　くれるんですか？」

「しばらくしててみるといい。たぶん、君はそこからまた一つ学べる」

「学べるって、何をです？」

「何だかんだ言ったって、人は見た目で人を判断する。そういうことだよ。そのたかだか数十万の腕時計一つが、周囲にどういう影響を与えるのか、見ておくといい。君はその習性を学び、その習性を利用する方法を覚える」

「本気ですか？　いや、だって、もらえませんよ、こんな高いもの」

「そんな腕時計一つがどうなったところで僕の人生は変わらない。君の人生だってそうだ。そんなの、どうでもいいことだよ。僕の言った意味がわかったら、質屋にでも売り飛ばせばいいんだ」

どうやら本気らしかった。間先輩は本気でこの腕時計をどうでもいいと思っているようだったし、本気で僕にくれるつもりらしかった。

「それが嫌なら、その時点で返してくれてもいい。でも、たぶん、僕の言う意味がわかったときには、君だってそんな腕時計がどうでもいいものだってことがわかっていると思うよ」

間先輩は、椅子から立ち上がった。

「あ、いや、でも」

「今、何時？」と間先輩は言った。

携帯を出しかけ、そんな必要がないことに気がついた。僕はきらきらと光る腕時計に目を落とした。

「三時十五分です」

「約束は三時半って言ってなかった?」

「あ」と僕は言った。

「そろそろ行ったほうがいい」

間先輩は微笑むと、僕を置いて学食を出ていってしまった。僕はまた腕時計に目を落とした。その腕時計のせいで、やっぱり自分の腕じゃないみたいだった。

その時点で返せばいい、と僕は思った。間先輩がそう言っているのだから、それでいいのだ。今は何より急がなきゃ。

僕はカバンをつかむと、学食を飛び出した。

ゴールデンウィークが明けても蒲原さんからは何も連絡がなかった。帰ったら連絡するなんていう約束は忘れているのだ、いや、あれは蒲原さんにとって約束ですらなかったのかもしれない、と僕はいじけていたのだが、授業で顔を合わせたとき、マスミさんが、里香はまだ新潟にいるんだって、と話してくれた。それじゃ、まだあの約束は生きているのかもしれない、とじりじりしながら待っていると、昨日、蒲原さんから電話があった。今、戻ったばかりだと蒲原さんは言った。

約束の五分前には着いたけれど、大学のある駅の改札の前に蒲原さんはすでにきていた。

「ごめん。待った?」

「ううん」

蒲原さんは首を振り、僕が息を整えている間に、持っていたトートバッグの中からビニール袋を取り出した。

「はい、これ。お土産《みやげ》」

予想していなかったので驚いた。いや、感動した。お土産を買ってきてくれたということは、そのとき蒲原さんの頭の中には僕がいたということだ。僕が目の前にいないときにも、蒲原さんが僕のことを考えていた。それがわずかな時間であっても、考えた瞬間はあったということだ。ああ、きっとあのときだ、と僕は思った。見ていたテレビの画像が乱れたときがあった。隣の家との間の塀に、見慣れない鳥が下りてきて、甲高い声で一つ鳴いた。あれはきっと、その祝福された瞬間の兆しだったのだ。あのとき外に出ていれば、きっと月が蝕《しょく》に入っていて、東の空にまばゆい星が輝いていて、流星が雨のように降っていたに違いない。僕の馬鹿、と僕は思った。そんな大事な瞬間を僕は逃してしまった。そのときに僕が蒲原さんのことを考えていれば、お互いを思う波長が日本列島を横断して、僕と蒲原さんの思いは結ばれていたに違いない。ああ、そんな大事な瞬間を僕は逃してしまった。次にそんな奇跡が起こるのはいつだろう?

「お団子。一回、蒸《ふ》かして食べて。おいしいのよ」

僕は袋の中を覗いた。何か笹《ささ》のような包みが見えた。

「ありがとう」

「食べる」と僕は言った。笹ごと食べたってよかった。「ありがとう」

「帰り際にいっぱい持たされたんだけど、一人じゃ食べきれないから」

「え？　ああ、そうなんだ」

「出る間際になって、ものすごい大きな荷物を持たされたの。苦労して持って帰ってきて、家で開けてみたら、食べ物ばっかり。そんなの、こっちでも買えるのにね。だから、あまりものって言ったら悪いけど、おすそ分け？　そんな感じ」

あれは兆しじゃなかったのか、と僕は思った。テレビはそろそろ買い換えたほうがいい。今度あの鳥が下りてきたら、捕まえて食ってやる。

「実家、楽しかった？」

ビニール袋をカバンにしまって、僕は聞いた。

「うん」と蒲原さんは頷いた。「昔の友達にも会えたし」

昔だって、と蒲原さんは自分の言葉に笑った。

「まだたった一ヶ月なのにね。でも、すごく時間が経ったみたいに思う」

「ああ、うん」

僕は頷いた。僕もそうだった。たった一ヶ月ちょっとなのに、僕は一ヶ月前の僕とは全然違っていた。友達もできたし、仲間もできたし、ボクシングだって習ってるし、尊敬できる先輩にも会えたし、その先輩に刺激されて勉強だってしているし、そして何より、今、隣に蒲原さんがいる。一ヶ月前の僕に言ってやりたかった。亮太くん、大学って最高だよ。半年前の僕にも、一年前の僕にも、言ってあげたかった。頑張れ。そこまでもう少しだから。でも、そう言っても、たぶん、昔の僕は信じないだろう。だって、そんなの、信じられるはずがない。一ヶ月後の僕は、半年後の僕は、一年後の僕は、今の僕に何て言ってくれるのだろう？　彼らは、今の僕が信じられないような生活をしているのだろうか。

「行こうか」

蒲原さんが言い、僕らは改札に入った。僕らは今日、水族館に行くことになっていた。誘ったのは、勢いだった。蒲原さんから電話があり、今、戻ったばかりだと聞き、約束をちゃんと覚えていてくれたと、僕は嬉しくなったのだ。また映画でも観ない、と聞くと、蒲原さんはしばらく考え、戻ったばかりで疲れているし、今はボーッとしていたい、と答えた。それは断られたのだろうかと僕が落ち込む間もなく、蒲原さんは水族館に行くことを提案してきた。

「ボーッとマンボウを見てたい気分なの。付き合ってくれる？」

「もちろん」と僕は言った。「全然、付き合う。僕もマンボウ好き」

何て幸せなマンボウだろう、と僕は思った。蒲原さんにボーッと見てもらえるなんて。

マンボウもそう思ったようだ。広くはないが深い水槽の中で、幸せそうにボーッと漂っていた。蒲原さんがそのマンボウをボーッと眺めていて、僕はその蒲原さんをボーッと眺めていた。平日の中途半端な時間にも、水族館には結構お客さんがいた。けれど、マンボウの水槽の前でそんなに長くボーッとしているのは僕らだけだった。

「ねえ」と蒲原さんがマンボウを眺めたまま言った。「君には悩みがある？」

もちろん、ある、と言いかけて、それがマンボウに発せられた質問だと気がついた。

たぶん、ない、という顔でマンボウはボーッと漂っていた。

「自己嫌悪とかは？　ない？」と蒲原さんは聞いた。

何、それ、という顔でマンボウが蒲原さんの正面にやってきた。

「ないわよね、きっと」と蒲原さんは言った。

それがどうした、という顔でマンボウは蒲原さんの前をゆっくりと横切っていった。

それからもずっと蒲原さんはマンボウを眺めていた。やがてマンボウを追っていた蒲原さんの目線が動かなくなった。そこには何もいない水槽をただ眺めている蒲原さんの横顔を僕はただ眺めていた。だって、こんなに至近距離でこんなに無遠慮に蒲原さんを見られる機会なんて、そうあるもんじゃない。だから、堪えようと思った。けれど、堪えられなかった。いや、僕はちゃんと堪えたつもりだったのだけれど、僕のお腹の虫とやらは堪えられなかったようだ。グーと一つ鳴いた。蒲原さんが僕に目を向け、それからプッと吹き出した。

「ありがとう。もう満足した。行こう」

「あ、まだいいよ」

携帯を取り出しかけ、思い出して、僕は腕時計を見た。六時を回っていた。僕らは二時間近く、マンボウを眺めていたことになる。いや、僕は二時間近く蒲原さんを眺めていたのだ。それでも、もう二時間は退屈しない自信があった。

「閉館まで、まだ時間あるし」

「いいの。私もお腹すいてきた。何か食べよ」

僕らは揃って水族館を出た。

近くの駅まで戻り、僕らはカフェテリア形式の軽食屋に入った。ずいぶん小洒落てはいたけれど、そのメニューからさほどの値段ではないだろうと思ったのだが、甘かった。サンドイッチやらサラダやらに、びっくりするような値段がついていた。蒲原さんはサラダとハーブティーをトレイに載せ、僕はやけになってサンドイッチとサラダとレモネードをトレイに載せた。蒲原さんと一緒に食べるつもりで、フライドポテトも付け足した。これが『大人買い』と呼ばれるものだろうかと僕はちょっと興奮した。一緒にレジに持っていくと、蒲原さんがバッグから財布を出しかけた。

「あ、いいよ」

財布の中のお金で足りないことはわかりきっていた。僕はカバンから間先輩にもらった封筒を取り出した。中から一万円札を抜き出し、レジのお姉さんに手渡した。

「わっ、お金持ち」

封筒を見て、蒲原さんが言った。

「ああ、うん」と僕は言った。「バイト代が入ったから」

お釣りを受け取って、僕らは席に着いた。

「ねえ、亮太くんて、実はお金持ち?」と蒲原さんが言った。

「そんなことないよ。結構、貧乏」

「そう?」と言って、蒲原さんはじっと僕を見た。

レモネードのグラスに添えていた僕の手に、蒲原さんの手が伸びてきた。蒲原さんの右手が僕の左手をつかんだ。

え? ここで? と僕は思った。あ、いや、もうちょっと雰囲気のあるところのほうが……。

僕があわあわする間に蒲原さんが僕の左手を自分に引き寄せた。

「これ、デイトジャストでしょ? すっごく高いでしょう?」

僕の手を引っくり返して、蒲原さんが言った。

あ、時計? デイトジャストって、何?

「ああ、うん。どうなのかな。人からもらったやつだから」

「人って、彼女？　年上？」

「彼女じゃない」と僕は慌てて言った。「彼女なんていない。これまでの人生、いたこともない」

「彼女でもない人から、こんなもの、もらう？」

「あ、いや、でも、彼女からじゃない。本当に。それだけは絶対違う」

「じゃ、ご両親から？　入学祝とか？」

　大学の先輩にもらった、などと言っても信じてもらえそうになかった。どう説明したらいいか困っていると、蒲原さんは僕の左手を離した。

「そういうところ、亮太くんのいいところだと思う。本当はお金持ちなのに、お金持ちそうな素振りを見せないとことか、本当は強いのに、強そうにしないところとか」

「ああ、違うんだ。本当に」

「そういうの、いいと思うよ。本当に」と蒲原さんは笑った。「でも、今は二人なんだからいいじゃない。少しは本当の亮太くんを見せてよ。大丈夫よ。亮太くんが甘やかされたボンボンだなんて私は思わないから」

　本当の僕、と僕は思った。そんなの、とてもじゃないけど見せられない。僕が困り果てていると、蒲原さんはふっと僕から視線を逸らした。

　私はね、と蒲原さんは呟くように言った。

「本当の私はね、最悪なやつ」

「え?」と僕は聞き返した。

「最悪なやつなの。最悪で、最低」

「そんなことないよ」と僕は言った。

「どうしてそう思うの? 亮太くんだって、本当の私のこと、何も知らないでしょう?」

それは何も知らない。僕が知っているのは、蒲原さんが奇麗で、ぴかぴかに光っていて、僕は隣にいるだけでどきどきして、それからすごく幸せな気分になるって、それだけだ。でも、それだけだって、蒲原さんは最悪じゃない。最低でもない。だって、蒲原さんがそこにいるだけで、僕にとってはそれで十分だから。そんな蒲原さんが最悪で最低なら、あのマンボウだって最悪で最低だ。僕なんて最悪の最低のそれより下だ。

「私ね、いじめっ子だったの」

蒲原さんがぽつりと言った。

「え?」

聞き返した声は自分のものではないみたいだった。僕の頭が、一瞬、活動をやめた。

よお、蓮見。畠田の声が聞こえたような気がして、僕は視線を巡らせた。落ち着いた雰囲気の店内に、小洒落た服を着た人たちが小洒落た様子でサラダをつついたり、サンドイッチを食べたりしていた。そのときになって、ようやく僕は蒲原さんの言葉の意味を理解した。体の表面が冷たくなっていった。その代わりに体の中身が熱くなっていくみたいだった。僕は冷たいレモネードを強く吸い上げた。

「学校にね、一人どんくさい子がいて。その子のことを徹底的にいじめてた。ううん。最初は違ったの。私は嫌いだったから、無視してただけだった。でも、そのうち、私の友達も無視するようになった。その友達たちも無視するようになった。気づいたら、学校で彼女に話しかける人はいなくなってた。それでも何とも思わなかった。ああ、みんな、やっぱりあの子が嫌いなんだなって、そう思っただけ。だけど、ある日、先生に呼び出された。お前、あの子をいじめてるのかって聞かれたの。親御さんから相談があったって。何を言われてるのかわからなかった。それは私は嫌いだから口はきいてない。でも、他の人のことなんか知らないし、いじめてなんていない。私はそう言った。先生には通じなかった。いじめっていうのはそういうものだとか、いじめられている人の立場に立って考えろとか、そんな説教を延々と聞かされた。段々、腹が立ってきたの。何で私なのよ、って。みんな無視してるじゃない。みんなが無視するってことは、あの子に何か悪いところがあるからでしょう? それなのに何で私だけがいじめているように言うのよって。何で私だけが怒られなきゃいけないのよって。あの子がそう告げ口したから。そう思った。あの子が自分の悪いところを棚に上げて、私を悪者にしようとしてるんだって。いいわよって思ったの。それなら一緒に遊んであげるわよって。それから、彼女を仲間に入れた。仲間に入れて、お金をせびって、買い物に走らせて、好きでもない男子にコクらせて、顔だけ隠した裸の写真をネットの掲示板に載せたりもした。胸に口紅でブーブーって落書きして、雌豚のブタコちゃんってタイトルつけて」

胸が苦しくなった。耳を塞《ふさ》ぎたかった。それ以上、聞きたくなかった。でも、どうしても聞いてみたいこともあった。

「そんなの」と僕は言った。「そんなこと、楽しいの？　そんなことしてて、楽しかった？」

蒲原さんがじっと僕を見て、それから首を振った。

「亮太くんみたいな人には、きっとわからないよ。楽しくなんてない。楽しくなんてないけど、ただやめられないのよ」

そう、と僕は頷いた。畠田も楽しくなかったのだろうか。楽しくなかったけれど、ただやめられなかったのだろうか。

「高三の夏にその子が自殺した」

僕は驚いて顔を上げた。

「死んだの？」

蒲原さんは首を振った。

「死ななかった。浅く手首を切っただけ。その話を聞いたときにね、本当に腹が立ったの。何てあてつけがましいことをするんだって。仲間に入れて欲しいって言うから、仲間に入れてあげただけじゃない。今度会ったら、ひっぱたいてやるって思った。ううん。もっとひどいことだって考えてた。でも、それっきり、彼女はもう学校にはこなかった」

そう、と僕はちょっとほっとして言った。たぶん、その子は正しい。そんな学校になんて行かなくていいのだ。無理して通い続ければ、色んなものがなくなっていく。痛いものが痛くなくなる。憎らしいものが憎らしくなくなる。悔しいものが悔しくなくなる。そして僕が、僕でなくなる。そこにはただ、いじめられている蓮見亮太と、それを眺めている僕とがいるだけになる。そう。僕はそうやって、高校時代を過ごしていたのだ。えへらえへらと笑いながら。世界は薄皮一枚を挟んだ僕の向こう側にあった。

「それっきり、その子には会ってなかった。それが、今回、実家に戻ったら、昔の友達が、その子を見たって言うのよ。駅前のパン屋さんで働いている。からかいに行こうって。私は断った。もういいじゃないって思ったの。あんな子に関わりたくないって。でも、気になった。だから、さり気なくそのパン屋さんの前を通ってみた。明るい店の中で、お客さんに笑いかけている彼女がいた。いい笑顔だなって思った。高校時代、そういう笑顔をしていれば、私だって無視したり、いじめたりしなかっただろうって思った。

あんたも、ようやく大人になったじゃない。ようやくまともになったじゃない。そう思ったの。これなら、ちょっと話してみてもいいなって。私はその店に入った。彼女が私を見た」

蒲原さんはふうとため息をついた。

「そのときの彼女の顔、たぶん、一生忘れられない。いらっしゃいませって言った笑顔が、私の顔を見た途端に、固まったの。後ろに誰かがいるのかと思った。私の後ろから誰かが店に入ってきたのかって。ヤクザみたいな人とか。でも、誰もいなかった。彼女は私に怯えていた。固まったまま、目を見開いて私を見ていた。悲鳴を上げるんじゃないかと思った。私は慌てて彼女に背中を向けて、ショーケースのパンを見ていた。彼女がこっちを見ているのはわかった。そのまま出ていけばよかったんだけど、出ていけなかった。欲しくもないパンを持ってレジにいる彼女のところに行った。彼女がパンを袋に入れて、私はお金を払って、店を出ようとした。そうしたら、彼女の声が聞こえたの」

ありがとうございました。

「私は振り返った。彼女は私を見ていた。硬い表情のまま、何とか笑おうとしていた。泣き出しそうな顔で、悲鳴を上げそうな顔で、それでも何とか笑おうとしていた。そのときに、私はようやく気がついたの。自分がしたことに。高校時代、彼女のその笑顔を殺していたのが自分だったってことに。自分が、最悪で最低だってことに」

蒲原さんは言った。

「泣きながら家に帰った。食べたくもないパンをむしゃむしゃ食べた。喉《のど》につかえて死にそうになったけど、無理やり飲み込んだ。ありがとうって思った。生きててくれて、ありがとうって。あのとき死なずにいてくれて、本当にありがとうって」

「それ、伝えたの？」と僕は聞いた。

蒲原さんは首を振った。

「伝えようって思った。でも、言えなかった。三日悩んで、もう一度そのパン屋さんに行ったら、彼女はやっぱり怯えた目で私を見た。また何かするつもり？　お願いだから、もう私に関わらないで。そう言っているみたいだった。私は何も言えなかった。ただパンを買って家に帰った。また、一週間悩んだ。伝えたかったけど、私には、そんなことを言う資格はないんだと思った。だから、何も言わずにこっちに戻ってきたの」

もし畠田に謝られたら、と僕は考えた。僕はどうするだろう。たぶん、嬉しくなんてない。きっと、ふざけるなと思う。そんなことで、あれがチャラになるとでも思っているのかと。僕の時間を返せと。高校一年の夏に時間を戻して、お前がやったすべてのことを僕にやり返させろと。たぶん、そう思うだろう。

「私には何も言う資格なんてなかった」と蒲原さんは呟いた。

「そうだね」と僕は頷いた。「きっとそうなんだろうね」

結局、食べ物にはほとんど手をつけないまま、僕らはそのお店を出た。特に申し出ることもなく、僕は蒲原さんをアパートに送っていった。この前は駅から近く感じた公園の向かいのアパートが、今回はやけに遠く感じられた。

「ちょっと寄っていく?」

前に別れたその場所で、蒲原さんが自分のアパートを振り返った。

「あ、いや、帰るよ」と僕は言った。

「ああ、うん」と蒲原さんは頷いた。

僕は蒲原さんに背を向けた。

「ねえ、亮太くん」

僕は振り返った。

「私たち、まだ友達?」

わからなかった。

「何、それ?」と僕は笑って誤魔化した。

「そうだよね。ごめん」と蒲原さんも笑った。

アパートに向かった蒲原さんを最後まで見送ることなく、僕は駅までの道をとぼとぼと歩き始めた。歩きながら、蒲原さんのことを考えた。昨日までぴかぴかに光っていた蒲原さんが、急に色あせてしまっていた。だって後悔してるじゃないか、と僕は蒲原さんを弁護してみた。無駄だった。後悔すればいいってものじゃない。後悔すれば、何でも許されるのか？　そう言い返す僕がいた。その通りだった。

駅に着き、僕は腕時計に目を落とした。時刻表によれば、電車は出たばかりのようだった。僕はひと気のないホームのベンチに腰を下ろし、もう一度腕時計を見た。今日、蒲原さんが僕にあの話を打ち明けたのは、この腕時計があったせいだろうと思った。この腕時計のせいで、蒲原さんは僕を誤解した。僕自身よりも、ずっと大きな僕の姿を描いてしまった。本当はすごく金持ちなのに、本当はすごく強いのに、そんな素振りを見せない僕ではない亮太くんの姿を。間先輩が言っていたのは、つまり、そういうことなのだろう。たかだかこんな腕時計一つで、人は人を見誤る。普通なら誰にも喋れないような話を簡単に告白する。確かに僕は一つ学んだ。

僕は腕時計を外し、カバンの中にしまった。

7

週の終わりの昼間、正義の味方研究部に招集がかけられた。その日、トモイチが橋爪先輩たちに罠《わな》を仕掛けることになっていた。やめると言ったトモイチに、橋爪先輩たちがどう反応したのか、その報告がトモイチからあるはずだった。けれど、部室にやってきたトモイチは、憮然《ぶぜん》として言った。

「了解されちゃいました」

「え？」と亘先輩が聞き返した。

「そうか、それならしょうがない、やめろって。口止めだけはされましたけど。お前だってやったんだから同罪だ。だから、誰にも言うなって、それだけでした。あっさり了解されちゃったんですよ」

「賭けは失敗か」と一馬先輩は言った。

「そんな」と亘先輩は言った。「あいつら、馬鹿か。そんな優秀な売り手を切るか?」

「馬鹿は馬鹿だろうよ」と一馬先輩は言った。「でも、馬鹿だから扱いやすいってことはねえ。馬鹿は馬鹿だから扱いにくいんだよ。馬鹿が何を考えるかなんてわかんねえからな」

慰めているのだか、からかっているのだか、よくわからない口調だった。

「我らが軍師よ、どうするね?」

一馬先輩は言った。今度は明らかにからかっていた。

「どこかで漏れたのか?」と亘先輩は呟いた。「トモイチ。トモイチがうちの部にいるってことは、ばれてないか?」

「それは、ばれてないと思うっす。言われてから、気をつけてましたから。部室に入るときも、誰にも見られてないか注意してましたし。あ、でも、最初のころは、あんまり気をつけてなかったっすからわかんないですけど」

「最初のころは関係ないだろう。最初からわかっていたなら、そもそもトモイチを誘うはずがない。誘ったのが、一週間前だろ。その一週間の間に、どこかから漏れた可能性は?」

「ああ、いや、わかんないっす」とトモイチは言った。

「誰かが言ったんじゃない？」と優姫先輩が言った。「スカイ・ドルフィンズとか、トモイチくんが新歓コンパに乗り込んだサークルとかなら、トモイチくんがうちの部員であることは知ってるでしょう？　そのうちの誰かが、たまたまトモイチくんがスイート・キューカンバーズにいるところを見かけて、あいつは正義の味方研究部にも入っているだろうって、特にチクるつもりでなくても、世間話みたいな感じで漏れちゃったとか」

確かに、その理由までは話していなかったけれど、蒲原さんも、マスミさんだって、僕らが正義の味方研究部とスイート・キューカンバーズをかけ持ちしていることは知っていた。

「それなら、一言、確認してもよさそうなもんだけどなあ」と亘先輩は言った。「本当にそうなのか、トモイチ、確認されたか？」

「いや、されてないっす。やめるって言ったら、ああ、そうって、それだけでした。うちの部のことなんて一言も出てないっす」

参ったな、と亘先輩が言った。

「桐生くん」と部長が口を開いた。「ねずみ講のことは、誰にも言ってないか？　うちの部のことは関係なく、桐生くんが誰かに喋ったことがバレたから外されたということもあるんじゃないか？　口が軽いやつは仲間にできない。そう言っていたんだろう？」

「ああ、そうか」と亘先輩が言った。「うちの部のことまでバレているなら、逆にあっさりやめさせてはもらえない。確かにそうだ。トモイチ、どう？」

「ああ、いや、でも、誰にも言ってないっすよ。本当に。喋ったのは先輩たちだけっす」

トモイチは誰にも喋っていない。先輩たちだって、もちろん喋っていないだろう。では、喋ったのは……喋ったのは、僕だけ？

今後の方針について話し合うという部の人たちに、バイトがあるからと告げて、僕は部室を出た。そんな馬鹿なとは思ったけれど、他に考えられる可能性もなかった。僕は混乱した頭のまま、部室棟を出たところで携帯を取り出し、間先輩に電話をした。電話に出た間先輩は、僕の硬い声だけで何かを察したように、アパートまでくるよう言って、一方的に電話を切ってしまった。僕は電車に乗って、間先輩のアパートへ向かった。

夜に見たときにも古びて見えたけれど、昼の日の光の中で見てみると、そのアパートは一層古びて見えた。そこに人が住んでいると言われるより、取り壊しを待っている廃屋だと言われたほうが納得できそうだった。敷地に入るコンクリートの門のところには、以前は富士見荘とか日の出荘とかこのアパートの名前が掲げられていたのだろうけれど、今はそこにプレートが掲げられていた痕跡《こんせき》が残っているだけだった。僕は敷地に入り、鉄の外階段を上がった。前にきたときには気づかなかったのだが、どこを探しても呼び鈴がなかった。仕方なくドアをノックすると、間先輩が顔を覗かせた。

「早かったね。まあ、上がってよ」

にこりと微笑むと、間先輩は中に戻っていった。僕は靴を脱ぎ、部屋に上がった。勢い込んでどういうことなのか問いつめようとしたのだけれど、部屋にはもう一人いた。

「ハイ」と彼が手を上げた。

「ヤンくん」と僕は言った。

「座ってよ」と間先輩は言い、自分もその場に腰を下ろした。

僕も腰を下ろした。どうやらあまり日本語が得意ではなさそうなヤンくんは取り敢えず置いておいて、間先輩に言った。

「サークルのねずみ講、先輩も噛んでたんですね?」

「ネズミは噛まない。齧《かじ》るだけだよ」

チュウチュウと間先輩は笑った。

ヤンくんが訝しそうに間先輩を見た。ジャスト、キディングと間先輩は言った。

「何であんなことを?」と僕は言った。「間先輩は、もっと上に行く人でしょう? 何であんなつまらないことに関わるんです?」

「つまらない?」

間先輩は僕に視線を戻して言った。

「つまらないかな?」

「つまらないですよ、ねずみ講なんて。つまらないですし、下らないです」

「そのつまらないし、下らないって理由は何?」

「理由? 理由も何も」

「金額だ。そうだね?」

間先輩が微笑んだ。目は笑っていなかった。

「え?」

「あんなシャーペンを何本売ったって、利益はたかが知れてる。だから、つまらないし、下らない。じゃあ、それがシャーペンじゃなかったら? 一つにつきもっと利益が出て、しかも定期的に売れるものだったら? 毎月、何百万もの利益が出る商品だったら? それでもつまらないし、下らない?」

その先がある。亘先輩も言っていた。

「橋爪先輩は、何を売るつもりなんです?」

僕の視線をじっと受け止めた間先輩は、やがてふらりと立ち上がった。ヤンくんが顔を上げた。

「ウェア」

where?

そう聞いたヤンくんに間先輩が言った。

「ネクスト、ドア」

ヤンくんが僕を見た。

「ヒー、イズ、オーケー」と間先輩はヤンくんに言い、僕に言った。「ついておいで」

僕は間先輩について部屋を出た。ヤンくんもついてきた。間先輩は隣のドア、ヤンくんの部屋のドアを開けた。僕は間先輩に続いて、その部屋に入った。

人が暮らしている部屋には見えなかった。部屋の隅には布団があったし、冷蔵庫もあったし、テレビも電子レンジも、季節外れの扇風機も石油ストーブも、灯油を入れるポリタンクまであったけれど、そこには生活感が感じられなかった。捨てるほどではないけれど、今は使わないものを取り敢えず押し込んでおいた倉庫みたいに見えた。もう一度眺めてみたけれど、橋爪先輩が売ろうとしているらしきものは見当たらなかった。

間先輩は窓際に歩いていった。窓際には、小さいエンジンみたいなものを赤い鉄の枠で囲った機械があった。それには構わず、間先輩は窓を開けた。

「橋爪先輩は何を売るつもりなんです？」

一向に説明しようとしない間先輩に、僕は重ねて聞いた。

「君だって見ただろ？」と間先輩は笑った。

「え？」

「あれだよ」

間先輩の視線が窓の外に向かった。僕も窓の脇へ行った。高いコンクリートの塀の向こうに工場があった。もう稼動していないのかもしれない。昼間だというのに、工場は静かだった。

「そっちじゃないよ」と間先輩は言った。「あれ」

間先輩が指したのは、アパートと塀に囲まれた裏庭だった。日当たりの悪い裏庭に、それでも同じ形の雑草が青々と生い茂っていた。

「え？」と僕は聞いた。「何です？」

「大麻」

僕は驚いて間先輩を見た。間先輩は窓枠にあった二つのスイッチのうちの一つに手を伸ばした。同時に裏庭がぱっと明るくなった。工場とを仕切る塀に強い光を放つライトがいくつかぶら下げられていた。間先輩がもう一つのスイッチも入れた。グウンという低い音を立てて、窓際にあった機械が唸《うな》り始めた。機械にはパイプが繋がっていて、パイプは壁に開けられた穴から外に向かっていた。水音に目を凝らすと、裏庭には穴を開けられたホースが巡らされていて、そこから水が出ているようだった。

「あの工場は使われてないからね。こっちは川だし、逆は道。電気をつけても、見えるのはこのアパートからだけ。こうやって大麻を育てて、乾燥させて、煙草に巻く。そこまではヤンくんの仕事だ」

気配に振り返った。いつの間にかヤンくんが僕のすぐ後ろに立っていた。僕と目が合っても、ヤンくんは黙って僕を見返すだけだった。その無表情な顔を見たとき、僕は不意にどこかで彼を見たことがあるような気がした。

どこでだったろう？　あれは、そう、確か、大学だったような気がする。でも、大学にヤンくんのいる場所があっただろうか。学食の厨房《ちゆうぼう》で働いていたりしただろうか。それとも留学生……。

留学生？

僕はあらためてヤンくんの顔を眺め、思わず声を上げた。

「君は」

「ああ、ヤンくん。そう。元うちの大学にいた留学生」

揃って姿を消したという四人の留学生のうちの一人。そうだ。手配書のように学内に掲示されていた、あの留学生のうちの一人だ。

「ヤンくんとヤンくんの友達が、大麻を巻く。僕がそれを橋爪さんに卸す。橋爪さんは、作った講に乗せて品物をさばく」

卸す？

僕はそこでようやく気がついた。間先輩は嚙んでいるのではない。この人が始まりだったのだ。

「そんなこと」

「できないと思う？」

「できないでしょう」

「できるよ。そのために作った講だ。口の軽いやつ、仲間をうまく集められないやつ、変なやつを仲間にしようとするやつ、抜け駆けしようとするやつ、そういうやつらは、全部外してきた」

メンバーをテストした。そのための、シャーペンか。

「シャーペンなら、バレても大事にはならない。警察沙汰《ざた》にもならないだろうし、大学側が調べ始めたところで、たぶん、橋爪さんまでも上がってこない。口頭注意か、せいぜい何週間かの停学だ。その程度の罪なら、どこかで誰かが止めるよ。どうせ停学なら、自分が元締めってことでも構わないってね」

そうだろうか。人はそこまで義理堅いだろうか？

僕がそう言うと、違うよ、と間先輩は首を振った。

「義理堅いわけでも、友情に厚いわけでもない。ただ暢気《のんき》なんだよ」

「暢気？」

「やり直しがきく。どこかでそう思ってるのさ。大学生って生き物はね。その程度のことで、仮に停学になったところで、自分の人生が終わるわけじゃない。そもそもこんな大学を停学になったところで、どうってこともない。みんなわかってるんだよ。うちレベルの大学にいるやつらは。こんな大学を優秀な成績で卒業したところで、それを履歴書に書いたところで、社会がまともに相手にしてくれないってことは、みんなわかってる。ましてや、だいたいの学生は、そこにくるために大した労力を払ったわけじゃない。君みたいに必死に勉強したわけでもないし、君みたいに必死に学費を稼いでいるわけでもない。だから、どうでもいいんだよ。橋爪さんはセーフだし、僕のところになんか何もやってこない。実際に、ほら」と間先輩は肩をすくめた。「今だって、何も問題になってない」

「それはシャーペンだからです。大麻なんて」

「そうだね。バレたら大事だ。でも、バレなきゃ、シャーペンとは桁《けた》の違う金額が入ってくる。みんなどうすると思う？　手を引く？　引かないよ。チャンスなんだから。社会の上にいるわけでもない。何一つおいしい思いなんてしてこなかったし、これから先もできはしない。そんな自分の前に落ちてきたチャンスなんだから。シャーペンのときより、もっと慎重になるだけだよ。もっと慎重になって、もっと慎重な仲間を集め出す。残っているのは、シャーペンのときでさえ、下手を踏まなかったやつらだ。大麻ならもっとうまくやるさ。しかも大学っていうのは、人が入れ替わる。卒業するし、入学する。そうなれば、もうわけがわからなくなる。いや、わけがわからなくなるように、僕がする。今まで自分の買い手だったやつが、いつの間にか自分の上の人に商品を卸す立場になっている。その逆もある。誰が上で、誰が下か、やっているやつら自身にすら把握できないようにする。どこをついても、僕までは上がってこられないように人を入れ替える。それでも誰も困らない。新規顧客は毎年大勢入ってくるんだから」

どう、と間先輩は言った。

「がっかりしました」と僕は言った。「間先輩はもっとすごい人だと思ってました。金額が増えたって、扱うものが大麻になったって、そんなの、所詮、大学生の小遣いをちょろまかしてるだけじゃないですか」

「大学生の小遣いをちょろまかす。それくらいでちょうどいいんだよ。それくらいだからこそ、問題になりにくい。卸値は、一本、二千円くらいを考えている。買い手はそれほど多くなくていい。百人から二百人くらいが理想かな。それくらいなら、一人一人に目が届く。一人が毎月、一本だけしか買わなくても、百人で二十万。二百人で四十万。一人が毎月、十本買えば、百人で二百万、二百人で四百万。スカ大でうまく行けば、スイート・キューカンバーズのコネを使って、他の大学にも広げていく。同じ組織を別な大学で作れたら、毎月、八百万。もう一つ別な大学で作れたら、毎月一千二百万。税金のかからないお金が、毎月、現金で入ってくる。どう？」

毎月一千二百万。年に直せば一億五千万近く。もう、つまらなくも、下らなくもない。それはそうかもしれない。それはそうかもしれないけれど……。

「そんなにうまく行くわけないです」

「そうだね」と間先輩はあっさり頷いた。「そんなにうまく行くわけない。いつかはどこかで破綻する。でも、こんなものはほんの手始めだ。言ってみれば、実験だよ」

「実験？」

「人ってやつを知るための実験だ。僕が考えたシステムで、人は本当に僕が考えたように動くのか。破綻するのなら、それはいつごろ、どうやって破綻するのか。それを知りたいだけだ。本当は金なんてどうでもいいんだよ。やばくなりそうなら、すぐにやめる。すぐにやめて、そこで稼いだ金とそこから学んだこととを生かして、違うシステムを作る。もっと稼げるシステムをもっとうまく作る。すでにいくつかアイディアはあるんだ。それも失敗したら、その失敗を生かして、また違うシステムを作る。効率的で、合理的なシステムをね。金と知識と人脈さえあれば、いつまでもリスクを負う必要はない。それが完成したとき、それはもう違法なものではなくなっているはずだ。僕はそのシステムを堂々と使って、さらにそのシステムを磨き上げていく。そうやって僕はもっと上へ行く。君は僕の横にいてそれを見ていればいい。僕がつまらない男だと思ったら、僕に本当に失望したら、そのとき僕から離れればいい。そのときには、君ももう、今の君とは違うさ。ついておいで。僕が君という人間を書き換えてあげるよ」

僕を書き換える？　蓮見亮太を別な人間に書き換える？　そんなことができるのだろうか？

できるのかもしれない、と僕は思った。現にこの人は僕を変えつつある。この人と知り合ったことで、僕は以前の僕とは違ってきている。僕自身にもそうとわかるくらいに。

「断ったら、どうするんです？」

「断らないよ、君は」

「どうして？」

「僕しかいないから」と間先輩は言った。「君を今の君の世界から連れ出せるのは僕しかいない。違う？」

上の世界。僕が想像すらしていなかった世界。想像することすら許されていない世界。この人は本当にそこに辿り着けるのだろうか？　たぶん、辿り着けるのだろう。つまらないし、下らない。そうは言っても、こんな組織は普通の人には作れない。この人だから作れたのだ。間先輩だって、今はただの大学生でしかない。これからもっと多くのものを学び、もっと賢くなり、もっと力とお金を蓄えていったら。この人は、たぶん辿り着くだろう。僕の知らない世界に。このまま行けば僕が辿り着くはずもない世界に。

「今、決めなくてもいいよ」と間先輩は言った。「帰って、ゆっくり考えればいい」

「え？」と僕は言った。「僕を帰して、いいんですか？　だって、このことを誰かに言うかもしれませんよ」

「そう言ってる時点で誰にも言わないよ」と間先輩は言った。「だいたい、誰かに言うつもりなら、ここにくる前に言ってきている。それ以前に、そもそも僕を訪ねてなんかこない。だって、現に」

間先輩は微笑んだ。

「まだ誰にも言ってないだろう？」

僕は頷いた。まだ誰にも言っていなかった。

「まだ言ってないってのは、言う気がないってことさ。君は断らない。今の君に必要なのは、納得する説明と時間だ。説明はした。あとは時間だけだ。だから、ゆっくり考えればいい。納得したら、また連絡をくれ」

ヤンくんの部屋を出ようと靴をはいたところで、間先輩とヤンくんとが言い合いを始めた。英語と中国語が混ざっていて、意味まではわからなかった。何かを言い募るヤンくんを間先輩がなだめている感じだった。

「いいんだ。行ってくれ」

そう言った間先輩に頷いて、僕はそのアパートを出た。アパートの高い塀沿いに進むと、すぐに太い幹線道路に出る。車の通りは多かったが、人通りはほとんどなかった。その脇の高い塀の向こうでライトが灯ろうが水が撒かれようが、気づく人はいないだろう。二十分ほど歩いて最寄りの駅に着き、切符を買い、改札に入ろうとしたところで、僕は後ろからくる人に気づいた。ヤンくんだった。振り返った僕の視線を避けるように、ヤンくんはぱっと物陰に身を隠した。そこで僕の携帯が鳴った。出てみると、間先輩だった。

「信用できないって聞かないんだよ。君が警察に駆け込むかもしれないって」と間先輩は言った。

尾行のつもりか。僕は素知らぬふりをして、改札を入った。

「どうすればいいんです？」

「好きにさせてやってくれ。どうせ君は裏切らないんだから」

僕は携帯を切り、やってきた電車に駆け込んできた。ドアに挟まれそうになったヤンくんが慌てて電車に駆け込んできた。ドアに挟まれそうになったヤンくんに近くにいた人たちの視線が集まった。全然、尾行になってない。それでも僕は気づかないふりをして、電車を乗り換えた。さすがにこのまま家まで尾行させる気にはなれなかった。警察に駆け込む気はなかったけれど、大麻密売の片棒を担ぐ気だってなかった。部の先輩たちに相談すれば、うまく対処してくれるだろう。そうするつもりだった。そして仲間にならないと知ったら、ヤンくんが僕に何をするかわからなかったし、だからヤンくんには家を知られたくなかった。僕はいつもの駅の三つ手前で電車を降りた。改札を抜けて、適当なところでヤンくんをまこうと思い、歩き始めた。途端に、背後で警報みたいなブザーが鳴った。振り返ると、どうやら料金が足りない切符で無理やり改札を出ようとしたらしい。ヤンくんが駅員に取り押さえられていた。どうしようか迷っていると、ヤンくんが抵抗を始めた。二人、三人と駅員が出てきて、ヤンくんを取り囲み、体を押さえつけた。ヤンくんのビザは、たぶんすでに切れているのだろう。不法滞在者だ。このまま警察に突き出されたら、と僕は考えた。それはそれでいいのかもしれない。ヤンくんから事がバレれば、僕が何もしなくたって、間先輩の計画は頓挫《とんざ》する。そうしようと思った僕とヤンくんの目が合った。一瞬、ヤンくんの目にすがるような表情が横切った気がした。視線はすぐに外れ、ヤンくんは駅員と少し激しく揉み合い始めた。不法滞在の外国人。そう思って見ればちょっと怖いけれど、今、何人かの駅員に取り押さえられているヤンくんは、不慣れな外国に戸惑っている、僕と同じ年頃の、ひょろっとした、ただの若者だった。僕はその場に取って返した。

「ああ、すみません」と僕は言った。「彼、まだ日本に慣れてなくて」

近づいていった僕に、ヤンくんが抵抗をやめ、気まずそうに視線を外した。

「え？　日本人じゃないの？　君、友達？」

ヤンくんの体を押さえていた駅員が、ヤンくんから手を離した。

「あ、彼、中国人です。留学生で、あの、まだ日本にきたばかりで、電車の乗り方、よく知らなくて。ごめんなさい。僕がちゃんと教えておけばよかったんですけど」

僕はヤンくんの手から持っていた切符を取った。一番安い切符を買ったようだ。

「オーバー、ゼア」

僕は改札の中にある精算機を指差した。けれど、それ以上、英語で使い方を説明できそうになく、僕は駅員の許可を取って改札の中に入り、ヤンくんを精算機の前に連れていった。切符を入れて料金を精算し、改札を出た。

「次からは気をつけてよね」

駅員に会釈して、僕はヤンくんと一緒に駅を離れた。

「どうしようか」と僕は言った。

ヤンくんは僕のほうを見もせずに、その場に突っ立っていた。どうしようもなく、僕はその場にヤンくんを置いて歩き始めた。少し歩いてから振り返ると、ヤンくんが僕のあとをついてきていた。もう尾行も何もあったものじゃない。僕が足を止めると、ヤンくんも足を止める。僕が歩き始めると、またついてくる。僕が警察に行かないようプレッシャーをかけている感じではなかった。ましてや脅している感じでもない。飼い主に捨てられようとしている子犬みたいに、他にどうしようもなくてそうしている感じだった。駅前の商店街を通り過ぎ、近所の住宅街を一周しても、ヤンくんはまだ僕の後ろをついてきていた。僕は諦めて駅前に戻り、そこにあったコーヒーショップに入った。コーヒーを二つ買って窓際の席に着いた。ヤンくんは店には入らず、外の通りからガラス越しに僕を見ていた。僕はヤンくんに手招きした。ヤンくんは動かなかった。僕は二つのコーヒーカップを手にして掲げた。それをテーブルに戻し、向かいの席を手で示した。それでもしばらく迷っていたが、やがてヤンくんは店の中に入ってきて、僕の前に腰を下ろした。

「ハイ」と僕は言った。

「ハイ」とヤンくんが答えた。

それっきり僕らは言葉もなく、黙ってコーヒーをすすった。呼んではみたものの、その先どうするかなんて、僕は考えていなかった。困り果てていると、僕の携帯が鳴った。間先輩かと思ったら、相手は麻奈だった。

「今日、帰ってくるの?」と麻奈は言った。

「ああ、うん。もうちょっとしたら帰る」

「じゃ、夕飯は頼めるのね。母さんはもう出ちゃったし、父さんは今日も帰り、遅いらしいから」

「ああ、うん。大丈夫だよ。ちゃんとやるから」

「お願いね」

僕は電話を切った。ヤンくんが僕をじとっと見ていた。僕が誰かに何かを告げ口したのではないかと疑っているようだった。

「ああ、妹だよ。ヤンガーシスター」と僕は言った。「家に帰って、夕飯を作らなきゃいけないんだ。ああ、ええと、アイ、ハフ、トゥ、ゴーバック、マイホーム。アンド、ハフ、トゥ、クック。メイク、ディナー」

「マザー？」とヤンくんが聞いた。

母親は何をしていると聞いたようだ。

「あ、マイ、マザー、ワーキング。働いてるんだ。夜中の二時まで。ええとワーキング、ティル、ツー、オ、クロック」

「ツー、オ、クロック？」

ヤンくんは驚いた顔をした。何かいかがわしげな仕事かと誤解されたのかもしれないけれど、それを訂正するだけの英語力は僕にはなかった。

「ハウ、オールド」とヤンくんが言った。

「え？」と僕は聞き返した。

「ユア、シスター」

「ユア、シスター。あ、麻奈？　セブンティーン」

「セブンティーン？」

聞き間違えか言い間違えかではないかというように、ヤンくんはもう一度聞き返した。

「セブンティーン？」

「イエス」と僕は頷いた。

「バット、ユー、セッド、ユー、ハフ、トゥ、クック」

だって、お前が料理しなきゃいけないって言ったじゃないか。十七の妹がいて、何でお前が料理をするんだ。そう聞きたいらしかった。

「シー、キャント。ビコウズ」

受験生だから、という英語が浮かばなかった。僕はそのまま口ごもった。

なぜ十七の女の子が料理をできないのか。それを考え、何かものすごく不幸なことを思いついたのかもしれない。ヤンくんが気まずそうに目を伏せた。

「ソーリー」

病気で臥《ふ》せっていて、料理にも立てないような僕の妹の姿を思い浮かべたのだろうか。

「あ、そうじゃないんだ」と僕が言い、どう説明したらいいかを考えている間に、ヤンくんは言った。

「アイ、ハブ、シスター、トゥー」

「あ、ヤンくんも妹いるんだ」と僕は言った。

中国って一人っ子政策をしてるんじゃなかったかと思ったが、そう聞く英語力も僕にはなかった。

「イエス」とヤンくんは言った。その表情が少し和んだ。「テン、イヤーズ、オールド」

「へえ、十歳。ずいぶん下だね」

「アイ、ウォナ、ブリング、ハー、ジャパン」

「ああ、日本に連れてきたいんだ。それはいいね。ええと、ザッツ、ア、グッド、アイディア」

「イエス」とヤンくんは頷いた。「マイ、カントリー、イズ、プア。ゼア、イズ、ノー、フューチャー」

一昔前ならいざ知らず、今の中国が貧しいということはないだろう。僕の故郷は貧しい、という意味だろうか。そこには未来がない。発展に沸く広大な国土の中で、ぽつんと取り残された貧しい寒村を僕は思い浮かべた。その空の下で、日本へ行ったお兄さんを思っている十歳の女の子のことも。

「ソー、アイ、ハフ、トゥ、メイク、マネー。ア、ロット、オブ、マネー」

「ああ、でも、お金が必要でも、でも、あれはよくないよ。ザッツ、ノット、ライト、ウェイ」

「アイ、ノウ」とヤンくんは言った。「バット、ノー、ウェイ」

仕方ない。他に道はない。それとも、お前にはあるのか？

そういう目でヤンくんが僕を見た。

「アイ、ノウ」と僕は言った。

ヤンくんがにっこり笑って立ち上がった。

「シー、ユー。サンキュー、フォー、カフィ」

残っていたコーヒーを飲み干すと、ヤンくんは店を出ていった。すぐあとに店を出たが、もうヤンくんの姿はなかった。電車に乗り、いつもの駅で降りても、ヤンくんがつけてくる気配はなかった。


断るつもりだった。どう考えたって、大麻密売の片棒なんて担ぐ気にはなれなかった。それでも何かが引っかかっていた。バット、ノー、ウェイ。ヤンくんの言葉が耳に残っていた。そのせいで、僕はそれを正義の味方研究部の先輩たちに話せなかった。トモイチにも言えなかった。二日間、大学を休んだ。トモイチが心配して電話してくれたけれど、風邪をひいたと誤魔化した。トモイチに嘘をついたのは、それが初めてだった。

母さんが作りかけた料理を仕上げ、二階の麻奈の部屋に運び、一人きりの夕食を終えた。あと片付けをする気にもなれず、ぼんやりとニュースを見ていると、玄関で派手な物音がした。僕は驚いて玄関に向かった。靴を脱ごうとして、転んだらしい。父さんが倒れていた。

「大丈夫?」

僕は父さんを助け起こした。

「おう、亮太くん」

答えた息が酒臭かった。父さんには珍しく、ひどく酔っていた。

「大学はどうだ? 楽しいか?」

「楽しいよ」と答えながら、僕は父さんの靴を脱がし、肩を貸して、家の中に運び込んだ。食卓の椅子に座らせ、コップに水を汲《く》んで父さんに手渡した。

「そうか。楽しいか。ちゃんと勉強しろよ」

ごくごくと水を飲んで、父さんは言った。

「お前は大学出なんだから。大学さえ出てれば、馬鹿になんてされないからな。誰にも偉そうに振る舞われたりしない」

「時代が違うよ」

もう一杯水を汲んできて、僕は言った。

「今は、みんな普通に大学くらい出てる。もっといい大学じゃないと、会社でだって威張れたりしないよ」

「そうなのか?」と父さんは言った。「そんなことないだろう。何て言ったって大学出だ。学士様だ。そりゃ偉いもんさ」

　父さんはまた水をごくごくと飲んだ。僕はもう何も言わなかった。父さんにとって、それは本当のことなのだろう。きっと、大学出の会社の誰かか、親会社の誰かかが、ただそれだけで父さんに威張り散らしているのだろう。その誰かはもちろん、重要なポストにいるわけではなく、会社の中では下っ端なのだろう。だから父さんや父さんと同じような立場にある人に向かって威張り散らして、鬱憤《うっぷん》を晴らしている。馬鹿馬鹿しい。馬鹿馬鹿しいけれど、それが父さんの住む世界なのだ。

　僕は布団を敷き、父さんをそこに寝かした。

　そして、たぶん、僕もその世界に住むことになる。

　父さんの靴下を脱がせながら、僕は思った。

　僕よりいい大学を出た人が、会社では僕より上にいて、それでも別に仕事ができるわけではないその人は、誰にも認めてなんてもらえないから、ただ僕に向かって威張り散らしてその憂さを晴らすのだ。僕は誰かの憂さを晴らすためだけに延々と威張り散らされながら、その先、ずっと生きていくことになるのだ。それが、これから先に待っている僕の人生なのだ。馬鹿馬鹿しい。馬鹿馬鹿しいけれど、それが僕の住む世界なのだ。

　寝息を立て始めた父さんをおいて、僕は二階に上がった。自分の部屋に行きかけてから、麻奈の部屋をノックした。返事はなかったが、僕はドアを開けた。イヤホンを耳に入れたまま、麻奈が机に向かっていた。ドアを閉めた気配に、麻奈が振り返った。

「ノックぐらい」

イヤホンを取ってそう言いかけた麻奈に、「したよ」と僕は言った。

一瞬文句を言いかけてから、自分の手にしているそのイヤホンの先にあるデジタルオーディオが、僕にプレゼントされたものだと思い出したらしい。

「何よ」と麻奈は言った。

「第一志望、受かりそう?」と僕は聞いた。

「わかんないわよ、そんなの」と麻奈は頬を膨らませた。

「そうだよね」と僕は言った。「ごめん。頑張って」

僕は麻奈の部屋を出た。ベッドに寝そべり、どれだけぼんやりしていただろう。僕は覚悟を決めて、携帯を取り出した。

「明日、うちにきてくれ」

間先輩が言った。

「待ってる」

はい、と答えて、僕は電話を切った。

アパートでは、間先輩が僕を待っていた。間先輩の部屋には、ヤンくんのほかにも大勢の人がいた。ヤンくんの仲間だという。うちの大学を始め、みんな最初は留学生として入国した人たちだった。

「富裕層じゃないよ。中国の西の農村から出てきた。親戚《しんせき》中に金を借りまくって、ようやく日本にこられた連中だよ」

彼らは一様に疑い深そうな目で僕を見ていた。

「皮肉なものだよね」とその彼らを見ながら間先輩は言った。「共産主義を標榜《ひょうぼう》した国家がとんでもない格差を生んで、みんな、子供にだけはって必死に教育を与えようとしている。なあ、どこかで聞いたことがある話じゃないか?」

僕に視線を戻して、間先輩は笑った。

「同じなんだよ。彼らも、僕らも。生まれたときから用意されていた不公平さをどうにか自分の力で埋めようとしている。中国や日本だけじゃない。そのうち世界がそういう状態になるよ。いや、もうそうなっている。共産主義を標榜した中国と、一億総中流と呼ばれていた日本が、ようやく世界に追いついたって言うべきなのかな」

「どうしてです?」とほとんど絶望的な気持ちで僕は聞いた。「どうして世界はそんな風になるんです?」

「もう、そうじゃなきゃ満足しないから」と間先輩は言った。「豊かさはそこまで行き着いちゃったのさ。自分は満足している。その次にはどんな欲求が生まれるか。他人の満足を否定したくなるんだよ。お前はそんなところで満足しているのか。俺はもっと上にいるぞ。その感覚がその人を満足させる。自分の中で行き着いて、一度消えてしまった満足は、もう他者との比較の中でしか生まれない。僕も君も、彼らだって、置かれた状況の中で生存することはできる。けれど、その中で生きていくことはできない。一生、他人の満足のネタにされて生きていくなんて、できるわけがない」

そうなのかもしれない。大学にこられた。いじめられていない。それだけで僕は満足できるはずだった。けれど、今の僕は、もうそれだけでは満足できなくなっている。理由もなく馬鹿にされたくなかった。理不尽に踏みつけられたくなかった。

僕らが話している間に、ヤンくんの仲間たちがしきりにヤンくんに向かって何かを言っていた。中国語で何かを言っていたヤンくんが、僕のほうを見て、言葉を英語に切り替えた。

「ヒー、イズ、オーケー。ビコウズ、ヒー、イズ」とヤンくんは少し考え、言った。

「ワン、オブ、アス」

にこりと笑って、そうだよね、と言うようにヤンくんが手を差し出した。少し迷ってから、僕は握り返した。その手でヤンくんは何をしてきたのだろう。それは、部の先輩たちと握手したときとは全然違った感触を僕の手に伝えてきた。節くれだった固い手には、いくつかの古い傷跡があった。荒っぽいことも、こすっからいことも、すべて経験してきたような手だった。ヤンくんの仲間たちの目にあった警戒心も消えていた。そうか、お前もか、とその目は言っているみたいだった。お前もそうだったのか。舐められ、馬鹿にされ、他の人がしなくてもいい苦労をさせられてきたのか、と。その目を見返せず、僕は間先輩に視線を戻した。

「間先輩」

「何？」

散々、考えたはずだった。これ以外に道はないはずだった。バット、ノー、ウェイ。それでもやっぱり後ろめたさはあった。その後ろめたさを振り切って、僕は続けた。

「この件、バレてます」

「バレてる？」

間先輩が眉根を寄せた。

「誰に？」

僕は正義の味方研究部のことを話した。自分がいわばスパイとして、トモイチと一緒にスイート・キューカンバーズに送り込まれたことも正直に喋った。

「スパイか」と間先輩は笑った。「正義の味方研究部ね。うちの大学にも、面白いことをするやつらがいるもんだな。そいつらは、どうやってこのことを？」

僕は目安箱に入れられていたメモとシャーペンのことを話した。何か思い当たるところがあったらしい。なるほどね、と間先輩は納得したように頷いた。

「どうします？」

「その正義の味方研究部の連中は、どこまでわかってる？」

僕は少し考えた。

「今のところは、まだシャーペンで止まってます。でも、すぐに気づくと思います。シャーペンで終わりのはずがないって、疑っていますから」

「それ、大学側には？」

「知られてないと思います。知っているのは、部の人たちだけです」

「何人いる？」

「僕を含めて六人です」

「六人？」と間先輩は言った。「たったそれだけ？」

「はい」

「それなら何とかなるかもしれないな」と言って、間先輩は少し考えた。「金は？」

「え？」

「幾らか払えば黙っていられる人たちか？　いっそ、仲間にできないかな？」

「それは難しいと思います。買収に乗るような人たちではないです」

「じゃあ脅すか」

そう言って、間先輩はヤンくんたちに目を遣った。

脅迫。それも難しい。脅迫した途端に、一馬先輩やトモイチはキレてしまう。僕はそう言った。

「買収も駄目。脅迫も無理ね」

ふうん、と間先輩は鼻を鳴らして、また考えた。

「しょうがないな。まあ、やるだけのことはやってみるか。せっかくここまでやったことだし」

会話の中身まではわからなくても、雰囲気は察したのだろう。心配そうにこちらを見るヤンくんたちに、大丈夫だというような笑みを向けてから、間先輩は僕に言った。

「君は、このことをその部に報告する。下手に嘘をつかず、正直に喋っていい。彼らは警察に言うかな?」

「言わないと思います」と僕は言った。「そういう人たちじゃないです。たぶん、ここに直接乗り込んできます」

「すぐにこられるとまずいな」と間先輩は言った。「彼らが乗り込んでくるのを僕が指定した日時に操作できる? たとえば、そうだな、明後日《あさって》くらいとか」

「やってみます」と僕は言った。「でも、ここにこさせて、それでどうするんです?」

「少し話がしたいんだよ」と間先輩は言った。「どんな人たちか、興味がある。大丈夫だ。話し合いが決裂したって、彼らには何もできないよ」

「何もできないって、あの、僕を除けば五人だけですけど、そのうち二人は滅茶苦茶強いですよ。相当、数がいないと、たぶん、あっという間に蹴散らかされます。決裂どころか、そもそも話し合いにならないと思います」

「ヤンくんの仲間の全員に招集をかけるよ。全部で十五人。いくら強いからって、それだけいれば問題ないだろう?」

数えてみると、今、部屋には八人のヤンくんの仲間たちがいた。あと七人。全部で十五人か。

「もうちょっと集められませんか? それで全部なんですか?」

「そんなに強いの?」と間先輩は言った。

「二人のうち一人は、ボクシングのインターハイで三連覇してます。もう一人も、同じくらい強いはずです」

「それでも十五人を相手にはできないだろう。大丈夫だよ」と間先輩は言った。「スイート・キューカンバーズの連中を集めてもいいんだけど、あいつらは使えないだろう。たぶん、いるだけ邪魔だな。橋爪さん以外には、大麻のこともまだ知らせてないし、みんなトップが橋爪さんだと思ってるからね」

間先輩は少し考え、僕に一つ要望を出した。

「難しいかな」と間先輩は言った。

通常ならば、意外と手に入りにくいものかもしれない。けれど、この場合は、たぶん大丈夫だろう。

「何とかします」と僕は言った。「でも何に使うんです?」

「すぐにわかるよ」と間先輩は笑った。

それからいくつかの細かい打ち合わせをして、僕はそのアパートを出た。

これでいいのだろうか、と駅までの道を歩きながら僕は考えた。他に道はない。しみじみと考えれば、それは嘘だった。僕は選ばなかったもう一つの道を行くことだってできたはずだった。では今からでも取って返して、その別の道を行く気になるかと言われれば、それはできなかった。けれど、何だか僕は、僕が今思う以上に大事なことを決めてしまったような気がした。できればそれは、人生のもっと先で決めたかったことのようにも思えた。

うじうじと考えながら歩き続け、駅前の赤信号で僕は立ち止まった。その赤信号が最後の考えるチャンスみたいに思えた。

バット、ノー、ウェイ。

僕は考えた。デジタルオーディオを買って帰ったときの麻奈のびっくりしたような笑顔を思い出した。亮太くんの奢りか、と嬉しそうにビールの缶を開けた父さんの顔を思い出した。母さんに買ってあげるつもりの自転車のことを思い出した。

ノー、ウェイ。そう。ノー、ウェイだ。

信号が青になり、僕は歩き出した。

アパートの前の通りに僕ら以外の人影はなかった。誰かが見たら、そんなアパートの前にたむろしている僕らを不審に思っただろう。ひと気のない通りのそこにだけ、うららかな春の昼下がりには似合わない不穏な空気が漂っていた。刺繍《ししゅう》の入ったデニムのボトムをはいた優姫先輩が入念に屈伸運動を繰り返していた。トモイチはシャドーボクシングをして、流れるようなコンビネーションを決めていた。いつかと同じラブ、アンド、ピースのTシャツを着た一馬先輩は首やら肩やらを回しながら僕に言った。

「本当にいるんだろうな?」

僕は目の前の古いアパートを見た。人の気配はなかった。何の物音もしなかった。けれどその建物の中で間先輩とヤンくんとヤンくんの十五人もの仲間が息を潜めているはずだった。午後二時。ぴったり間先輩に指定された時間だった。

「います」と僕は頷いた。「いるはずです」

耳に当てていた携帯をロングコートのポケットにしまうと、亘先輩がみんなに言った。

「みんな、無茶するなよ。怪我のないように。何をするかわからない相手だから」

「楽勝っすよ」とトモイチが言った。「だいたい、喧嘩にもならないんじゃないっすか。こっちの数を見たら、逃げ出すでしょ」

「逃がしゃしねえけどな」と一馬先輩が言った。

亘先輩が部長を見て、部長が頷き返した。

「行くぞ」

僕が部のみんなを先導して、アパートの建物を回り込み、裏手の庭に向かった。一面に植わった草は、そうと知らなければヨモギに似たただの雑草に見えるだろう。優姫先輩が屈《かが》み込んで、足元の草を見た。

「これが、全部、大麻?」

「はい」と僕は言った。

「よくまあ、これだけ」

周囲を見回して優姫先輩が呆れたように呟いた。

「それで、その間ってやつは?」と一馬先輩が言った。

「今、連れてきます」

アパートのほうに向かいかけた僕がアパートに辿り着く前に、一階の窓が開き、間先輩が顔を覗かせた。ご苦労さん、とでも言うように僕に軽く微笑むと、間先輩は窓枠から身を乗り出すようにして部のみんなのほうを見た。僕が間先輩から与えられた役割はここまでだった。正義の味方研究部の五人を今日の二時に一人残らずここに連れてくること。

「間良人だな？」

亘先輩が言った。

「正義の味方研究部だ。ちょっと聞きたいことがある。出てこい」

間先輩の顔が窓から消え、すぐに戻った。その場に靴を放り投げ、間先輩は窓枠を乗り越えて、裏庭に出てきた。ぶらぶらと歩いてきた間先輩が僕の横に立ち、僕は間先輩の隣で正義の味方研究部の五人と向き合う形になった。

「初めまして」と間先輩は朗らかに言った。「君らが噂の正義の味方研究部か。お会いできて光栄だよ」

「ずいぶん、余裕かましてるじゃねえか」と一馬先輩が言った。「お前、状況、わかってるか？」

「君らのことは聞いていたよ。相手は五人。一人は女だし、二人は大したことないけれど、残りの二人は滅法強い。だから、集められるだけの人数を集めたほうがいい」

間先輩が手を上げた。アパートの一階の残りの三つの窓が開き、そこから窓枠を乗り越えて、ぞろぞろと人が出てきた。

ここの物件は、色々、ややこしいことになっててね。

一昨日、間先輩はそう言った。

遺産関係のごたごたで、所有者にとって、大っぴらに表に出て欲しくない財産なんだ。だから手をつけられずに、こんなぼろアパートのまま放置されてる。僕が格安で丸ごと借り切って、ヤンくんと仲間たちに使わせているんだ。

「このアパートは、丸ごと僕が借り切っている。あれ？　蓮見くんから聞いてなかったのか？」

部のみんなが間先輩の隣にいる僕を見た。

「住んでいるのは、ああ、紹介しよう。彼がヤンくん。それからヤンくんの愉快な仲間たちだ」

ハーイ、とヤンくんがにこやかに手を上げた。ヤンくんは手ぶらだったが、その背後にいる愉快な仲間たちは、バットやらゴルフクラブやらを持っていた。フライパンを持っている人もいたし、フルフェイスのヘルメットをかぶっている人もいた。

亘先輩がずっと前に出た。コートのポケットに右手を突っ込んだまま、間先輩の隣に立ったヤンくんをじっと見た。

「うちの大学にきていた留学生だな？」

亘先輩を守るように、その左右を一馬先輩とトモイチが固めた。

「状況がわかってるかって？」と間先輩は一馬先輩に笑いかけた。「もちろんわかってるよ。さて、この状況でどうしようか？　一番簡単なのは、君らをここで殺してしまうことだ。死体はあとでどうにでもなる。何ならここに埋めちゃってもいい」

僕は驚いて間先輩を見た。そこまでやるわけはないだろうと思ったが、この人なら、そこまでやってもおかしくないような気がした。僕はまだこの人の底を見ていない。

間先輩は僕を見返し、安心させるように微笑んだ。

「まあ、でも、そこまでやるのも何だよな。どうだろう？　見逃してくれないか？　そうだな。一人、十万でどうだろう？」

「安く見積もられたもんだな」と亘先輩が言った。

「毎月、だよ」と間先輩が言った。「君らが大学にいる間、一人につき、毎月十万払う。それで見逃してくれないか？」

「そんなこと」

一馬先輩がヤンくんの仲間たちに目を配ったまま言った。

「できるわけねえだろ」

「どうして？」と間先輩が言った。「僕のやっていることは、そんなに悪いことか？　たかだか大麻じゃないか。覚せい剤を売ろうっていうんじゃない。身体依存性は煙草《たばこ》とさして変わりはないという研究もあるし、それが合法な国家だってある。違法だけれど、ろくに取り締まっていない国家ならもっとたくさんある。駐車違反みたいなもんさ。目くじらを立てるほどの話じゃない。学生なんて名ばかりで、親の金で四年間遊ぶことを決め込んだ連中に、ほんの少しの楽しみを提供しているだけじゃないか」

「そんなのは許されないことだ」

「許す？　誰が？　国家か？　法律でそうしちゃいけないから、駄目なのか？　国家は、法は、正義なのか？　そもそも大麻がどうして取り締まりの対象になったのか、君らは知ってる？」

「そんなの知ったこっちゃねえ」

間先輩に視線を戻して、一馬先輩が言った。

「法律なんて関係ねえ。国家のことだって知ったことか。俺たちが許せねえ。それだけだ」

「なぜ？」

「気に入らねえんだよ。いいように人を使って儲けようとしているそのやり方が気に入らねえし、それを何とも思ってないその性根も気に入らねえ。要するにお前そのものが気に入らねえんだよ」

気に入らない？

呟いて、間先輩はぽかんとした。

なるほど、気に入らない、ね。

やがて間先輩は感心したように繰り返し、何度か頷いた。

なるほど、そういう理由もあるのか。

「しょうがないね。それじゃ、これから君らを痛めつけるよ」

「痛めつける？」と一馬先輩が言った。「痛めつけるくらいなら、殺しとけよ。言っとくけど、俺らはしつこいぞ。必ず見つけ出して、倍にして返すからな」

「逃げ切れると思ってるの？」と優姫先輩も言った。「痛めつければ、私たちが何もしないとでも思ってる？　そんなことでビビるほどヤワじゃないわよ。どれだけ痛めつけられたって、ちゃんと警察に届けるからね」

「警察？　どうして？」

間先輩は不思議そうに聞き返した。

「どうして？」と優姫先輩が言った。「これだけ堂々と大麻を栽培して、それを売るための密売組織まで大学に作って、それで何の罪にもならないと思ってるの？」

「大麻？　密売組織？　それはいったい何の話だ？」と間先輩は目を丸くした。

「じゃ、これは何なのよ、これは」

優姫先輩が足元の草を踏みつけた。

「それ？　それが大麻なのか？　それはひどいな。いったい、誰がそんなひどいことをしたんだ？　ああ、きっとこのアパートを借りていた人だな。ここの借主は？　ああ、あなたじゃなかったかな。佐山崇さん」

部長が間先輩を見返した。

「ここの物件の賃貸契約書には、そういう署名があると思うよ。佐山崇という男が、このアパートを一棟、丸ごと借り切っていたって。あなたの筆跡で、あなたの拇印つきでね」

間先輩は笑って僕を見た。その笑顔を見ていられなくて、僕は視線を逸らした。

間先輩が僕に要求したのは、佐山部長の自筆の署名だった。その要求を受けて、昨日、僕は間先輩に一枚の紙を渡していた。今から五年ほど前、正義の味方研究部が仲裁し、一人の一年生と応援団部との間で取り交わされた約束状は、廃棄されないまま部室の食器箪笥の奥のほうに眠っていた。約束状には、その一年生と当時の応援団長との署名と拇印があった。

「拇印つきか」と、それを渡したときに間先輩は喜んだ。

スキャナで読み取り、カラーで印刷する。あとは針先にインクや朱肉を乗せて、文字と拇印を少しにじませる。作業にすれば十分程度のものだという。それで、佐山部長自筆の署名と本人の拇印とが賃借人の欄に入った偽の賃貸契約書ができあがる。専門的な鑑定をするのならともかく、人の目にそれが偽物だとわかることはないだろう。少なくとも僕にはそう見えた。

「これをアパートの所有者に渡しておく。もしも警察がやってきたら、これを出して、契約者は佐山崇だったと証言してもらう」

「大丈夫なんですか？」

「この件だけで三十万も取ったんだ。その程度のことなら、うまくやるだろう」

昨日、間先輩はそう言って笑った。どうやらこのアパートの所有者も、善人ではないらしい。

風が吹いて、足元にあるヨモギに似た葉っぱたちが揺れた。

「それに」

間先輩は正義の味方研究部の五人に向かって続けた。

「彼らが仮に警察に捕まったところで、こう証言するよ。正義の味方研究部というふざけた名前の部が、大学を舞台に、一大大麻密売組織を作ろうとしていた。僕らはそれに利用されただけだってね。学生ビザが切れてしまったヤンくんは、入管に告げ口するぞと脅されて、泣く泣く、嫌々、やむを得ず、それを手伝っていた。ヤンくんの仲間たちもそうだった。けれど、そんなことはしてはいけないという良心の声には打ち勝てず、また今後の日中友好のためにもと自分たちを鼓舞して、君たちに対して反旗を翻した。実に健気だ。その後、逃げ出したことには問題があるけれど、それでも同情の余地はあるんじゃないかな。神妙に事情聴取に応じれば、それほど重い罪にはならないと思うよ」

　苦労したよ、と昨日、間先輩は笑っていた。万一、そうなったときの金額は割と簡単に折り合えたんだけど、こっちもあっちもいい加減な英語しか喋れないから。口裏を合わせさせるために、辞書と首っ引きでえらい時間がかかった。

「お前は？」と一馬先輩が言った。

「僕は逃げるよ。大丈夫。心配してくれなくても、ちゃんと逃げ切るから。だって、僕は存在しない」

「存在しない？」

「間良人なんていう人は、ここにはいなかった。首謀者は間良人？　違うね。罪を逃れたい一心で、君らがそんなことを言っているだけさ」

　ヘイ、ヤン、と間先輩は言った。

「ドゥユノウ、ヨシト・ハザマ？」

「フー？」とヤンくんは言って、肩をすくめた。「ヨシト・ハザマ？　アイドンノウ」

「そういうことさ」と間先輩は言った。「さあ、どうする？　見逃してくれれば、それで丸く収まるんだけど」

　見逃すはずがなかった。正義の味方研究部の先輩たちが、そんなことを許すはずがなかった。僕は何度かそう言った。信じられない、と間先輩は言った。

「買収も脅迫も通じない人がいるっていうのがね、今ひとつ、信じられないんだ。だって、何の得もないじゃないか。しかも、誰かが損をしているわけでもなければ、傷ついているわけでもない。そんな状況の中で、ただ自分の中の正義だけを信じて行動する人がいるっていうのがね、ぴんとこないんだよ。だから、一度、この目で見てみたい。実際に対決してみたい。彼らを知りたいんだ。後学のためにね」

絶対に決裂する、と僕は言った。

「大丈夫だよ」と間先輩は言った。「そうなったところで、君は安全だから」

決裂したら部の人たちを殴り倒し、ひとまず逃げる。彼らが警察に届けても、すべての証拠は彼らが首謀者だと指し示すようにしておく。仮にヤンくんたちが捕まるようなことがあっても、ヤンくんたちの証言はそれを裏づけるだけだ。あのねずみ講の本当の元締めが間先輩だったことは橋爪先輩しか知らないし、大手の証券会社に内定をもらっている橋爪先輩はたとえ拷問されたって口を割ることはない。だから、僕自身が喋らない限り、僕が捕まることはない。

間先輩はそう説明した。

「それにそもそも、そうなっても、彼らは警察には言わないと思うよ」と間先輩は言った。「言っても無駄なようにしておくから」

どうやって、と聞いたのだが、それは任せておいてくれとしか間先輩は言わなかった。

いつの間にかヤンくんの仲間たちが扇状にトモイチと先輩たちを取り囲んでいた。先頭に亘先輩が立ち、その左右を固めるようにトモイチと一馬先輩が立ち、守るように優姫先輩を後ろに置いて部長が立っていた。道との境界にある高い塀を背にして、五人にもう逃げ場はなかった。

「どうかな」と間先輩は言った。「さっきの十万って話は、まだ生きてるけど」

ヤンくんの仲間たちは、いつでも五人に飛びかかれる態勢になっていた。トモイチと一馬先輩は取り囲んだヤンくんの仲間たちに目を配り、部長と優姫先輩は間先輩を睨んでいた。亘先輩だけが何かを探すように扇状に取り囲んだヤンくんの仲間たちのその背後を見渡していた。

ヤンくんが短く何かを言った。間先輩がそれを訳した。

「どうするんだ？」

高い塀とアパートに囲まれた空間に間先輩の声が冷たく響いた。最終通告だった。

「もういいんじゃないかな」

コートのポケットに手を突っ込んだまま、亘先輩が言った。この場の緊迫感にはふさわしくない、のんびりとした声だった。

「これ以上、出てきそうにないし」

一馬先輩が表情を和らげた。

「これで、全部か？」

「何？」と間先輩が言った。

「これで、本当に全部か？　集められるだけ集めろって亮太に言われて、本当に全員集めてくれたんだろうな？　お前の仲間は、本当にこれで全部か？　俺としては、お前一人をやっちまえばいいんじゃねえかと思ったんだけど、うちの軍師は細かい男でね。頭を叩くだけじゃ納得しねえんだ」

「これにスイート・キューカンバーズのメンバーで全員だな。そこから広がった連中は、そっちを絞れば割れるだろう。その中で大麻のことまで了解していたのは橋爪だけ、と。うん。これで一網打尽にできる。亮太。ご苦労さん。上出来だよ」

間先輩が僕を見た。微かに目を細め、すぐに亘先輩に視線を戻した。

「それで、どうするんだ？　この人数でやり合って、本気で勝つつもりなのか？」

亘先輩が笑った。

「今、表に何人待機してると思う？　六十六人だ。うちの剣道部と空手部とサッカー部。それが全員でアパートの出口を固めている」

亘先輩がコートのポケットから引き抜いた手には、さっきまで話していた携帯が切られることなく握られていた。

「今、剣道部の主将と繋がってるよ。話すか？」

亘先輩が携帯を間先輩のほうに差し出した。

「この携帯が切れたら、それは話し合いが決裂した合図だ。彼らは即座にここに乗り込んでくる」と亘先輩は言った。「ここ、電波、大丈夫か？　間違いでも切れたら、彼ら、勝手に乗り込んできちゃうけど」

咄嗟に周囲を見回した間先輩を見て、亘先輩は笑った。

「逃げ場はないよ。それとも、この塀、乗り越えられる？」

間先輩が天を仰いだ。

「ワ？」

ヤンくんが聞いた。

what？

「負けだよ。ウィー、ルーズ」

降参を示すように両手を広げてから、間先輩は僕を指差した。

「ヒー、ビトレイ、アス」

その意味がわかりかねるようにぽかんと僕を見ていたヤンくんの顔が、やがて徐々に赤く染まっていった。その視線を受け止めきれなくて、僕は視線を逸らした。覚悟はできていたはずだった。けれど、やっぱり気持ちのいいものではなかった。

バカ、アホ、マヌケ、ノロマ、ゴミ、ヤクタタズ、ニンゲンノクズ。

ヤンくんは唾を飛ばしながら僕に色んな言葉を吐き出した。どこでそんな言葉を覚えたのだろう。バカやアホならともかく、人間の屑《くず》なんて、そうそう覚える言葉じゃない。答えはすぐにわかった。

「ウズグタネチュウガクジン」

薄汚ねえ中国人、だろう。ヤンくんはそれらの言葉をすべて実地で覚えたのだ。それはいつかどこかでヤンくんに向けて吐き出された言葉だったのだろう。

最大の罵倒の言葉を言い放ったように、ヤンくんは少し得意げな顔をしていた。僕は何だか悲しくなった。

「それは言わないほうがいい」

僕はそっと言った。僕の言葉がわからなかったのだろう。ヤンくんは怪訝そうな顔になって僕を見た。

「ミーン、ダーティー、チャイニーズ」と僕は単語を繋げた。

だからそれは君を、君自身や君の妹を侮辱する言葉だから、だからそんなことは言っちゃいけない。そう言おうと思ったけれど、英語が出てこなかった。ちゃんと英語を勉強しておけばよかった。受験のときよりもそう思った。

僕を睨みつけながら、ヤンくんが何かを呟いた。シャオ何とかと言ったようだが、僕には聞き取れなかった。

「僕だって日本人だよ」

間先輩が呟いた。何か日本人を侮辱する言葉だったのだろう。

それで、と間先輩は言った。

「君はそれでいいのか?」

僕と先輩は見つめ合った。

「せっかくのチャンスだったのに。言っただろ? こんなもの、ほんの手始めだ。僕はもっと高いところへ行くし、君もそこへ連れていってあげるつもりだった。君は、本当にこれでいい?」

言葉を荒らげるわけでもなく、先輩は静かに僕を見つめていた。いや、その視線はまるで、僕という生き物を観察しているみたいだった。

「もっと……」

「何?」

「もっと怒られるかと思いました」

「怒ってるよ」と間先輩は笑った。「怒ってるし、がっかりもしている。でも、いいんだ。そのツケは、この先、君がずっと払っていくから」

「ツケ?」

「この先の君の人生なんてたかが知れてる。そのたかの知れた人生をこれから君は延々と歩いていく。あのとき、僕についていけばよかったんじゃないか。色んな場面で君はそう思う。君には絶対買えないような車を見たとき。家を見たとき。君には絶対手の届かないような女を連れている男を見たとき。君は必ずそう思う。誰も奇麗な人生なんて歩いちゃいない。そういうやつらは、もちろん、それなりのことをして、そういうものを手に入れてるんだよ。だけど、君にそんなチャンスはもう訪れない。大して頭がいいわけでも、要領がいいわけでもない君に、この先、いったいどんなチャンスがくる？君は今回のことをずっと後悔しながら、延々と平凡な人生を歩いていくんだ。平凡な、下の人生をね」

「先輩。僕は……」

間先輩は静かに微笑んで煙草をくわえた。

「一生後悔してくれ。それが裏切りの代償だよ」

間先輩がオイルライターで煙草に火をつけた。それと同時に張り巡らされたホースから水が出てきた。見上げると、二階のヤンくんの部屋の窓で人影が動いた。

誰だ？

僕は咄嗟にヤンくんの仲間たちを数えた。十五人。間違いなかった。

もう一人いた？

普段、煙草を吸わない間先輩が煙草に火をつけたのは、その合図だったのだろう。それはわかった。けれど、その合図を受けた人が何をしたのか、一瞬わからなかった。この状況で水を撒いて、それでいったいどうするつもりだ？　その疑問はすぐに解けた。強い匂いが鼻をついた。

「おい」

やはり匂いに気づいたのだろう。一馬先輩が声を上げた。オイルライターで煙草に火をつけた間先輩は、そのままライターを背後に放り投げた。その地点から上がった火の手は、あっという間に裏庭全体を覆っていった。

「ガソリン？　灯油か？」

亘先輩が言った。

波紋のように広がった火が僕らの足元までやってきた。火の手に目を奪われた隙に、間先輩は僕の前から身を翻していた。その行く手を遮ろうとしたトモイチに、ヤンくんが体当たりを食らわせた。ヤンくんを助けようとヤンくんの仲間たちが一斉に動いた。一馬先輩には三人ががむしゃらにむしゃぶりついていった。

「消せ」

二人に組み伏せられながら部長が怒鳴った。

「火を消すんだ。それが先だ」

「きてくれ」

携帯に怒鳴った亘先輩の肩の辺りに向かって、ヤンくんの仲間がゴルフクラブを振り下ろした。頭は避けたけれど、ゴルフクラブが肩に直撃した。再び振り上げられたクラブに、素早く屈んだ亘先輩は、葉の先に火のついた大麻を引きちぎって相手の顔に投げつけた。ひるんだ相手からゴルフクラブを奪おうと亘先輩が組みついた。外から一斉に臨時部員たちが乗り込んできた。

「火を消して。早く」

叫んだ優姫先輩を二人の臨時部員たちがかばった。裏庭は大勢の人が一斉に乗り込んできたのと、火の手から立ち上がる煙とで、パニックに陥った。誰が臨時部員で、誰がヤンくんの仲間なのかわからなかった。まだ灯油を撒き散らしているホースを見て、それを止めようと、僕は口を覆いながらアパートのほうへ走った。煙で涙がにじんだ。僕の前に人が立った。僕は目をしばたたいた。ヤンくんだった。炎と立ち込める煙の中で、ヤンくんが無言で右の拳を振り上げた。顔面めがけてきたパンチを僕はかがんでかわした。足場を固め、拳を握った。ワンツー。トモイチから習ったワンツー。試すときがきた。僕は顔を上げた。ヤンくんを見た。僕を見るヤンくんの目に赤い炎が映っていた。行くぞ。思ったけれど体が動かなかった。ヤンくんも動かなかった。僕らは黙ってお互いの目を見ていた。僕の目には何が映っていたのだろう。誰かがヤンくんに何かを叫んだ。そちらを一度振り返り、ヤンくんは僕に視線を戻した。その瞳《ひとみ》にもう炎は映らなかった。ヤンくんはくるりと背を向けて走り出した。僕は追わなかった。辺りを見回すと、臨時部員たちが足や上着で必死に火を消そうとしていた。ホースから出ていた灯油はすでに止まっていた。どこからかバケツを見つけてきて、アパートから水を汲んできている人もいた。ヤンくんの仲間たちは、みんな姿を消していた。

火が完全に消えるまでにはだいぶ時間がかかった。消えたというより、もう燃えるものがなくなったのだろう。アパートへの延焼だけはどうにか防いだけれど、裏庭はほとんどすべて火に舐められていた。

「大学に戻って、橋爪を押さえてくれ」

臨時部員の人たちを帰したあと、火傷をした手の甲に濡れたハンカチを当てながら亘先輩は言った。みんなどこかしらに軽い火傷をしていたし、怪我もしていた。服にもドロがつき、所々が焦げていた。何より染みついた灯油の匂いが不快だった。

「何か残ってないか、アパートを探ってみるよ。今後どうするかはそれから考えよう」

アパートに亘先輩とトモイチと部長が残り、僕と一馬先輩と優姫先輩は大学に向かった。

橋爪先輩はスイート・キューカンバーズの部室にいた。汚れて異臭を放つ僕らの姿を見て、橋爪先輩は何かを察したようだった。

ちょっと付き合えや。

一馬先輩がそう言うと、逆らうことなく立ち上がった。僕らの格好に眉をひそめるスイート・キューカンバーズの人たちを置いて、僕らは正義の味方研究部の部室に足を向けた。

橋爪先輩を椅子に座らせ、監視するようにその背後に一馬先輩が立った。向かいに座った優姫先輩に促され、橋爪先輩は言った。

「最初はうまく乗せられた。部のお金をちょっと回してくれれば、うまく儲けられるって。ただのねずみ講だと思ってた。だから、間に言われた通り、お金を回した。あと一年で社会に出る。それまでの間、ちょっとくらいいい思いをしたっていいじゃないかと思った。でもそのうち、要求される金額がどんどん上がってきた。上がってきたって、もう断れない。一度、部のお金に手をつけちゃってるから」

「何でそうなるのかな」と優姫先輩が言った。「まずいと思ったら、やめればよかったじゃない」

橋爪先輩が優姫先輩を見た。何かを言いかけ、言葉を飲み込んだ。橋爪先輩が何を言いたかったのか、僕には何となくわかった。部のお金に手をつけたことがバレれば、橋爪先輩は非難され、責められ、罵倒され、軽蔑されるだろう。もう来年にはサラリーマンになる。それ以降は、みんなが知っている大きな会社で一兵卒として働くことになる。

何十年間も。たぶん、橋爪先輩は、そのときに拠って立つ場所をなくしたくなかったのだ。大勢の部員をまとめていた誇らしい学生時代の自分を守りたかったのだ。けれど、そう言っても、たぶん優姫先輩には通じないだろう。橋爪先輩もそう思ったのだと思う。言いかけた言葉を飲み込み、続けた。

「そのうち、不法滞在の中国人が出てくるし、大麻を売るだなんて言われたし、それで怖くなった。怖かったけど、手を引けなかった。彼らのバックに誰かがいそうな気がしたんだ。はっきりはそう言わなかったけれど、間もそう匂わせていた。彼らは何をしたって、中国に帰ってしまえば済む。そうするための組織だってある。暗にそう言っていた。裏切ったら殺されるんじゃないかって思った。だから、君たちのあのポストに手紙を入れた」

「あれ、あんただったの?」と優姫先輩が言った。「そのあとのシャーペンも?」

橋爪先輩は頷いた。

「中途半端な野郎だな」と一馬先輩が言った。「戦うなら戦え。お前がきちんと相談してくれりゃ、もうちょっとうまいやり方だってあったんだ」

橋爪先輩は力なく目を伏せた。優姫先輩が立ち上がり、食器箪笥から誓約書を取って机の上に置いた。

「全部残らず、あとで書いてもらうからね」

橋爪先輩が頷いた。それっきり優姫先輩も一馬先輩も何も言わず、重苦しい沈黙が続いた。その沈黙に橋爪先輩は押し潰されてしまいそうに見えた。何か声をかけてあげたかったけれど、どう言っていいのか僕にはよくわからなかった。やがて、亘先輩と部長とトモイチが戻ってきた。

「何もなかったよ。あのライトとホースを除けば、大麻に関わるものは何もない。あそこに留学生たちがいた痕跡も何もなかった」

疲れ切ったように椅子に腰を下ろして、亘先輩は言った。

「事前に整理してたみたいだ」

「今、警察に届けても、アパートの裏庭でボヤ騒ぎを起こした私たちが怒られるだけ。大麻密売の証拠なんてどこにもない。そういうこと?」と優姫先輩が言った。

「そういうこと」と亘先輩は言った。

「かといって、これっきりってわけにもいかねえだろ」と一馬先輩が言った。「あの間って野郎には、きっちり落とし前をつけさせなきゃ」

「それなんだけどね」と亘先輩が言った。「間良人なんていう人間は、この大学にはいない」

「いない?」

橋爪先輩が弾かれたように顔を上げた。

「いないって、そんなはず」

「いないんだよ。さっき学生課に行って、しつこいくらいに問いただした。どこの学部にも、院にも、教職員すべてを調べても、ハザマヨシトなんていう人間はいなかった」

「偽学生か」と一馬先輩が言った。

「そうなんだろうね」と亘先輩が頷いた。

だって、僕は存在しない。

そういう意味か。たぶん、間良人という名前も偽名だろう。

「でも、何で」とトモイチが呟いた。「何でそこまでしたんすかね？　だったら、俺たちにバレた時点で逃げ出せばよかったじゃないっすか」

「俺たちを抱き込めると思ったんじゃねえか」と一馬先輩が言った。

たぶん、違う。間先輩は、たぶん、この人たちを見たかったのだ。この人たちが、どんな人で、そこでどういう風に振る舞うのかを見たかったのだ。次のシステムを作るときのために、自分の敵になる人がどういう人なのかを見たかった。そしてもう一つ。間先輩は僕を試した。僕は本当に裏切らないのか。それを試した。僕みたいなパーツはパーツとして機能しない。次のシステムを作るとき、彼は僕みたいなパーツを外してシステムを構築するだろう。

次のシステム。

僕は彼が持っていた医大の学生証を思い出した。誰もが暢気に構えている。どこかでやり直しがきくと思っている。大学は、そういう人間が集まるところ。彼は別な大学で別なシステムを構築する。あるいはもうしているのかもしれない。僕に見られた学生証の身分は、すでに放棄しているだろう。彼はいくつもの名前と身分を使い分けていて、飛鳥大学生間良人なんていうのは、その中の一つに過ぎないのだ。東洋医大生葛原正志と同じように。あの日、お父さんが死んだというのも嘘だったのだろうか？　家族五人で工場の裏のアパートに住んでいたというのも嘘だったのだろうか？　わからない。それだけは嘘ではなかったような気もするし、それも含めてすべてが嘘だったような気もする。つまるところ、それが間良人という人なのだ。

先輩たちは、橋爪先輩に質問しながら、誓約書にこれまでの経緯を詳しく書かせていった。間先輩が初めて橋爪先輩に接触したのは、去年の十一月だったという。その後、下手に出て、うまくおだてながら橋爪先輩を取り込み、部のお金を引き出した。橋爪先輩が内定を取った辺りから、徐々に力関係が変わっていった。うまくいけば転がり込む大金を飴《あめ》に、裏切ったら待っている内定の取り消しや外国人グループからの報復を鞭に、橋爪先輩をがんじがらめに縛りつけていった。あたかも自分がトップであるかのようにサークル内でねずみ講を組織させ、やがてサークルの預金口座も取り上げた。話で聞くだけでも、そのやり方は見事だった。他人事《ひとごと》のように感心していたけれど、考えてみれば、そのやり方の見事さは僕を取り込もうとしたときと同じだった。最初に僕と同じ立場に立ってみせて、それから僕に敬意を抱かせて、最後に毒を飲ませる。これを飲めば自分と同じようになれるという甘いオブラートに包んで。

「これ、警察に？」

誓約書を書き終えると、橋爪先輩が聞いた。

「届けても無駄だろう」と亘先輩が言った。「証拠もない。被害者もいない。いや、根っこまで掘り出してくれれば、あれが大麻だってことはわかるのかな。そうすれば、話くらいは聞いてくれるかもしれないけど、どうかな。そんな事件をまともに捜査してくれるとも思えないし、仮に捜査してくれたところで、間が揃えた偽の証拠で、俺たちが痛くもない腹を探られて終わりだろう」

「つまり、完敗か」

一馬先輩が呟いた。

「完敗だね」

亘先輩が頷いた。

「そうでもないだろう」

部長が言った。

「少なくともこの大学で大麻を売るなんていう馬鹿げたことはさせずに済んだ。彼にしたところで」と部長は橋爪先輩を見た。「最後の一線は踏み越えさせずに済んだ。幸運だったと思うんだな」

「俺は……」

橋爪先輩が何かを言いかけ、また言葉を飲み込んだ。

「そうだな」と一馬先輩が頷いた。「今更、お前に言い訳なんてねえ」

うなだれた橋爪先輩を立たせて、僕は部室棟の外まで送った。部室棟を出たところで、橋爪先輩は空を仰ぎ、目を細めた。

「あ、これ」

僕は部室を出るときに持ってきた封筒を差し出した。

「間先輩からもらったお金です。たぶんサークルのお金だと思います。ちょっと使っちゃいましたけど、その分はあとで返します。あと、他にもうちょっと返せると思います」

時計を質屋に持っていけば、もう少しお金を作れるはずだ。

僕の手から封筒を受け取り、橋爪先輩は笑った。

「この前の話」

「え?」

「ボーナスが出たら奢ってやるって、あれ、なしだ。当面はサークルに弁償しなきゃ」

苦く笑って橋爪先輩はまた空を見上げ、なあ、と呟いた。

「お前も間に誘われたんだろ？　いや、お前が、って言うべきか。間は最初から俺たちは使い捨てるつもりだった。でも、お前だけは違ったんだ。そうだろう？」

僕は頷いた。もし、あのとき、僕が裏切らなかったら。ほとぼりが冷めるころ、間先輩は僕に連絡をくれたのだろう。そして、どこかで次のシステムを作る手伝いをさせただろう。今回のものよりも、もっと巧妙なシステムを。その次にはもっと巧妙なシステムを。規模を増やし、関わる人を増やし、入ってくるお金を増やし、いつか違法ですらなくなったシステムを、十分な知恵と力と資金を蓄えた間先輩は、堂々と操り始める。その先に僕に何を見せてくれたのだろう。わからない。けれど、それはたぶん、僕が生涯見ることのない世界なのだろう。そこでは世界はどんな風に見えるのだろう？　そこでは人はどんな風に見えるのだろう？　そこでは今の僕はどんな風に見えるのだろう？

「教えてくれ」

空から僕に視線を下ろして、橋爪先輩は言った。

「どう思った？」

「ついていきたいと思いました」

「そうだろう」と橋爪先輩は笑った。「俺もだよ」

「わかってます」と僕は言った。

「そう思った俺たちは間違ってるのかな」と橋爪先輩は言った。

「間違ってるんですよ、たぶん」と僕は言った。

「そうだよな」と橋爪先輩は頷いた。「間違ってるんだよな」

肩を落として歩き出した橋爪先輩の後ろ姿は、やがてキャンパスの中の学生たちに紛れて消えた。


しばらくあとの話だ。僕は一度だけ間先輩と会話を交わした。知らない番号からかかってきた電話に出てみると、相手は間先輩だった。

「よう。後悔しているか？」

間先輩はそう言った。声は間先輩だったが、口調が違った。たぶん、今、電話をしている間先輩を見ても、僕は彼に気づかないだろう。服も、髪型も、雰囲気そのものも、たぶん僕の知っているものではない。彼はもう、別の誰かに姿を変えている。

「してませんよ」と僕は言った。「後悔なんてしてません」

「そりゃ残念」と間先輩は言った。「まあ、時間の問題だ。目一杯後悔してくれよな。ヤンくんに負けないくらい」

「ヤンくん？」

「後悔してたぜ。お前に賭けたことを」

「何です?」

「あいつは、お前が裏切らないってほうに賭けたんだよ。他の連中はほとんど裏切るほうに賭けたけどな。目が違うって言ってたぜ。お前の目は、俺たちの目と違う。だからあいつは裏切るって。お前が裏切らないほうに賭けたのは、俺とヤンくんだけだったよ」

ウィー、ルーズ、と言った間先輩を思い出した。そういう意味か。

あ、誤解するなよ、と間先輩は言った。

「俺がお前に賭けたのは、オッズのせいだぜ。別にお前を信用してたわけじゃない」

そうなのだろう。僕が裏切った場合のことも、間先輩はちゃんと考えていた。それでも少しくらいは、間先輩も僕を信じていたはずだ。少しくらいは信じていたから、あそこまでやった。いや、ひょっとしたら、間先輩は僕を信じたかったのかもしれない。信じたかったけれど、信じ切れなかった。あれはテストではなく、保険だったのかもしれない。そして僕は裏切った。僕は間先輩と過ごした時間を思い出した。間先輩に刺激され、間先輩から学んでいた自分を思い出した。良心ではない心のどこかがちくりと痛んだ。

「でも、ヤンくんは、本気で信じてたのかもしれないな。あいつ、すげえ怒ってたろ? まあ、ヤンくんには、それもいい勉強だ。俺も勉強になったよ。何も考えていないアホ学生の集まりだっていったって、何でもやるわけじゃないんだな。いきなり大麻ってのは、ハードルが高過ぎたかもしんねえな。もうちょっとグレーゾーンを狙ったほうがよかったか」

不意に間先輩の声が遠ざかった。

あ、これは、どうも。お呼び立てしまして。

誰かと待ち合わせだったのだろうか。電話の向こうの間先輩が誰かに言った。それっきり、電話は切れた。おそらくその番号を辿っても無駄なのだろう。そんなものはすぐに放棄されてしまうはずだ。身分や名前すら、そしてたぶん本当の自分すら、いつでも簡単に放棄できてしまう人なのだから。

梅雨《つゆ》が始まった。僕とトモイチは、傘を差して正門に向かって歩いていた。授業が終わり、僕らは二人とも、これからバイトに行くところだった。降り続く雨にトモイチは舌打ちした。

「いい加減、やまねえかな。雨の日って運転しにくい上に、注文、多いんだよな」

バイト先で先輩と喧嘩になったらしい。トモイチは最近になって、ガソリンスタンドのバイトを辞め、ピザの配達のバイトを始めていた。

電車が着いたのかもしれない。傘を差しながら正門から校舎へ向かう大勢の学生とすれ違った。

「そっちは？」

「僕は駅でボーッと立ってるだけだから」

人の波に逆らうように歩きながら僕は言った。

「楽でいいよな」

「うん。あれで日給六千円は割がいい」と僕は言った。

割がいい？

誰かが笑った気がした。

それが将来の君にとって、何かの役に立つ？

「どうした？」

雨の中、不意に足を止めた僕にトモイチが聞いた。

何だかね、と僕は言った。

「間先輩とすれ違った気がして」

「間？」

トモイチはびくりとして、僕の背後に視線を飛ばした。僕らの脇をすり抜けて、遠ざかっていくいくつもの傘があった。

「どれだ？」

「ああ、違うよ。そうじゃなくて」

僕は言い、それからどう言っていいのかがわからなくて首を振った。

「何だよ。言ってみろよ」

「時々、感じるんだ。気配みたいなもので、でも、それは間先輩が発している気配じゃなくて、何て言うんだろう。ただそこにある気配なんだ」

トモイチは眉根を寄せた。

「何だって？」

「ああ、何て言うのかな。いなくなった間先輩が溶けた感じ。間先輩は、この世界に溶けていなくなったって、そういう感じ。間先輩はもうどこにもいないんだけど、間先輩の気配だけはどこにでもある。そういう感じなんだ」

おかしいよね、と僕は笑った。

「あの野郎の毒に当てられたんだろ。亮太、ずっと一緒だったもんな。なあ、大丈夫か？」

「ああ、うん。大丈夫。大丈夫は、全然、大丈夫」

ならいいけど、とトモイチは言った。

「何か、亮太、変わっただろ？」

「そう？」

「ずいぶん変わったぞ。何だか、違う人みたいだ」

「そんなことないよ」

「亮太、ひょっとして」とトモイチは言った。「後悔してるのか？」

「え？」

「あいつについていかなかったことを。あいつが言ったみたいに、後悔してるのか？」

「まさか」と僕は言った。「後悔なんてしてないよ」

「それじゃ、亮太、お前、ひょっとして」とトモイチは僕の顔をじっと見て言った。

「もう、同志じゃないのか？」

「え？」

「蒲原とやったのか？」

「やってないよ」と僕は慌てて言った。「全然、まだ同志だよ」

水族館へ行って以来、蒲原さんとはまともに会話を交わしていなかった。トモイチは表情を緩めた。

「ならいい」

8

降っているのは雨ではなく本だった。もちろん雲からではなく、図書館の窓から。何冊もの本がばさばさと芝生に落ちてきた。

「あれはもう、大胆ていうより無神経？」

本が放り出される窓を木の陰から見上げて、優姫先輩はため息をついた。その途端にもう一冊、おまけ、というように本が放り出され、それからぴしゃりと窓が閉まった。

「三階か。男子便所の窓だな」と一馬先輩が言った。「一応、行ってくるわ。便所でのんびり糞《くそ》でもしててくれりゃめっけもんだ」

一馬先輩は言い残して木の陰から離れると、大きな体をすぼめながら、図書館の建物を回り込むように歩いていった。僕と優姫先輩は木の陰に控えたまま、誰かがやってくるのを待った。

蔵書の紛失が目につくようになった。春先にもたらされた届けに基づいて調べてみると、この二ヶ月あまりの間に蔵書が異常なペースでなくなっていることがわかった。図書館の本にはチップが埋め込まれていて、正規の貸し出し手続きを経ていない本を持ち出そうとすれば、入り口のセンサーが反応してブザーが鳴る。いったいどうやって持ち出しているのかと首をひねったのだが、わかってみればどうということはない。持ち出された本は、入り口など通過せずに図書館の外に出ていたのだ。

放り出した本人が図書館から出てきて回収するのでは時間がかかりすぎる。二人以上の犯行。先輩たちはそう読んだ。読み通りだった。一馬先輩が姿を消して程なく、一人の学生が辺りを警戒しながらやってきた。僕らには気づかなかったようだ。芝生に膝をつくと、散乱していた本をまとめ、泥を払い始めた。

僕と優姫先輩は木の陰から出た。

「はい。現行犯」

優姫先輩の声に彼がびくりとして顔を上げた。チノパンに水玉模様のシャツ。黒縁の眼鏡にはかなり分厚いレンズが入っている。一見して、真面目そうな学生に見えた。けれど、人が見た目通りでないことは、僕も間先輩から散々教わった。

近づいてくる僕らに、彼は慌てて駆け出した。その手から本が一冊こぼれた。落ちた本に目を遣り、それを諦めてまた駆け出そうとした彼は、正面から出てきたトモイチの姿に足を止め、やがてがっくりと肩を落とした。

「ディケンズか」

落ちた本を拾い上げて、優姫先輩は言った。

「文学部？」

自分を取り囲んだ僕ら三人を見比べるように眺めてから、彼は首を振った。

「経済です」

「名前は？」

彼は視線を落としたまま答えなかった。

「まあ、いいや。調べればわかるし」

優姫先輩は言って、トモイチの肩に手を置いた。

「紹介しておくね。彼、トモイチくん。高校時代にボクシングでインターハイ三連覇。逃げられると思わないように」

「あの」

彼が顔を上げた。

「警察に？」

「行きたけりゃ連れて行くけど？」

彼は一度首を振り、それから何度も首を振った。

「困ります。それ、すごく困ります」

泣き出しそうな声だった。

「だったらこんなことしてんじゃねえよ」

トモイチが呆れたように言った。

やがて一馬先輩が戻ってきた。

「やっぱいねえや。逃げられたあとだった」

「大丈夫よ。彼がちゃんと共犯者のことまで詳しく話してくれるから。ね？」

部室に連れて行く間中、彼はずっと、困ります、本当に困るんです、と言い続けていた。

部室には、亘先輩と部長もいた。椅子に座らされても彼は、困ります、本当に困るんです、と呟き続けていた。

「誰？」と亘先輩が聞いた。

「うん、自己紹介の通り」と優姫先輩は言った。「うちの図書館の困ったちゃん」

「ああ、あの蔵書紛失の？」

「そう。張り込み三日目にして、現行犯逮捕」

「一人？」

「もう一人いたはずだけど逃げられた」と一馬先輩が言った。「まずはお前の名前。それから共犯者の名前」

ほれ、と一馬先輩が後ろから小突いた。

「困ります。本当に困ります」

「こっちも困るんだよ、そればっかじゃ」

後ろからひょいと彼の顔を覗き込んだ一馬先輩が、気まずそうな顔になって、がりがりと髪を掻いた。彼はしくしくと泣き出していた。

「泣いて済むってもんでもないでしょ？　わかるわよね？　子供じゃないんだから」

彼の答えは変わらなかった。

「困ります。本当に困るんです」

「あのね、君」

言いかけた優姫先輩は、僕に向き直った。

「亮太くん。手」

「は？」

「手、出して」

僕が出した手のひらに、優姫先輩はパチンと手を合わせた。引っ込める間もなく、今度は一馬先輩に思いっきりバチンとはたかれた。

「交代。私、こういう男、駄目。もう背中がかゆくてかゆくて」

「俺も駄目だ。もう殴るしかねえってなったら言ってくれ」

「あの、え？　僕ですか？」

トモイチに目線で助けを求めたが、大きく両手でバッテンを作られた。

「やってみなよ」

亘先輩に言われ、僕は仕方なく彼の前に腰を下ろした。

「あの、本、盗んだんですよね？」と僕は言った。「ええと、これまでに何冊くらい？」

困ります。本当に困るんです。

「あの、読みたいなら借りればよかったわけで、それを盗んだってことは、どこかに売っちゃったとか、そういうことですか？」

困ります。本当に困るんです。

「あの、でも、もうどうせ捕まっちゃったわけですし。名前と、仲間の名前と、あとはもうしませんって誓約書を書けばそれでいいですから」

「お前、そんな言い草あるか」と一馬先輩が言った。

「あ、すみません」と僕は言った。

困ります。本当に困るんです。

亘先輩に助けを求めたが、にっこり笑って励まされただけだった。あんまり弱気でも舐められるのかもしれないと思い、僕はちょっと強気に言ってみた。

「何も喋ってくれないなら、警察に行きますよ」

彼がびくりとして顔を上げた。

やった、効いた、と思ったのだが、彼の答えは一緒だった。

「困ります。本当に困るんです」

「経済って言ったわね」と優姫先輩が言った。「もう面倒だから、経済学部のやつ、片っ端から連れてくるわ。百人も連れてくれば、一人くらい知ってるやつがいるでしょ」

優姫先輩が部室を出ていった。

「あの、本当にやりますよ」と僕は言った。「あの人、そういう人です。やるって言ったら、やります。喋っちゃいませんか？　自分の名前と仲間の名前」

困ります。本当に困るんです。

今までと同じ言葉だったが、少しトーンが変わった。今までは当てもなく呟かれていた言葉に、初めて訴えるような調子が滲《にじ》んだ。

「困るって」と僕は言って、思いついた。「やられたんですか？」

彼の視線が僕を捉《とら》えた。その次の瞬間、彼の視線が微妙にずれていた。外すわけではなく、ただ僕の視線の中心から縁へと逃げるように。

ああ、と僕は思った。

あのころ、僕はこういう目で人を見ていたのだろう。つらい状況をわかって欲しい。けれど、弱い自分は知られたくない。助けを求めてすがっているような、それでいて構って欲しくないと逸らしているような、こんな目で。

「そうなんですね？　こんなことしたくなかったのに、無理矢理やらされたんですね？　そんな人、かばうことないですよ。本を投げた人の名前、教えてください。大丈夫です。仕返しなんて、させませんから」

　頭の中心が火照った。

「そんなこと、僕らが絶対にさせませんから」

「そうなのか？」

　一馬先輩が彼の肩に手を置いた。

「だったら、俺たちが守ってやる。ほら、そいつの名前、教えろよ」

　部室のドアが開いた。

「それは、こいつかしら？」

　優姫先輩が、一人の男子学生の背中を押しながら入ってきた。えんじ色の長袖のＴシャツを着ていた。神経質に何度も瞬きを繰り返していた。

「そこで様子をうかがってた。何か怪しいから連れてきたけど、こいつが主犯？」

　黒縁眼鏡の学生とやってきた男子学生とがお互いを見やった。他人じゃないのは明らかだった。

「てめえか、こら」

一馬先輩がその学生の頭をはたいた。

「違いますよ」と僕は思わず言っていた。

みんなの視線が向けられた。

「違わねえだろ」

一馬先輩は言って、その学生の腕を持ち上げた。

「このシャツの袖。窓からちらっと見えたぞ。同じ色だ」

「投げたのはその人かもしれませんけど、でも、違います」

二人の学生はもじもじとお互いを見やっていた。賭けたっていい。畠田は絶対にこんな風に僕を見なかった。僕は絶対にこんな風に畠田を見なかった。

「二人ともやらされたんですよね?」

えんじ色のTシャツの学生が、咎めるように黒縁眼鏡の学生を見た。

「違います」と僕は言った。「この人は何も喋ってません。あなたの名前も、やらされたってことも。ただ、わかったんです」

「放っておいてください」

Tシャツの彼が言った。

「本は弁償します。だから」

「駄目だな」

一馬先輩の声に、僕の声がかぶさった。

「駄目ですよ」

叫んだ僕に、またみんなの視線が集まった。

「そうやって、全部なかったことにして、それで、どうするんです？　何かが変わるんですか？　また今度は、違う何かをさせられますよ。もっとひどいことをさせられますよ。いったい、いつまで我慢するつもりですか？　それじゃ駄目なんです。戦わなきゃ。戦わなきゃいつまで経っても同じです」

「おお」

トモイチと一馬先輩が手を叩いた。

「いいこと言った」とトモイチが言った。

「いいこと言ったな」と一馬先輩が言った。

お前なんかに……

呟きに目をやった。

「お前なんかに何がわかるよ」

黒縁眼鏡の学生が僕を睨み上げていた。僕は言葉を失った。熱を持っていた頭の中心が急速に冷めていった。

「何で、そこだけ男らしいんだよ」と一馬先輩が彼の頭をはたいた。「さっきまで乙女チックに泣いてただろが。ほら、お前らにやらせたやつの名前、言え」

新しくやってきたTシャツの学生も黒縁眼鏡の学生の隣に座らされた。もう抵抗する気はないようだった。優姫先輩がトーンを変えて質問すると、彼らは素直にことの成り行きを話し始めた。やらせていたのは同じクラスの学生たちだという。ぼそぼそと言葉を譲り合いながら喋る二人に背を向けて、僕は一人、部室を出た。廊下の壁に手をついて、大きく深呼吸した。

「大丈夫かい?」

声に顔を上げると、部室から出てきた部長が心配そうに僕を見ていた。

「ああ、はい。大丈夫です。何か、ちょっと」と僕は言って、もう一度深呼吸した。

「ちょっと疲れました」

部長はにこりと微笑んだ。

「よくやったよ。かっこよかった」

「そうですか?」

「ああ」と部長は頷いた。「あとは彼らに任せていいよ」

「はい。それじゃ、そうさせてもらいます」

家に戻ると、母さんの自転車が玄関の脇にあった。もうパートに出かけているはずの時間だった。

「母さんは？」

家に入り、リビングにいた麻奈に聞いた。

「パート」

「自転車があったけど？」

「ああ、パンクしたみたい」

戻って確認してみると、確かに後ろのタイヤがパンクしていた。少し迷ってから、僕は自転車を押して駅前に向かった。

丸岡《まるおか》自転車は、商店街の隅っこで古ぼけた看板を掲げている。僕の姿を認めた自転車屋の二代目は、ちょっと複雑な笑顔を見せた。

「りょう……」

亮太。そう言いかけたのだと思う。けれど、彼はすぐに視線を自転車に逸らし、言い直した。

「いらっしゃい。どうしました？」

「あ、パンク。直してもらえるかな？」

「いいですよ。ちょっと見せてください」

つなぎの作業着を着た淳《じゅん》が自転車にかがみ込んだ。

丸岡淳。高校一年の夏まで僕の友達だった。畠田のいじめが始まると、淳は僕と距離を取った。裏切られた。そう思った。高校一年の秋に淳は学校を辞めた。畠田たちの矛先が、淳にも向き始めたころだった。ずるいな。そう思った。それ以来、僕たちは言葉を交わしていなかった。町で偶然見かけることがあっても、お互いに無視した。

「すっかり自転車屋だね」

手慣れた様子でタイヤのパンクを修理する淳に、僕は言った。淳は僕を見上げ、ちょっとだけ笑った。

「だいぶ、慣れた」

「うん」

「亮太は」

そう言ってから、淳はちらっと僕を見た。

「何?」

「あ、うん。亮太は大学行ったって? 飛鳥大って聞いたけど」

「ああ。うん」

「すごいね」

「すごくないよ」と僕は笑った。「通称スカ大だから」

「すごいよ。うちの高校から現役で飛鳥大なんて、すごい」

淳はちょっとムキになったように言った。そういうところが高校時代から変わってないように思えて、少しおかしかった。

「畠田もいるよ」

淳は驚いたように顔を上げた。

「大丈夫。もう何もされてないから」

「そう」

「うん」

それっきり会話もなく、僕は淳の作業を眺めていた。手早くパンクを直した淳は、ギアに油を差し、フレームを磨いてくれた。

「いくら?」

「いいよ、お金なんて。これくらいのことで」

「ありがと」

僕が自転車にまたがると、淳が呼び止めた。

「ねえ、亮太」

振り返ると、淳は少し困ったように指で鼻先を掻いた。汚れがついて、鼻の頭が黒くなった。

「怒ってるよね」

「うん?」

「あのころのこと」

鼻先に落とした視線を淳の目に戻した。

「怒ってないよ」と僕は言った。「怒ってない」

「本当に?」

「うん」

チリン。

指が無意識にベルを鳴らしていた。

「亮太。一度だけ、僕を殴ってくれないか?」

「え?」と聞き返し、僕は笑い出してしまった。「いいよ。よしてよ」

淳は一度首を振り、それから何度も首を振った。

「一度だけ。お腹を」

淳が何を言いたいのか、ようやくわかった。一度だけ、畠田たちに命じられ、淳が僕のお腹を殴ったことがあった。

「殴ったことは怒ってない」と僕は言った。「でも、黙って学校を辞めたのは、ちょっと傷ついた」

「ごめん」と淳は言った。「言わなくてもわかってくれると思ったんだ。亮太なら、きっとわかってくれるって」

淳がまた鼻の先を指で掻いた。汚れが広がった。

「僕は亮太を殴りたくなかったし、殴られるのも嫌だった」

だから淳は僕から離れた。助けてはくれなかった。けれど、畠田たちの仲間に入ることもしなかった。学校を辞めることになっても、それだけはしなかった。

「言い訳だよね、こんなの。ごめん」

僕は首を振った。

たぶん僕は、淳のその優しさを知っていた。知っていたけど、僕はそれを認めたくなかった。それが優しさだとは認められなかった。きっとそういうことだったのだろう。

「忘れてよ」と僕は言った。「本当に怒ってないから」

「ああ、うん」

頷いた淳に頷き返し、僕は自転車にまたがった。

それをなかったことにしたところで、僕と淳が友達に戻れることはないだろう。友達のふりはできても、きっと本当の友達には戻れない。

自転車をこぎながら、少しだけ僕は泣いた。

その夜はうまく寝つけなかった。

お前なんかに何がわかるよ。

目を閉じると、黒縁眼鏡の彼の言葉が耳によみがえった。聞いたときは何も思わなかった。いや、違う。聞いたとき、僕はその言葉を無視しようとしたのだ。よくある八つ当たりか、自己弁護の言葉だと、頭の中から消そうとしていた。でもその言葉は、僕のどこかに深く刺さっていた。抜こうとしても抜けなかった。

間違っていない、と僕は思った。あのとき、僕が言った言葉は一つも間違っていない。間違っていないのに、なぜだろう？　どうしてこんなにもやもやした気持ちになるのだろう？

僕は頭から布団をかぶった。

「戦わなきゃ」と僕は言った。「戦わなきゃ、いつまでもいじめられっ子のままじゃないか。それでいいの？　訳もなくいじめられて、死にたいくらいの暗い気分を抱えて、そうやって一生生きていく気？　そんなの、生きてるうちに入るの？」

「いいこと言った」とトモイチが言った。

「いいこと言ったな」と一馬先輩が言った。

亘先輩も、優姫先輩も、部長も、うんうん、と頷いていた。

「君ならわかってくれると思ったのに」と彼が言った。

「わかってるよ」と僕は言った。「よくわかってる。だから言ってるんじゃないか」

「それってだから」と彼は気弱そうな笑みを浮かべて言った。「わかってないんだよ」

「いつまでそうやって逃げる気だよ。なあ、亮太」

目を開けた。

それが夢であることを理解するまでにしばらくかかった。僕は枕元《まくらもと》に手を伸ばし、目覚まし時計を見た。まだ朝の四時すぎだった。眠りの中に戻る気にもなれず、僕はしばらくベッドの中でもぞもぞしていた。

「なあ、亮太」

一人、そう呟いてみた。数ヶ月前の自分と話してみたかった。彼は今の僕を喜んでくれるだろうか？　彼はどんな目で僕を見るだろう？

結局、いつもの時間までベッドの中で過ごし、いつもの時間に家を出て、大学へ向かった。

トモイチはいなかったが、部室には四人の先輩たちがいた。言うべきことは決まっていた。トモイチにはあとで話せばいいだろうと思い、僕は四人の先輩にそのことを喋った。そんなに大げさな反応があるとは思っていなかった。だから、僕は少し慌てた。

「いや、辞めるっていっても、別に大学まで辞めるわけじゃないですし、あの、たまには部室に顔も出しますし」

「そういう問題じゃねえ」と一馬先輩は不機嫌に言って、黙り込んだ。

「別に辞めなくてもいいじゃない。活動を少し控えるとか、それくらいで、ね？」と優姫先輩が言った。

「それでも、別にいいんですけど」

僕は少し考えた。

お前なんかに何がわかるよ。

黒縁眼鏡の彼の言葉が浮かんだ。

亮太なら、きっとわかってくれるって。

淳の言葉も浮かんだ。

「いや、やっぱり辞めます」と僕は言った。

僕は楽をしてしまったのだ。部の力を借りて、先輩たちの力を借りて、自分らしくもない言葉を、自分らしくもなく言ってのけて、それで気持ちよくなっていた。楽をしたその途中で、僕はきっとどこかに何かを置いてきてしまったのだ。

「辞めるのか」と亘先輩がため息をついた。「どうしても？」

「はい」と僕は頷いた。

「しょうがねえじゃねえか」と一馬先輩が言った。「辞めるってやつを無理に引き留めるわけにもいかねえ」

「それはそうだけど」

「ただ、亮太」と一馬先輩が言った。「辞めるなら辞めるで筋を通してもらう」

「筋、ですか？」と僕は言った。

「一度はこの部の趣旨に賛成したお前が辞めるってことは、それはこの部を否定するってことだ」

「あ、いや、そんなつもりは」

「そんなつもりがあろうとなかろうと、同じことだよ」と一馬先輩は言った。「要するに、俺らにはもう付き合いきれねえってことだろうが」

そこまで言うつもりはなかったけれど、辞められる側にしてみればそれはそういうことになるのかもしれない。

「すみません」と僕は言った。

「だから、辞めるなら、俺らと勝負していけ」

「はい？」と僕は聞き返した。「勝負ですか？」

「俺たちが正しいのか、俺たちを否定するお前が正しいのか、きっちり勝負をつけていけ。言っとくけど手加減しねえからな」

「そんな無茶な」

僕は言った。助けを求めて亘先輩を見た。

「そういう決まりなんだよ」と亘先輩がため息とともに言った。「一度、固めの杯を交わしたものが部を出ていくときには、部員の一人一人と一対一で勝負するんだ」

「だって、え？ 僕がトモイチや一馬先輩と勝負するんですか？ 勝てるわけないじゃないですか」

「勝ち負けの問題ではない」と部長が言った。「部には部の考え方がある。それに賛同できないと言うからには、君には君の考え方があるんだろう。ただ黙って辞めていかれたのでは、君の考え方は部には伝わらない。ただ言葉で説明するだけでは、それがどれくらい本気なのか部には伝わらない。だから、それを伝えていって欲しい。君は何を考え、それがどれくらい本気なのか。それを残していって欲しい。君は僕らを全力で否定する。僕らは僕らを否定する君を全力で否定する。勝負がどうなろうが、君の退部は認める。ただし、勝負なしで退部することは認めない。君が退部したあと、我々は君が残したものについて考え、取り入れられるものがあるなら取り入れて、よりよい部を作っていく。固めの杯を交わした以上、君にもそれくらいする義務はあるんじゃないのかな」

「だって、優姫先輩は殴れないです」と僕は言った。「あの、トモイチから習って、少しボクシングできるようになったんです。ボクシングなんてレベルじゃないですけど、それでも優姫先輩は」

「何も殴り合いだけが勝負じゃない」と部長は言った。「勝負のやり方はその場の二人が決めればいい」

「俺には期待するなよ」と一馬先輩が言った。「男の勝負っていや、そんなもん、殴り合いに決まってる」

何かを言いかけ、一馬先輩の真剣な視線に遭い、僕はあうあうと口ごもった。

「少し考えたほうがいい」と亘先輩が言った。「それでもどうしても辞めるとなったら、電話してくれ。勝負する時間と場所を決めよう」


その夜、トモイチから電話がかかってきた。トモイチに断りもなく部を辞めると決めたことを一通りなじったあと、トモイチはため息をついた。

「何か、えれえことになってるな」

「ああ、うん。こんなことになるとは思わなかった」

「俺と勝負するのか？」とトモイチは言った。

「トモイチも一緒に辞めない？」と僕は言った。

「ずりいな」とトモイチは笑った。「俺を引き込むつもりか？」

「別にそうじゃないけど」と僕は言った。「少なくともトモイチとは勝負をしないで済む」

「俺は辞めないよ」とトモイチは言った。「部を辞めちゃったら、俺はただの乱暴者だよ。喧嘩っ早くて、喧嘩が強いだけの、どうしようもないやつだよ」

「そんなことないよ」と僕は言った。

「そんなことあるんだよ」とトモイチは言った。

トモイチが何かを言いたそうだった。僕は言葉を待った。

「高校時代によ、卒業する間際。何であんなことになったんだろうな。何か、高校時代の総決算て感じだったのかな。うちの高校と近所の別の高校で決着をつけようって話になったらしいんだよ。で、俺は当然、助《すけ》っ人《と》として呼ばれるわけだ」

「行ったの？」

「みんな友達だからな」とトモイチは言った。「頼まれりゃ、断れねえよ。だから、行った。武器はなし。両方、二十人ずつってんで数を揃えて、近所のグラウンドによ、ずらっと集まった。俺らも、その高校の連中も。ヨーイ、スタート、で乱闘開始さ。もう蹴るは殴るはで滅茶苦茶さ。俺も滅茶苦茶やった。何人も、何人も殴りつけた。立てなくなるまでボコボコにしてやった」

「だって、乱闘でしょ？　お互い、それを承知でやったんでしょ？」

「そうじゃなくてよ」

　トモイチはそっと言った。

「気持ちよかったんだよ」

「え？」

「試合のときにはちっとも感じなかった充実感とか達成感とかがさ、こうグワッと感じられたんだよ。不良だっていったって、殴り合いで俺にかなうわけないさ。あっちを殴り、こっちを殴りって、こう一方的にやりながらよ、それまで感じたことがないくらい気持ちよかったんだよ、俺は。友達のためなんて理由は、最初の一発だけさ。あとは気持ちよかったから殴ってたんだ」

　なあ、とトモイチは力なく笑った。

「俺、変態かな？」

「そんなことないよ」

　僕は言った。いつかのワンツーを思い出した。そのとき頭を真っ白に染めたあの感覚は、確かに、あれは快感と呼べるものだった。

「僕もトモイチみたいに強かったら、たぶん同じように感じたと思う」

　それが本気かどうか考えるような間を置いたあと、トモイチは話を続けた。

「喧嘩が終わって、友達には感謝されたよ。でも、俺は自分が嫌になった。吐き気がするくらい嫌になった。このままいけばいつか人を殺すんじゃないかってそう思った。だから、うちの部みたいな場所があって、本当にホッとしたんだ。ここにいれば、俺は間違ったことをしないで済む。俺が間違って力を使おうとすれば、先輩たちが止めてくれる。だから、亮太。亮太が本当にうちの部を否定するっていうのなら、俺は本気で亮太と勝負するぜ。他の先輩たちは知らないけど、たぶん、一馬先輩もな。本気で勝負してくると思う」

「ねえ、トモイチ」

「だから辞めるなって言ってるんじゃないぜ。亮太が辞めるって言うなら、それは仕方がないと思う。でも、そうなったときに俺を恨むな。もしそうなったら、俺はやるしかないから」

「ああ、うん」

「それじゃな」

トモイチは電話を切った。僕は携帯を放り出して、ベッドに横になった。そこまでして辞めなくてもいいだろうと思った。トモイチや一馬先輩が本気で勝負してきたら、僕はきっと五秒も持たずにのされてしまう。第一、そんなの、馬鹿馬鹿しくてやってられない。勝てるわけのない勝負だ。そんなもの、勝負ですらない。

体を起こし、テレビでも見ようかと僕は部屋を出た。風呂をセットし、いつの間にか見ることが習慣になってしまった十一時のニュースを見ていると、父さんが帰ってきた。

「あ、風呂、沸いてるよ」と僕は言った。

ああ、と言って、父さんは食卓の椅子に座った。僕らはしばらく黙ってテレビを眺めていた。ニュース番組がCMに入ったところで、突然父さんが言った。

「父さんが会社辞めたら困るか?」

「困るよ」と僕は驚いて言った。

「そうだよな、困るよな」と父さんは言った。

一家の主が会社辞めたら、そりゃ困るよな。

「何?　何で?」

「首だよ」と父さんは言った。

「え?　父さん、何かしたの?」

「俺じゃないよ。俺じゃなくて、工場のラインの人たちだよ。みんな首なんだよ」

「だって、そんなこと」と僕は言った。「そんなの、簡単にできるわけないじゃないか。だって、組合とかあるだろう?　そんな、簡単に首なんて」

「できるんだよ」と父さんは言った。「あの人たち、組合員でもないから。社員じゃないんだよ。正社員じゃない。だけど、それが何だって言うんだよ。会社が儲けているのは、あの人たちがデジカメとかを作ってるからじゃないか。それで儲かって、社長だって運転手つきの車に乗ってるんじゃないか。それなのに、首だなんて、俺、言えないよ。

不景気なときなら、まだいいよ。不景気でどうしようもなくて、誰かが辞めなきゃいけないから、どうか辞めてくれませんかってそれならまだいいよ。でも、あの人たちが必死に働いて、安い給料でも歯を食いしばって、それで不景気を何とか乗り切ってきたんじゃないか。不景気が終わったら、給料上げるくらいが筋だろう？　それを首だなんて、何だよそれ。言えねえよ。俺、言えねえよ」

僕は最近読んだ新聞記事を思い出した。実際の仕事は正社員と変わらないのに、身分は請負契約者となっている人たちがいる。正社員じゃなければ、社員より低い給与水準でもいい。社会保険費用も負担しなくて済む。違法な雇用形態である疑いが強く、いくつかの企業が行政指導されたという。新聞には、世界に名を知られた大企業の子会社もずいぶんと名前を連ねていた。技術流出を恐れて海外に工場を出せない企業が、そういう形で国内で人を使い、人件費とリスクとを抑えているという。つまるところそれは、国際競争力の問題だと。

僕がそう言うと、父さんは声を上げた。

「国際競争力ぅ？」

「知らないよ、そんなもん」と父さんは言った。「そんなのクソくらえだよ。学生アルバイトを首にしようってんじゃないぞ。みんな、一家の主だぞ。あの人たちが働いて、必死に汗水たらして働いて、女房と子供を食わせてるんだぞ。会社なら守れよ。あの人たちだけは守らなきゃいけないんだよ。会社潰してでも守れよ。辞めるなら社長から順に辞めていけよ。運転手辞めさせろよ。車を売れよ。受付嬢なんていらねえよ。あんなでっけえ本社ビルなんていらねえよ。それが何だよ。何であの人たちが首なんだよ」

問題になり、行政指導を受ける前に首にしてしまえということだろうか。

「俺、言えねえよ。絶対、言えねえよ」

父さんは泣きじゃくりながらそう言った。

父さんが、この春、主任になったことを思い出した。それを言わせるために、会社は父さんに主任という肩書きを与えたのではないかとすら疑った。そうであってもおかしくはない。そんな気がした。花見の場所取りと同じだ。そういう役は必ず父さんに回ってくる。慰めようとしても、言葉が浮かばなかった。それはたぶん、未来の僕の姿でもある。

テレビでは奇麗な女の人が天気予報を伝えていた。梅雨前線はまだ停滞しているが、関東地方は明日一杯は雨は降らないだろうと微笑んでいた。

「決めた」

父さんが急にしゃきっとして言った。

「俺、言わない」

「え？」

「俺、言いたくないもん。だから言わない」

「何の解決にもならないよ」と僕は言った。「父さんが言わなくたって、会社はもうそう決めたんだろ？　だったら誰かが言うよ。何も変わらないよ」

「言いたいやつが言えばいい。俺は言いたくないから言わない」

「そんな子供みたいなことを」と僕は言った。「だって、そんなことしたら、父さんが怒られるだろう？　首にはならないかもしれないけど、でも、給料とか下げられるかもしれないし、もっときつい部署にやられるかもしれないし、転勤とかさせられるかもしれないし、そうじゃなくたって、陰口とか言われるよ、きっと」

「陰口なんていつも言われてる。あいつは能無しだっていつも言われてる。だから気にしない」

「いや、そんな、威張られても」

「給料が下がったら、俺、ビールやめる。飲まない。昼飯だって抜きでいい。きつい部署にやらされたって頑張る。転勤させられたら、すまん。父さん、一人で行くから」

「だから、そうじゃなくて、そんなことをしたって、何にもならないってことだよ」

「そうとも限らない。時間を稼ぐ」

「え？」

「俺が言わなきゃ、誰かが言うんだろう。でも、その誰かが言うまでの時間は稼げる。

新聞、読んだろう？　非難してたよな？　大企業がそんなことをしていいのかって、そういう感じだったよな？　みんながそう言い出せば、会社だって考え直す。社員が言うことは気にしなくても、世間の言うことは気にする。だから、時間を稼げば、何かが変わるかもしれない」

時間を稼ぐといったところで、半日か一日。どんなにのんびりしている会社でも、せいぜい一週間だろう。その間に状況が変わる可能性は低い。おそろしく低い。可能性と呼べないまでに低い。それでも僕はもう何も言わなかった。父さんは父さんにできることをしようとしている。それは会社から見れば、ほんのささやかな抵抗かもしれない。抵抗だとすら思わないかもしれない。そんなことは父さんだって百も承知だろう。それでも父さんは、減給も、異動も、転勤も、陰口も、そのすべてを覚悟して、そうしようとしている。だったら、僕にはもう何も言うことはない。

「風呂に入る」

断固として言うと、父さんは椅子から立ち上がった。

あ、いや、一つだけあった。

「父さん」

風呂場に向かいかけていた父さんが振り返った。

「頑張って」

「お、おう」

父さんは不器用に親指を立てて、にやりと笑った。

僕はテレビを消して、自分の部屋に戻った。ベッドの上に放ってあった携帯を手にした。

「すみません、遅くに」

「どうしたの?」と亘先輩が言った。

「時間と場所、決めてください」

ため息が聞こえた。

「どうしても? どうしても辞めなきゃ駄目?」

「何か違うんです」と僕は言った。「それが何かはわからないんですけど、でも、何か違うんです。何か違うって思いながら続けていきたくないんです」

「わかったよ」と亘先輩が言った。「明日、また連絡する」


奇麗なお姉さんが言っていた通り、空には鉛色の雲が広がっていたが、雨は落ちてこなかった。指定されたのは、図書館の裏だった。決められた時間に行くと、すでに部の全員が集まっていた。みんな硬い表情をしていた。トモイチは、一瞬合った視線をすぐに外した。

「本気でやるのか？」と一馬先輩が聞いた。

「やります」と僕は頷いた。

「本気なんだな」と一馬先輩が聞いた。

「本気です」と僕は頷いた。

けっと言って、一馬先輩は視線を逸らした。

「最初は俺でいいかな」と亘先輩が言った。

僕は頷いた。

「じゃ、みんな外してくれ」

亘先輩を残して、みんなが図書館の裏から出ていった。建物の角を曲がったところで待機するつもりらしかった。

みんなの姿が建物の陰に消えると、僕の硬い表情を解きほぐそうとするように亘先輩が笑いかけてきた。

「それで、何が違うかわかった？」

「わからないです」と僕は言った。「ただ何かが違うって感じるだけで」

「それは、スイート・キューカンバーズの件の話？　あのとき、亮太には嫌な思いをさせてしまった。それは本当に悪いと思ってる。いくら相手が悪いやつだからといっても、裏切るとなればいい気持ちはしなかっただろう。でも、だからって部を辞めるなんて言わないでくれ」

違う、と僕は思った。そうじゃない。そうじゃなくて、僕は……。僕は必死に考えた。何が違うんだろうと。

「僕は」と僕は言った。「悪いと思えなかったんです」

「何?」

「間先輩のことも、ヤンくんのことも、橋爪先輩のことも、悪い人だとは思えなかったんです。今でもそう思ってないんです」

「あいつらは、悪くない? だって、学生たちに大麻を売りつけようとしてたんだよ。金のために。それでも悪くない? それが悪くないなんて言い出したら、もう世の中は何でもありになっちゃうよ」

そうじゃない。そういうことではなくて……。

「あの人たちが悪いことをしようとしていたのはそれはそうなんですけど、それでも、悪い人には思えないんです。みんな必死でした。間先輩も、ヤンくんたちも。みんな必死に、今の自分から抜け出そうとしてました。それが悪いことだとは思えないんです。橋爪さんのこともそうです。間先輩の誘いに乗った橋爪さんの気持ち、わかっちゃうんです。僕だってそうしたかもしれないなって思っちゃうんです」

「罪を憎んで、人を憎まず。そういうこと?」と亘先輩は言った。

そういうことなのかもしれない。けれど、それも何か違うようにも思えた。僕らはしばらく言葉もなく立ち尽くしていた。

「うちの親父が弁護士だって話はしたかな」

やがて亘先輩が言った。僕は頷いた。

「兄貴も弁護士を目指してる。司法試験にも受かってね。今、修習中なんだ。俺もそれを期待されていた。でも、俺はそんな気になれなくってね」

亘先輩は言った。

「どんな問題であれ、法廷に出てくるようなケースは、氷山の一角だよ。海の下には、その何倍もの被害者がいる。泣いている人たちがいる。その中には法では裁けないものもある。いっぱいある。法はルールであって、正義ではない。それはわかるんだ。でも、それじゃ、正義はどうなるんだって思ってしまう。ルールさえ守っていればそれでいいのか。ルールさえ踏み外さなければ、力のあるものが力のないものを押さえつけても、踏みつけても許されるのかってそう思ってしまうんだ。この世界の中にある、色んなモヤモヤをモヤモヤのままにしてしまっていいのかってそう思うんだ。俺はそんな世界に住みたくはない。ましてやルールを踏み外したものは許しておけない。亮太の言っていることはわかるよ。俺も、彼らを憎んだのかと言われれば、憎んではいない。でも放っておくことなんてできない。放っておけば、彼らはもっとひどいことをしていたはずだ。

ろう？

そうだろう？」

それはそうだ。それはそうなんだけれど、でも、何だろう？　いったい何が違うんだ

一生懸命考えて、僕はやっとわかった。それは、きっと主語の問題なのだ。

「あのとき」と僕は言った。

「え？」

「あのとき、間先輩が大麻を扱っているってわかったとき、何で、その時点で警察に届けなかったんですか？　もし無事に解決できていたら、彼らをどうするつもりだったんです？　どうせ警察に届けたんじゃないんですか？　だったら、どうして最初からそうしなかったんです？」

「あのときには、確証がなかった。それに、あいつの仲間が何人いるかもわからなかった。だから、きちんと確かめて、仲間の全員の身柄を確保したその上で警察に引き渡そうと思ったんだ。亮太だってそれは承知していたはずだろう？」

それはそうだ。それはそうなんだけれど……。

「それだけですか？」

「どういう意味？」

「正義の味方だから」と僕は言った。「正義の味方だから、悪者はやっつけなきゃいけ

なかった。警察に任せる前に、自分たちの手でやっつけなきゃならなかった。そういう気持ちは、まったくなかったですか？　あの件だけじゃないです。大学の中で起こる色んなトラブルを、先輩たちの手で解決すれば、大事にならないです。加害者にとっても、被害者にとっても、そのほうがいい場合が多いっていうのはわかります。でも、その中に、それをやっている自分をかっこいいって思う気持ち、全然ないですか？　正義の味方である自分に酔っている気持ちって、まったくないですか？」

「それは」と言って、亘先輩は考え、「少しはあるかもしれないね」と笑った。

でも、と笑みを収めて、亘先輩は言った。

「でもそれは間違ったことなのかな？」

「間違ってないのかもしれません」と僕は言った。「でも、いつかどこかで間違える気がします。だから、僕は辞めます」

「それが正しいことなのか？」と亘先輩は言った。「俺たちは間違えることがあるかもしれない。十回に一回。二十回に一回。間違えるかもしれない。それでも、そのうちの九回は、あるいは十九回は、正しいことをしたんだ。気をつけていれば、その回数はもっと増やせる。間違いはもっと減らせる。そのわずかな間違いを恐れて、正義から目を背けるのは、いけないと思う。俺の考え方は、おかしいかな？」

おかしくはないのかもしれない。ただ一度、間違えることを恐れて、九回の、十九回の、もっと多くの正義を実行しない僕はただの弱虫なのかもしれない。いや、僕はただの弱虫なのだ。でも、それでもよかった。僕はただの弱虫でいい。お前なんかに何がわかるよ。そう言われる強者になるくらいなら、亮太なら、きっとわかってくれるって。そう言ってもらえる弱虫のままでいたかった。

「おかしくないです。きっと」と僕は言った。「でも、それは間違える人の言い分です。間違えられる人の言い分じゃないです。間違えられる人にしてみれば、亘先輩がその前に何十回、何百回正しいことをしていたって関係ないです。そして僕は間違えられるほうの人間なんです。弱虫だし、貧乏だし、頭だって悪いし、要領だって悪いし、かっこよくもないし。だから」

僕は言った。

「だから、僕はあなたの側には立てません」

「俺の側も君の側もないよ。いつも損ばかりさせられている、自分みたいなそういう人たちを助けようと、君は思わない？」

「それは、そう思います。僕にそんなことができるのなら、そうしてあげたいと思います。でも、そのために誰かを取り返しがつかないくらい傷つけてしまう可能性があるのなら、僕にはやっぱりできません」

そう、と亘先輩は呟いた。

「でも、それ、辛《つら》いと思うよ」

「わかってます」と僕は頷いた。

「わかってないよ」と亘先輩は言った。「こんな世界の中で、弱虫で、貧乏で、頭も要領もかっこも悪くて、いつも人に利用されて、踏み台にされながら、それでも、それを肯定し続けなきゃいけないんだ。誰も助けてくれない。そもそもそれは間違ってすらいない。仕方のないことなんだ。そう認めながら生きていくなんて、俺には到底できない」

「僕はできます」と僕は言った。

「わかってないよ」と亘先輩は言った。「君は全然わかってない」

「そうですね。わかってないのかもしれません」と僕は言った。「でも、僕、いじめられっ子ですから。生粋の、筋金入りのいじめられっ子ですから」

僕は微笑んで、亘先輩に敬礼した。

「いじめられっ子のプライドにかけて、頑張ります」

亘先輩はしばらく無表情に僕を眺め、それからゆっくりと笑みを浮かべた。

変なプライドだ。

亘先輩は苦笑とともに呟いた。

「好きにすればいい」

亘先輩は僕に背を向けて行ってしまった。

次に優姫先輩がやってきた。

「行くわよ」

優姫先輩はいきなりファイティングポーズを取った。冗談だと思ったのだが、優姫先輩は笑っていなかった。

「いや、そんな」と言った僕に構わず、優姫先輩は右手を振り回してきた。僕は頭を下げてそのパンチを避けた。次に飛んできたつま先は脇にかわした。

「女だと思って馬鹿にしてるでしょ?」と優姫先輩は言った。

「いや、馬鹿にはしてないです」と僕は必死に言った。「でも、ほら、部長も言ってたじゃないですか。殴り合いだけが勝負じゃないって。亘先輩とも別に殴り合ってませんし、だから、そういうのじゃなくて、違う勝負にしましょう」

「じゃんけんでもするって言うの?」

「そうじゃなくて、話し合うとか」

迷うように目を伏せた優姫先輩は、そのまま右のパンチを飛ばしてきた。咄嗟に避けられず、僕はその手を顔の前で受け止めた。パシンという音を立てて、僕の手の中に華奢な右手が収まった。

「ああ、頭にくる」

僕が手を離すと、優姫先輩はその場に座り、僕もそうしろと言うように隣の芝生をポンポンと叩いた。また何かが飛んでこないか気をつけながら、僕は優姫先輩が叩いた場所より少しだけ離れたところに腰を下ろした。

「私は男に生まれたかった」

優姫先輩は横目で僕をちらりと見て、ぶすっと言った。

「君が羨《うらや》ましい」

「ああ、いや、でもただ男だからって、別にいいことないです」と僕は言った。「僕は優姫先輩みたいに奇麗でスタイルのいい女の人に生まれていたら、きっともっと楽しくやれただろうと思います」

「奇麗で、スタイルがいい？」

「はい」

「そう思う？」

「最初に見たときからそう思ってました」

「やっぱり君もか」と優姫先輩はため息をついた。

「は？」

「そうよ。奇麗よ。スタイルいいわよ。魅惑の瞳に、優美な鼻筋よ。おっぱいボヨンで、腰なんてキュッよ。だから何よ。それが私なの？　私っていうのは、この顔と、この体のことなの?」

「ああ、ええと、そういう意味じゃ」

「そういう意味なのよ。男っていうのは、いっつもそういう目でしか女を見てないのよ」

「そんな極端な」

「極端じゃないわよ。私はこの二十一年間、ずっとそれで差別されてきたのよ。男はみんな、まずは私の顔を見て、次に体を眺め回して、最後には揃ってデレッとするのよ」

「ああ、いや、そういうこと、あんまり大きな声で言わないほうがいいです」と僕は言った。「大概の女の人を敵に回します」

「言うわよ。大声で言うわよ。冗談じゃないわよ。そういう目でしか女を見てない男って生き物が、自分に都合のいい社会を作ってるのよ。セクハラっていうのは、だいたいパワハラなのよ。体力的にも社会的にも逆らえない女を弄《もてあそ》んで男は喜んでるのよ。女にしてみれば二重の屈辱よ。そんなの、許せる?」

「それは、はい。許せないです」

「そうよ。だから私は戦うのよ。文句ある?」

「ないです。まったくないです」

「だったら、手を貸しなさい」

「え？」

「君は、男でしょ？」

「はあ、それは、まあ」

「だったら、責任がある。男っていうのは、男っていうだけで責任があるのよ。それが嫌なら、この社会のきっちり半分を女に渡しなさいよ。何で企業のトップの半分は女じゃないのよ。何で内閣やら国会議員やらの半分は女じゃないのよ。人間の半分は女なのよ。おかしいでしょ？」

「はあ、そう言われれば確かに」と僕は言った。「おかしい気がします」

「気がするんじゃなくて、明らかに、絶対的に、おかしいのよ。さあ、答えて。正しいのは、戦おうとしている私？　それとも戦おうとしない君？」

僕は考えた。一生懸命考えた。

「僕に何かが手伝えるのなら、そのときは言ってください。手伝います」

「じゃあ、部に戻って。辞めるなんて言わないで」

「部には戻れません」と僕は言った。「蓮見亮太は西城優姫の味方です。僕は僕個人として、優姫先輩の味方です」

「君個人に何ができるの？　何もできないでしょう？　君は、うちの部員の一人であって、初めて何かができるのよ。私が頼りにできるのよ。君個人に味方になってもらったところで、私は嬉しくもなんともない」

「それでも、僕は優姫先輩の味方です。頼りにならないかもしれないけど」

「ならないかもしれないんじゃなくて、きっぱり、ならないの」と優姫先輩は言った。

「どうして部に戻れないの？　こんなことしたあとで、気まずいから？　そんなの、とやかく言う人はいないよ」

「わかってます」と僕は言った。「でも、僕はまず僕でなくちゃ駄目なんです。僕はまだ僕ですらないから」

「何？」

「いや、何なのか、僕もよくわかってないんです。ただ、そんな気がするんです。このまま先輩たちについていっても、いいのかもしれないんですけど、でも、何か違うんです。先輩たちのやり方が間違っているとは思わないんです。それはそれでいいとも思うんです。でも、それはたぶん僕のやり方じゃないんです。そういうことなんじゃないかなって思うんです」

僕らはしばらく黙ってそこに座っていた。きちんと説明したかったけれど、僕にもそれ以上、何をどう言っていいのかわからなかった。優姫先輩は毛づくろいをする猿みたいに、芝生をぶちぶちとむしっていた。

「私たちから離れて、君は君のやり方を見つける。そう理解すればいいの？」

やがて優姫先輩が言った。

「はい」

「じゃ、こうやっている私は、君の目にはどう映る?」

「かっこいいです。優姫先輩はいつだってかっこよかったです」

「それでも、君は部を辞めるのね」

「僕は違うかっこよさを目指します。あ、いや、そうじゃなくて、たぶん、かっこよくない何かを目指します。かっこいいのって、僕にはきっと似合わないから」

「そう」

優姫先輩は頷き、立ち上がった。

「じゃんけん」

言われて、僕は咄嗟に手を出した。

「ぽい」

僕はパーを出した。優姫先輩もパーだった。

「この勝負、ひとまず預かる」

優姫先輩はそう言い捨てると、座ったままの僕を置いて行ってしまった。

次にやってきたのは、トモイチだった。僕は立ち上がった。

「ああ、話はいい」

僕に何も言わせず、トモイチは手のひらを僕に向けた。

「亘先輩も優姫先輩も説得しちまったんだろ？　だったら、もう話すことはない。構えろ」

トモイチはファイティングポーズを取った。

「嫌だよ」と僕は言った。

「嫌ってことあるか。他にどうしようもねえ。言っただろ？　亮太がこの部を否定するなら、俺は全力で亮太と戦う」

「そんなの嫌だよ」と僕は言った。「友達だから」

僕を見るトモイチの瞳が揺れた。

「トモイチは、僕のたった一人の友達だから。だから喧嘩なんてしたくない」

トモイチが迷ったのは、ほんのわずかな間だった。

「喧嘩じゃねえよ。勝負だ」

ぎゅっと一度目をつぶり、次に開いたときにはトモイチの目つきが変わっていた。

「行くぞ」

トモイチの姿が一瞬で大きくなった。ぐんと近づいてきたトモイチがその場に顔だけを残し、左の拳が視界に広がった。僕は顔を傾けた。避けきれず、トモイチのジャブが頬をかすった。痛みより先に熱さを感じた。その次の瞬間には、トモイチの右のボディーが僕のわき腹を捕らえていた。僕は膝をついた。

「どうしたよ」

トモイチの声が頭の上から聞こえた。

「散々、教えたろ？　なってねえぞ」

僕は喘いだ。喘ぎながら咳き込もうとして、咳が出てこなかった。口に溜まった唾を吐き出し、ようやく一つ呼吸ができた。わき腹に受けた衝撃は、そこで初めて痛みになった。そうなると、もう、それしか感じられなかった。僕の体のすべての感覚が、わき腹の痛みに集まっていた。トレーニングのときとは次元が違った。スピードも、パンチ力も。最初に部室で僕を試したときのパンチと比べたって、全然違った。全力だ、とあのときトモイチは言ったけれど、嘘だったのだろうか。

「立てよ。テンカウントにはまだ早えだろ」

トモイチが言った。

何でもいい。とにかく立たなきゃ、と僕は思った。とにかく僕は立たなきゃいけない。これから先だって、こんなことはきっと何度もある。だから、とにかく僕は立たなきゃいけない。さあ、立て。立って、顔を上げろ。

僕はそうした。

トモイチが無言で飛び込んできた。ジャブとフックをかわし、その次に這い上がってきたアッパーは両手でブロックした。力を逸らし切れず、右足がよろけた。飛び込みざまにトモイチがフックを放った。僕は尻餅《しりもち》をついて、そのパンチを避けた。そうやってしか避けようがなかった。

「今のはスリップってことにしといてやるよ」

トモイチが言った。

「立て」

立ち上がるとすぐにトモイチが飛び込んできた。僕の胸に頭をぶつけるようにして、みぞおちをえぐってきた。どちらの拳だったのかわからなかった。僕はお腹を抱えて、その場に崩れた。吐こうと思ったけれど、何も出なかった。息すら出なかった。酸素を求めて喘いだけれど、息を吸うこともできなかった。肺に残った空気をかき集めるようにして、僕は何とか息を吐いた。何度か深呼吸をして息を整えた。殴られたみぞおちも痛かったけれど、殴られていない頭のこめかみもちりちりと痛んだ。深呼吸を繰り返し、最後に息を吸い込みながら立ち上がった。途端に視界にトモイチの右手が現れた。慌てて下げた顔にトモイチの左の拳が当たっていた。首が千切れるような衝撃だった。ぐりんと回った首のあとを追うように体がよじれ、僕は半回転して地面に倒れた。もう痛みも何も感じなかった。自分が倒れているという感覚すらなかった。僕はただいて、ただいる僕のお腹の下にただ地面がある。それだけだった。地球が球形でも平坦《へいたん》でも今の僕には関係なかった。

「スリーノックダウンだ」

ずっと遠くにトモイチの声が聞こえた。ただ遠くに聞こえた。方向はわからなかった。世界がグルグルと回っていた。

「お前の負けだ」

あのときだって全力だった。僕を試すための全力だった。今の全力は正義を守るための全力だ。全力の意味が違う。正義ってこんなに強いものか、と僕は思った。僕は地面に這いつくばったまま、トモイチが去っていく気配だけを感じていた。何か声をかけたかった。言いたいことはいっぱいあるように思えた。けれど、何の言葉も浮かばなかった。

あーあ。

僕の頭に浮かんだのは、ただため息だった。

「あーあ」

僕は口に出して言ってみた。泣きそうになった。

また一人になっちゃった。

僕はそのまま地面に寝そべっていた。もう立ち上がりたくなかった。ここに溶けるみたいにして、このまま眠ってしまいたかった。けれど、僕の体は僕を眠らせてくれなかった。最初に戻ってきた感覚は匂いだった。吸った空気の中に湿っぽい芝生の匂いがした。

「おい」という声が聞こえた。「まだ生きてるか?」

一馬先輩だった。

「立てるか?」

一馬先輩が言った。

両手と両足を使って、体を引き上げた。四つんばいの姿勢から、どうにか上半身だけを起こした。

「ああ、立てちまうのか」

一馬先輩は言った。

トモイチの野郎、ちゃんとやれよな。

一馬先輩は呟いた。

「しょうがねえ。やるぞ」

一馬先輩が構えた。

しょうがねえ。やるぞ、と僕は思った。

もう体なんてろくに動かないけど、一馬先輩はトモイチと同じくらい強いだろうけど、トモイチより強いかもしれないけど、でも、しょうがねえ。やるぞ。避けられるだけ避け続けてやる。痛がれるだけ痛がり続けてやる。

僕は構えた。視線の先に一馬先輩がいた。僕が見たことのない硬い顔だった。一切の表情がなかった。遠い。そう思った。トモイチのときより、一馬先輩が遠くに感じられる。

集中しろ。

僕は思った。

トモイチよりかなり大きい一馬先輩なら、間合いが遠くて当たり前だ。最初はやっぱりジャブか？　ステップしてきて、ジャブ。次は右の何だろう？　顔面はかわすとしても、ボディーも、たぶん、腹筋だけじゃ受けきれない。体重を考えれば、トモイチよりも強いパンチがくるはずだ。ちゃんと腕でガードしないと。でも、今は取り敢えず、左に注意だ。さあ、こい。

僕は左の拳に気をつけながら、一馬先輩と向き合った。ステップはなかった。同じ距離のまま、すっと視界の隅で何かが動いた。薙《な》ぐような、払うような動きだった。次の瞬間には、僕は自分の左足を抱えて、仰向《あおむ》けに倒れていた。そのときには、なぜ倒れたのかもわからなかったし、なぜ自分が足を抱えているのかもわからなかった。左足の痛みに気づいたのは、倒れたあとだった。一馬先輩の右足に蹴られたのだと気づいたのは、それよりさらにあとだった。

「誰がボクシングだって言ったよ」と一馬先輩が言った。「人間には手もあれば、足だってあるんだぜ」

キックボクシングか。

それまで感じたことのない痛さだった。叫び声さえ出なかった。足がこんなに痛くなれるとは知らなかった。衝撃がじんわりと痛みに変わっていくのではない。痛みをそのままそこにぶつけられたような痛さだった。僕は足を抱えたまま無言でごろごろと転がった。息をつめて痛みを堪えていた僕の視界に人影が差した。僕は目を上げた。

「まだ立てるか?」

つめていた息を抜いて、僕は何とか答えた。

「立てます」

僕はまだ立てる。手をつき、右の足に力を込めて、僕は立ち上がった。左の足に体重が乗った途端、想像していなかったほどの痛みが襲ってきて、バランスを崩した。前のめりになった僕の頭の上を、一馬先輩の右足がしゅっと走った。バランスを崩さなければ、僕の顔があった場所だった。あんなものをまともに食らったら、首から上が吹き飛ぶんじゃないかと思った。

足を戻して、一馬先輩は僕を見下ろした。

「嘘つくなよ」と一馬先輩は言った。「立てねえじゃねえか」

僕がそう言うことを望んでいるみたいだった。そうなんです。もう立てないんです。ごめんなさい。僕の負けですから。そう言えばこれ以上一馬先輩は何もしないのだろう。そう思った。そう言っちゃおうかと思った。でも言えなかった。今が勝負だった。今ここでそう言ってしまえば、僕は僕じゃないまま、この先ずっと生きていかなきゃいけなくなる。いじめられっ子のときと同じだ。僕はもう、薄皮一枚挟んだその向こう側に、世界を押しやりたくはなかった。自分でも馬鹿だなと思った。僕は左足に体重をかけないように気をつけながら立ち上がった。

「それで何かできるのか？」

バランス悪く立つ僕に、一馬先輩が言った。

「避けられるかもしれません」と僕は言った。「避けられなくても、痛がれます」

「それが何になる？」

「何にもならないですよ」と僕は言った。「でも、これ、勝負でしょう？　いつまで避け続けられるのか、いつまで痛がり続けられるのか、それが僕の勝負です」

ふっと一馬先輩は笑ったのだろうか。その表情を確認する暇はなかった。一馬先輩の顔が消えた。それが後ろに回ったのだと気づいたときには、一回転した一馬先輩の左足が僕のお腹に伸びていた。咄嗟にガードしようとしたけれど間に合わなかった。腕の下をかいくぐって、一馬先輩の左足が僕のお腹に当たっていた。途端に僕は自分の膝を見ていた。そういうばねを仕掛けられた人形みたいに、がくんと体が折れ曲がった。折れ曲がった体ごと後ろに弾き飛ばされた。僕はお腹を抱えたまま、また芝生を転がった。もう痛くもなかった。ちゃんと痛がらなきゃ。感覚を取り戻そうと、荒い呼吸を繰り返した。近づいてきた一馬先輩の靴が見えた。僕はお腹を抱えたまま、上半身だけを起こした。ありったけの力を集めて、膝立ちで立ち上がった。そこで痛みが戻ってきた。また地面に手をついた。その手を引き剝がすことはできたが、もう完全に立つことはできそうになかった。

「まだ立てるのか?」

一馬先輩は言った。

「まだ立てます」

膝立ちのまま、僕は言った。

「相談があるんだけどよ」と一馬先輩は言った。「もう立てねえってことにしとかねえか?」

「お願いがあるんですけど」と僕は言った。「これで、もう立ったってことにしといてもらえませんか?」

一馬先輩が僕を見下ろした。僕は一馬先輩を見上げた。今度ははっきりと、一馬先輩が笑った。

「いいだろう。そういうことにしといてやるよ」

「ありがとうございます」

最後の足は見えなかった。左から衝撃がきたのだから、一馬先輩の右足だったのだろう。倒れていく自分をスローモーションのようにはっきりと自覚しながら、僕はそう思った。近づいてくる地面は見えた。けれど地面に叩きつけられたその衝撃は感じなかった。

どれくらいそうしていたのだろう。気づくと僕は目を開けて、ぼんやりと地面を眺めていた。芝生の匂いを吸い込みながら、何度か息をしてみた。最初は浅く、徐々に深く。三度目の深呼吸で初めて冷たさに思い当たり、首筋に手を伸ばした。濡れたハンカチがあった。

「大丈夫?」

部長が心配そうに僕の顔を覗き込んだ。

「大丈夫です」

何とか返事はできた。けれど体を起こすことはできなかった。僕はそのまま仰向けに寝転がった。僕の手から濡れたハンカチを取り、部長がおでこに載せてくれた。

「まさかこんなことになるとは思ってなかったよ」と部長は言った。「室井くんか西城くんが説得してくれるものだとばかり思っていた。桐生くんや大黒くんもね。まさかここまでやるとは……」
「二人は悪くないです」と僕は言った。「真剣に勝負してくれただけです」
「それはそうだろうけど」と部長は言って、優しく微笑んだ。「僕は君を見くびってい
たよ。最後までやるとは思わなかった。現実にね、今までこの勝負を最後までやった部
員は一人もいないんだ。何度か勝負になった人はいたけれど、みんな途中で退部を撤回
した。君も途中で撤回するものだとばかり思ってたよ」
その口調は本気で僕の退部を残念がってくれているようだった。
「すみません」と僕は言った。
「僕はまだ諦めてないよ」
部長は微笑んで、僕の顔の横に足を抱えるようにして座った。
「あなたの側には立てない。室井くんにそう言ったって？」
部長が言った。僕は頷いた。
「わかるよ」と部長は優しく言った。「僕も彼の側には立てない。室井くんは顔もいい
し、背だって高いし、親だって金持ちだし、何より彼は僕らとは違う。いじめられっ子
じゃない」
僕は部長を見た。部長は微笑んだ。
「僕もね、いじめられっ子だった。たぶん、君よりも上じゃないかな。小学校から高校

まで、ずっといじめられ続けた。ねえ、君は犬の糞《ふん》を食べたことがある？」

「え？」

「あれはひどいよ。本当にひどい。人間の尊厳てやつをね、根こそぎ奪い取る。その先、どんなにひどい目に遭ってもね、仕方ないと思っちゃうんだ。そのときの味が口の中に広がってくる。あんな目に遭った僕なんだから、こんな目に遭うのも仕方ないかって、そう思っちゃうんだ」

　僕は体を起こした。気遣うように手を添えて、僕が体を起こすのを手伝ってくれると、部長は続けた。

「大学に入って、僕は死ぬ気で自分を変えた。いじめられ続けて一生を終えるくらいなら、死んだほうがマシだと思った。そうしてみると、いつの間にか僕には仲間ができていた。いや、仲間だと思ったけれど、彼らは仲間じゃなかった」

「え？」と僕は聞いた。

「室井くんはね、いや、他の人たちもそうだけれど、彼らの言う正義は、ただの言葉なんだよ。ただの理念だって言ってもいい。もちろん、それは悪いことじゃない。そんな言葉や理念すら持っていない人は大勢いるからね。悪いことじゃないけれど、弱い。彼らの正義はね、僕の目から見れば薄いんだ。悪に対する彼らの憎しみは、怒りは、どうしようもなく薄っぺらい。仕方ないんだよ。彼らは実際に自分の身に降りかかってきた悪を知らないんだから。けれど僕は違う。君も違う。悪がどういうものかを知っている。その理不尽さを知っている。その手ごわさも知っている。だから、僕は君に初めて会ったとき、この部を引き継ぐのは君だと思った。やっとこの部の将来を渡せる部員が入ってきたと喜んだ」

それに来年には、僕も卒業できそうだ……。

あのとき部長の頭にあったのは、僕だったのか。

「考え直してくれないかな。この部には、絶対に君が必要なんだ」

僕が、必要?

「君は、この先、彼らを手足として使って、この大学の正義を守っていく。今まで僕がそうしてきたようにね。これから先は、僕の時代より、もっとひどくなるだろう。とんでもない悪がはびこるかもしれない。それに深い憎しみをもって、怒りをもって戦えるのは、君しかいないんだ。それはときに白い目で見られることもあるだろう。ドンキホーテだと嘲笑《ちょうしょう》されることもあるだろう。それでも君は戦い抜ける。君なら戦い抜けるんだ。考え直してくれ。この部だけじゃない。この大学にとっても、いや、もっと広く、この社会にとっても、君の答えは大事なことなんだ。頼む」

部長は芝生に両手をついた。

そうまでしてくれることが、ただ嬉しかった。わかりました。そう言いたかった。僕がそう言いさえすれば、すべてが元に戻るのだ。僕はまた、トモイチや先輩たちと一緒に楽しく大学生を続けることができるのだ。それでも僕は言えなかった。

「無理です。僕にはできません」

顔を上げた部長は僕を見て、深くため息をつくと、やがてゆっくりと立ち上がった。

「残念だよ」

「すみません」

立ち去りかけ、部長は僕を振り返った。

「最後に理由を聞いてもいいかな。どうして？」

「僕は正義の味方じゃないんです」

「それは、正義はないということ？」

どこか悲しそうな視線で、部長は僕を見ていた。

「この世界に、正義なんてものはない？　君は、そう思う？」

「正義」

僕は部長から視線を逸らし、考えた。

「それはきっと語っちゃいけないんです」と芝生を見ながら僕は言った。「いや、他の人ならいいのかもしれません。でも、たぶん部長は駄目です。部長が正義を語り出したらいけないんです。僕はそう思います」

だってそれは……。

そう続けようとした僕を誰かの言葉が遮った。

「君マデ、僕ヲ、馬鹿ニスルノカ」

芝生に影が差した。知らない人がきたのかと思った。けれど、違った。そう言ったのは部長だった。僕が聞いたことのないような声でそう言った部長は、僕が見たこともない目で僕を睨んでいた。

だってそれは、あなたが語り出したら、止《と》め処《ど》がなくなるから。僕らが語り出したら、押し込めてきた憎しみが、悔しさが、痛みが、すべてそこに向かって溢れ出してしまうから。

そう言おうと思った。けれどそう言う前に、部長の靴の裏が僕の顔面を蹴り飛ばしていた。

もう痛みなんて感じない。そう思っていたのに、蹴られた頬はやっぱり痛かった。口の中に血の味が広がった。唾と一緒にそれを吐き出す前に、また部長の靴の裏が僕の顔を蹴っていた。もう一度、もう一度……。

「君も正義を否定するのか？　正義は、僕がやっていることは、馬鹿げたことか？　嘘だ。そう言って、やめさせたいだけだ。そうだろう？　やめさせて、自分がズルをしたいんだ。悪いことをしたいんだ。そうだよな。自分だってやられてきたんだ。だから今度は自分がやる側になってもいい。そう思ってるんだ。君はそういう人間だ。僕らから離れて、いったい何をする気だ？」

やめてください。ちゃんと話を聞いてください。

それすら言えなかった。彼は何度も僕の顔面を蹴り続けた。僕は腕で頭をかばい、丸くなった。僕の腰に、背中に、部長の足が何度も振り下ろされた。

彼はやめない。彼が抱えているのは正義だから。だから、決してやめることはない。僕は彼の正義と戦えない。僕が抱えているのは正義じゃないから。僕はどうすればいい？　僕は必死に探した。彼の正義と戦えるものを自分の中に必死に探した。けれど、僕の中にあるのは、恐怖だけだった。僕は彼が怖かった。

丸めた背中を強く蹴り上げられ、僕は頭を抱えたままごろごろと転がった。目を開けた。視線の先に、積み上げられた机や椅子があった。机の脚だったのだろうか。折れた木材があった。折れて尖ったその切っ先を見た。

正義に打ち勝てるのは、恐怖しかないのだろうか。正義を振りかざしてくる相手が怖くて怖くて、どうしようもなくなって反撃する、その自暴自棄ながむしゃらさしかないのだろうか。

見てろよ、と僕は思った。きっといつか、僕はそれを見つけてやる。きっといつか……。

でも、今はただ痛かった。これ以上、痛くなりたくなかった。これ以上痛くするかもしれない彼が怖かった。

部長がもう一度僕の背中を蹴りつけた。ぎゃっと叫んだ声は自分の声じゃないみたいだった。勢いで体がずれた。もう手を伸ばせば、その木材に手が届く距離だった。無意識に手が伸びていた。僕の右手が木材をつかんだ。

それでも反撃なんてしてやらないぞ。

僕は渾身《こんしん》の力を振り絞って、その木材から右手を引き剝がした。

ここで僕が反撃したら、あなたの正義が正しいことになってしまうから。そんなことだけは、絶対にしないんだ。今の僕にできることはそれだけしかないけど。それだけしかないから。だから、そんなことは絶対にしてやらないんだ。

痛みは堪えた。それ以上の痛みの恐怖だって堪えた。けれど、そのせいで出てくる涙は堪えられなかった。涙が流れた。ぎゅっと歯を食いしばりながら、僕は泣いていた。

「そうやって一生、泣いて暮らせばいい」

僕の前に回り込み、部長が言った。

「そうさ。君みたいな人間は、いつかどこかできっと泣きを見るんだ。それでも、僕はもう君を助けてはあげないよ。正義を蔑《さげす》む君に、正義に救われる資格などない」

大きく振り上げた足が、僕の顔面めがけて飛んできた。それが最後の記憶だった。

目を開けたとき、僕はきっと死んだのだと思った。そして僕が知らない間に畠田も死んだのだと思った。僕らはこれから揃って閻魔《えんま》様か何かの前に行くのだろうと思った。それ以外に、畠田が僕の前にいる理由が思いつかなかった。

「あ、起きた」と畠田が言った。

「うん？」

別な声がして、寝ている僕の前に声の主がぬっと顔を突き出した。禿《は》げ上がった頭の真ん中をもじゃもじゃの白髪が丸く飾っていた。低い背のおかげで床にまでつきそうな白衣を着ていた。彼も閻魔様の前に引き出されるのだろうか。どうして？　原子力で動く少年ロボットを作った罪で？

「痛む？」と彼は聞いた。

起こそうとすると、体のすべての部分が悲鳴を上げて、そんなことはするなと訴えた。

「ああ、うん、痛むよね」

いいから寝てなさい、と彼は言った。

「あの、ここ、どこです？」

「飛鳥大学メディカルセンター。要するに医務室ね。私はそこの医者。君はうちの学生？　名前、言える？」

「蓮見亮太です」と僕は言った。

ハスミ、リョータ、と声に出して、医者がカルテに書きつけた。

「あの」

僕は畠田を見た。畠田は僕の視線を避けた。察して、医者が言った。

「彼が君を連れてきたんだ。知り合いじゃないの？」

「あ、知り合いですけど」と僕は言った。

「それで、その怪我、どうしたの？」

医者は僕が何かを言う前に言い足した。

「つまずいて転んだとか、そういうのはなしね。それ、どうやっても転んだ怪我じゃないから。話によっては警察に届けなきゃいけない」

医者は僕を見た。

「誰にやられたの？」

迷ったのは一瞬だった。

「こいつです」

痛む右手を上げて、僕は畠田を指差した。畠田が僕を見た。

「え？」と医者が僕らを見比べて言った。「だって、彼が連れてきてくれたんだよ」

「こいつです」と僕は言った。「こいつのせいです。全部、全部、こいつのせいです。

こいつのせいでこの大学にきて、こいつのせいでおかしなことになって、おかしな部に入って、友達もできて、その友達もみんないなくなって、だから、こいつです。全部こいつが悪いんです」

医者が困ったように畠田を見た。畠田が頷いた。

「そうですよ」

「そうですよって、君」

「俺がやったってこいつが言うんなら、俺がやったんでしょう」

「そう警察に届けてもいいんだね？　ことによっては傷害事件になるよ」

「いいですよ」と畠田は言った。「しょうがないです」

「君も、それでいいんだね？」

医者が僕に言った。僕は上げていた手を下ろした。

「嘘です」と僕は言った。「転びました」

「ありえないよ」と医者は言った。

「でも、転んだんです。それだけです」

医者はじっと僕を見て、それから諦めたように頷いた。

「じゃあ、そういうことにしておこう。ただ、もし何か心配事があるのなら、またきてくれ。ここにはカウンセラーもいる。大学と話し合って、問題を解決することもできる。

いいね？」

僕は頷いた。

「それじゃ、俺はこれで」

畠田が椅子から立ち上がった。

「畠田」

僕は呼び止めた。ドアに手をかけた畠田が振り返った。

僕は畠田を見た。言いたくなかった。死んでも言いたくなかった。こいつのせいで眠れなかったいくつもの夜を思い出した。こいつのせいでトイレで吐いたいくつもの朝を思い出した。こいつがいなくなるよう何度も願った。こいつを殺そうかと本気で思った。それでも今の僕はそのときの僕とは違っていた。そして今の僕はそれを言わなければ、ここからどこにも行けなかった。僕はぎゅっと歯を食いしばり、きつく目を閉じた。その目を開け、何とか言葉を搾り出した。

「ありがとう」

畠田は驚いたように僕を見た。

「ねえ、畠田。僕らはもっと、たぶんもっと」

僕は深く息を吸い込み、その息と一緒に吐き出した。

「ピースフルにやっていける」

畠田はしばらく僕を眺め、それからいやいやをする子供のように首を振り、結局、何も言わず、逃げるように部屋を出ていった。

ひどい熱が出た。熱が引いても、痛みは体中に残った。動けるようになるまで、丸三日かかった。四日目、僕は腱《けん》を痛めた左手を吊《つ》ったまま授業に顔を出した。トモイチがいた。驚いたことに、トモイチも僕と同じくらい顔に怪我をして、右手の指をギプスで固定していた。僕と目が合うと、トモイチは不機嫌に視線を外した。僕はトモイチから離れた席に座った。

「どっちが勝ったの?」

神谷くんがきてトモイチのほうをちらりと見たあと、僕に囁いた。

「桐生くんとやり合ったんだろ?」

違うよ、と僕は言ったが、どうやらクラスではそういうことになっているらしい。僕ら二人を、クラスのみんなが遠慮するように見比べていた。蒲原さんとマスミさんも心配そうに僕らを見ていた。視線が合った蒲原さんに曖昧に笑い返し、僕は右手だけを使ってカバンから教科書とノートを取り出した。猫背の教授が入ってきて、退屈そうに英語の授業を始めた。

授業が終わると、僕はさっさと教室を出た。手すりにつかまりながら慎重に階段を降り、校舎を出ようとすると、雨が降っていた。家を出るときには降っていなかったので、傘は持ってきていなかった。仕方ない。駅まで走るか。たぶん、ものすごく痛むだろう足のことを考えて躊躇《ちゅうちょ》していると、不意にお尻を蹴られた。振り返ると、トモイチがいた。

「痛いよ」と僕は言った。

「手が空いてねえんだよ」

右手には指にギプスがあったし、左手にはカバンを持っていた。

「だからって蹴ることない」と僕は言った。

「蹴ってねえだろ。つついただけだ」

僕とトモイチは睨み合った。トモイチがすっと視線を外し、空を見上げた。

降ってきやがったか。

僕も空を見上げ、聞いた。

「どうしたのさ、それ」

「一馬先輩だよ。やり合った」

「どうして?」

「あいつが俺のダチをボコボコにしやがったからだ」

僕は空を見上げるトモイチの横顔を見た。

俺のダチ？　それは僕のことか？

「ボコボコにって、だって、トモイチだってやったじゃないか」

「あいつもそう言った」とトモイチは頷いた。「俺の可愛い後輩をボコボコにしただろうって。だから喧嘩になった」

「何だよ、それ」と僕は呆れて言った。「それで、負けたんだ？」

「負けてねえ」とトモイチは言った。「あいつだって、結構、怪我してる」

僕とトモイチはまた睨み合った。トモイチは目の上にも小さな切り傷を作っていた。バナナを取り損ねて木の枝から転がり落ちた小猿みたいだった。僕はその姿を想像してしまった。あれぇー。

ブッと僕が吹き出し、釣られたようにトモイチが笑った。

「何だよ、それ」と僕はまた言った。「まったく、何なんだよ」

トモイチは膝で僕のお尻を軽く蹴った。

「飯食いに行こうぜ。今日は俺が奢る」

「何で？」

「最初のときは亮太が奢ってくれただろ。だから、今度は俺が奢る」

僕らは雨の中を学食に向かって足早に歩き出した。

「奢るって、あのときは脅された気がしたけどな」

「そういや、上野がまた四人で映画に行こうって、さっき言ってたぞ。俺と亮太がやり合ったって思っているみたいだ。仲直りさせるつもりなんだろう」

学生たちが差すいくつもの傘を避けながら、僕らは歩き続けた。

「気のせいだろ」


やっぱいい子だよなあ、とトモイチはにやけて言った。

四人で映画か、と僕は思った。どんな顔で蒲原さんに会えばいいだろう。

「映画の次は、どうする？　ボーリングってわけにはいかねえだろ？　俺、全治二ヶ月」

「じゃカラオケとか？」

「カラオケか。俺、音痴なんだよな」

嘆いたトモイチの金色の髪の毛を銀色の雨粒が飾っていた。


その後、しばらくして三人の先輩たちに会った。亘先輩は、司法試験の勉強を始めたという。

「一、二年じゃ受からないだろうけど、まあ、頑張ってみるよ」

優姫先輩は、後輩の女子マネージャーたちに請われて、野球部のマネージャーに戻った。

「主将以下、揃いも揃って軟弱なやつらばっかりでさ。ま、いいの、私が根性叩き直してやるから」

一馬先輩は、進級単位が危ういことが判明し、今は必死に勉強していると笑った。

「チーチーパッパってなもんさ。真面目にやってみりゃ、あれで案外役に立つかもしんねえな。まあ、自分の頭でものを考えるにはいい練習だ」

結局、三人とも、正義の味方研究部にはもうほとんど顔を出していないという。

「ずるいじゃないですか」と僕は抗議した。「だって、僕だけ、あんなボコボコにされて」

「だって、俺らは辞めてねえから」と一馬先輩は笑った。

「そう、そう。まだ正義の味方研究部員」と優姫先輩も頷いた。

「そういうこと」と亘先輩も言った。

「何かずるいです」と僕は言った。

一人、取り残される形になってしまった佐山部長は、学生たちを片っ端から部にスカウトして回っているという。

「でも、俺たちが認めないもんだから、結局、誰も入部してないけどな」と一馬先輩は言った。

「誤解しないでくれ。亮太の言い分をすべて認めたわけじゃない」と亘先輩は言った。

「俺たちは俺たちのやり方で部を続けていく。俺たちが正しいのか、亮太が正しいのか、あるいは両方間違っているのか、両方正しいのか。それを考える時間はいっぱいある。だから、ゆっくりやろうってだけのことだよ」

さて、そんなわけで……

うちの大学には、今でも正義の味方研究部が存在する。何か困ったときには相談してみるといい。きっと親身になってあなたのことを心配して、解決するための手を打ってくれるだろう。それでも解決できない問題ならば、あとはもう、あなたが自分で何とかするしかない。そんなときには、僕を訪ねて欲しい。僕は何もしてあげられないけれど、あなたの愚痴を聞くことくらいはできるし、慰めに得意の一発芸を披露することだってやぶさかではない。あなたよりももっとひどい目に遭ったときのことを笑い話に聞かせてあげることだって、きっとできる。いつかその日のために、物真似と負け犬度合いだけは誰にも負けないよう、僕は今から訓練しておこう。

立っている僕の前の席にお爺《じい》さんが座っていて、新聞を開いていた。大学で高利貸し。社会面にそんな見出しが見えた。テレビのニュースでも大きく報道されていた。ある大学で何人かの学生が逮捕された。彼らは大学内で、大がかりな金貸しの組織を作っていたという。高い金利だったが、学生証一枚を担保にいくらでも貸し出す彼らのもとには、多くの顧客がついた。彼らは返済が滞った相手に仕事を斡旋《あっせん》していた。男には違法なものを。女には体を使ったものを。金利とは別に斡旋料と称して彼らはそこからも多額な利益を得ていた。検挙されるまでの利益は数千万に上ったという。首謀者はその大学に在籍していた四年生の男だった。テレビで顔を見たが、間先輩ではなかった。詳細はまだ捜査中だったけれど、その男が遊興費として使ったわずかなお金以外の利益の行方は解明されていなかったし、外国人の犯罪グループの関与も匂わされていた。間先輩が、そこではうまくやったのだろうか。それとも間先輩と似たような人が起こした別の事件なのだろうか。どちらにも思えた。

新聞を広げたお爺さんの横には、二十歳過ぎくらいの男の人が座っていて、僕の横には小学生くらいの男の子が立っていた。着いた駅から腰の曲がったお婆《ばあ》さんが乗ってきて、男の子とは逆の隣に立った。僕の斜め前の男の人は動かなかった。気づいてないのかもしれない。耳にイヤホンをして、携帯で何やらゲームをしているらしかった。微かに見える画面からするとＲＰＧものらしい。彼の世界には彼と音楽と彼に成り代わったゲームの主人公しか存在してないみたいだった。

「あの」

ずいぶん待って、次の駅が近づいたころ、僕は声を上げた。聞こえなかったようだ。新聞を読んでいたお爺さんが僕を見たけれど、彼は携帯から目を上げもしなかった。

「あの」

僕はもう少し大きな声で言った。近くにいる人たちの視線が集まった。僕の声より、その気配を感じたらしい。彼が顔を上げ、それから自分を見る僕の視線に気がついた。

「そこ、シルバーシートだと思うんですけど」

彼はしばらく僕を眺め、それから何事もなかったかのように携帯に視線を戻した。

「いいんですよ」

隣のお婆さんがおろおろと言った。

「そこ」

僕はまた言った。彼がきっと顔を上げて僕を睨んだ。

「あ、邪魔して、ごめんなさい。でも、そこ、シルバーシートです。あの、実は骨折してるとか、捻挫《ねんざ》してるとか、気分が悪いとか、そういうことならいいんですけど、でもそうじゃないなら」

彼は再び携帯に目を落とし、そのままちっと舌打ちすると、足の間に挟んでいた荷物を肩に担ぐように持って立ち上がった。すれ違いざま、肘で僕の頬をガンと殴りつけていった。僕は思わずよろけた。よろけた僕の鼻の頭を彼の担いだ荷物が追い打ちするように叩いていった。百戦錬磨のいじめられっ子である僕にしてみれば大した衝撃ではなかったけれど、タイミングが悪かった。電車がちょうどスピードを落とし始めたせいでバランスを崩し、僕は尻餅をついた。駅に着き、開いたドアから彼は電車を降りた。僕はお尻をさすりながら立ち上がった。彼はガラス越しに僕を睨みつけ、見せつけるようにぺっとホームに唾を吐いた。

「あの、どうぞ」と僕は隣のお婆さんに言った。

「いえ、いいんです。本当に」

お婆さんは逃げるようにその場を離れ、ドアの近くの手すりにつかまった。その駅から乗ってきた中年のおじさんが、いそいそとその席に座った。それまでこちらを見ていた周囲の人たちも、もう僕を見ようとはしなかった。

電車が動き出した。

今のやり方でよかったのだろうか、と僕は考えた。僕は、今、ひょっとしたら、かっこよかったりしたのではないだろうか。

「ダッセエ」

呟きに目を向けると、小学生の男の子が僕を見上げていた。僕はエヘへと笑った。ださい。よかった。それなら僕のやり方だ。間違っていない。男の子はふんと鼻を鳴らして、そっぽを向いた。

お爺さんがめくった新聞に別の見出しが見えた。

『請負契約者を直接雇用』

メディアに騒がれて、いくつかの企業が請負契約者になっていた人たちを順次正社員として雇用することに決めたという。その企業の中に、父さんが勤める会社も入っていた。今朝、その新聞のページを広げて僕の目の前に置くと、父さんはにやっと笑って親指を立て、颯爽《さっそう》と会社へ出かけていった。

僕は顔を上げ、窓の外の景色に目を遣った。梅雨が明けようとしていた。窓の外には夏を思わせるまぶしい光が溢れていた。今回の映画は続き物ではないらしい。ちゃんと終わった映画の感想なんかを言い合いながら、こんな日差しの中を四人でぶらぶら散歩するのも悪くない。そう思った。ガツガツ行かず、のんびりと、僕らは僕らなりの雰囲気を大事にして。

いい天気だな、と僕は思った。

僕を乗せて、電車は走り続けていた。

この作品は二〇〇七年五月、双葉社より書き下ろしとして刊行されました。

集英社文庫

正義《せいぎ》のミカタ　I'm a loser

2010年6月30日　第1刷　　定価はカバーに表示してあります。

著　者　本多孝好《ほんだたかよし》

発行者　加藤　潤

発行所　株式会社　集英社

東京都千代田区一ツ橋2-5-10　〒101-8050

電話　03-3230-6095（編集）

03-3230-6393（販売）

03-3230-6080（読者係）

印　刷　図書印刷株式会社

製　本　図書印刷株式会社

フォーマットデザイン　アリヤマデザインストア　　マークデザイン　居山浩二

ISBN978-4-08-746576-1 C0193